小学館文庫

ほどなく、お別れです
思い出の箱

長月天音

小学館

目次

ほどなく、お別れです

思い出の箱

プロローグ

目の前にいる友人が、いつもよりも輝いて見えるのはなぜだろう。

私はさりげなく目を逸《そ》らし、青い光をまとって夜空にそびえ立つ東京スカイツリーを眺め、もう一度、友人に視線を戻す。

高校時代の同級生、白石夏海《しらいしなつみ》とは、今年になって偶然スカイツリータウンで再会した。お互いの職場が近いこともあって、今ではたびたび食事をするくらいに仲が良い。やっぱり、前に会った時よりもきれいになった気がする。

「どうしたの、美空《みそら》。人の顔をまじまじと見て」

「ううん、何でもない。秋って、空気が澄んでくるから、ますますスカイツリーがくっきりきれいに見えるよね。私は、青い『粋《いき》』のライティングが一番好きだな。夏海は？」

スカイツリーのライティングには基本の三色があり、それぞれに名称がついている。ほかにも、季節やイベントに合わせた特別なものがあり、すぐ近くに職場のある私たちは、贅沢《ぜいたく》にも毎日眺めることができるのだ。

私と夏海が青春を過ごした高校時代は、まさにスカイツリーの建設中だった。学校帰りに、少しずつ高さを増していく姿を眺めながら、他愛《たわい》のない話で盛り上がったことが、今ではずっと昔のことのように懐かしい。あの時、完成を心待ちにしながらも、単なる鉄の塊にしか見えなかったスカイツリーが、今では華やかに秋の夜空を彩っている。そして、目の前の友人もまた、あの頃とは違った大人びたまなざしをスカイツリーに向けていた。

視線を私に戻し、少し考えるように首をかしげてから口を開く。

「私は紫の『雅《みやび》』かな。それよりも、やっぱり変だよ、美空。さっきから見つめたり目を逸らしたり。会うのは久しぶりだから、照れちゃったの？」

そうなのだろうか。それとも、葬儀場で働く私が昼間お見送りしたのが、百歳を超えたおばあさんだったため、二十四歳の夏海がツヤツヤと若々しく感じられるのだろうか。

「そもそも、久しぶりに会おうって誘ったのは美空じゃない。どうしたの？」

夏海はにやりと笑って、テーブルのカフェラテに手を伸ばした。

確かに、誘ったのは私だ。葬儀場は冬が繁忙期となり、春になるまで夏海とは会えないかもしれない。その前に夕食でも一緒にどうかと、浅草《あさくさ》の隅田《すみだ》川沿いのカフェで待ち合わせたのである。

「もしかして、彼氏でもできた？」

夏海の問いに、口を付けたロイヤルミルクティーにむせそうになった。

「……そんな暇はないよ」

カップをテーブルに戻し、軽く友人をにらむ。

私はまだ半人前で、仕事を任せてもらえるような立場ではない。教育係である漆原《うるしばら》礼二《れいじ》のアシスタントをしながら、他の先輩の行うお通夜や葬儀を見学し、ほとんど毎日帰宅するのも遅くなる。

「いるじゃない、すぐ近くに。職場恋愛が一番だよ。だって、毎日仕事を見ていたら、相手の性格とか、誠実さがよく分かるもの」

夏海はテーブルに頬杖《ほおづえ》をつき、にやにやと笑っている。きっと、漆原のことだ。

夏海はお兄さんを海の事故で亡くしている。それがきっかけとなり、漆原とも面識があった。

「漆原さんのことを言っているんだったら、誤解だからね。だって、あの人は私の目標だもん」

「へぇ。でもさ、美空が仕事に一生懸命になれているのって、やっぱりその人がいるからじゃない？　ホントに単なる憧れ？」

確かに、漆原と一緒に仕事ができると思うから、どんなに忙しくても、苦にはならない。

夏海は私を見つめて、面白そうに目を細めている。

「そういう相手がいたほうが、毎日、ずっと楽しくなるよ」

夏海がこれ見よがしに左手を差し出す。アパレル店員らしく、きれいにネイルが施された指を見て、はっとした。

薬指に指輪がある。

目を見張る私に気づいた夏海が、満面の笑みを浮かべた。

「実は、私もとうとう彼氏ができました！　ペアリングは、勢いで買っちゃった！」

さも嬉《うれ》しそうに顔をほころばせる夏海に、私は開いた口がふさがらなくなった。

すぐに私の誘いに応じたのは、夏海のほうこそ報告がしたくてたまらなかったのだ。

きっと、言い出すタイミングを待って、うずうずしていたに違いない。

「ああ、よかったね。それはおめでとう」

脱力感に襲われながら、私は友人を祝福する。そうと分かれば、夏海が全身に幸せな空気をまとい、輝いているように感じられたのも納得がいく。

浮かれた友人に、自分は職場恋愛なのかと問えば、相手はお店の商品を納品に来る、配送業者の青年だと言う。まぁ、職場恋愛と言えなくもない。

私はロイヤルミルクティーを飲み干して、席を立った。

「さすがに、この季節のテラス席は体が冷えるね。お店を変えて、温かいものでも食べようよ」

入社して、二年目の繁忙期が始まろうとしていた。

第一話　思い出の箱

風の香り、ふと目を止めた庭先の花、スーパーに並ぶ果物や、ショーウィンドーのディスプレイ。季節の移ろいを感じるものは、人によってそれぞれだと思う。すぐ間近に東京スカイツリーを望む葬儀場、坂東《ばんどう》会館で働く私たちは、「そういえば、最近忙しくなったたな」と、身をもって秋から冬への変化に気づかされる。繁忙期の到来である。

「美空、悪いけど、事務所に誰もいなくなっちゃうから、電話番をお願いね！」

外での仕事を終えて戻った私を迎えたのは、先輩社員、赤坂陽子さんの切羽詰まった声だった。事務所のドアを開けたまま立ち尽くす私をめがけて、家紋の入った提灯《ちょうちん》を抱えた彼女が向かってくる。どうやら、三階の式場で行われるお通夜の準備が、まだ終わっていないらしい。

「昼間のお式、ご遺族の撤収が遅かったの。もうバタバタだよ」

「電話番はまかせてください！　いってらっしゃい」

「うん、いってくる！」

慌ただしく階段を駆け上がる陽子さんを見送る。

葬祭部の社員は全員出払っているらしく、事務所には私だけが取り残された。

「何だ、誰もいないのか」

遅れて入ってきたのは、フリーの葬祭ディレクターで、私の教育係でもある漆原である。私たちは、ご遺族の家に後飾り祭壇を設置して戻ったところだった。

「仕方ないです」

私は壁に掛けられた大きなホワイトボードに目をやった。施行が決まっている葬儀のスケジュール表である。

見事にびっしりと書き込まれたご葬家さんの名前の横には、それぞれの式の担当者名が記されたマグネットが置かれているのだが、欄外に、ひとつだけポツンと置かれたものがある。

「宮崎《みやざき》さん、無事に北海道に到着しているでしょうか……」

「着いていなければ、通夜に間に合わないだろう」

漆原は給湯スペースでカップにコーヒーを注《つ》ぎながら、さも呆《あき》れたように言った。

宮崎さんは、坂東会館葬祭部のベテラン社員だ。勤続年数は二十年を超え、十歳以上も年下の奥様との間には、四歳の双子の娘さんがいる。

葬祭部のみならず、生花部や料理部のスタッフからも、ことあるごとに羨ましがられる宮崎さんが、北海道のご実家のお姉さんから、母親の危篤の知らせを受けたのは四日前のことだ。携帯にいくら連絡しても出ないということで、坂東会館の事務所に直接電話がかかってきたのである。

ちょうど宮崎さんが打ち合わせに出かけている時だった。とはいえ、急用である。お姉さんのほうも、職場に知らせれば、何らかの方法で連絡がつくと思ったようだ。話を聞いた陽子さんはすぐに宮崎さんに連絡を入れ、機転を利かせて坂東社長にも知らせた。誰もが仕事を引き継ぐ覚悟をしていたし、社長も、「すぐに向かえ」と、打ち合わせから戻った宮崎さんに言った。しかし、彼は首を振ったのだ。

「今、担当している仕事を終えてから、お休みをいただきます」と。

言葉通り、宮崎さんはその日に受けた葬儀をしっかりとやり遂げ、今朝一番の飛行機で、奥様、二人の娘さんと一緒に北海道に向かったのである。

坂東会館では、一人の担当者が打ち合わせから葬儀まで一貫してご遺族に寄り添うことになっている。しかし、非常時である。「たとえ非常時でも、依頼を受けているご遺族にとっても非常時なのだから」とは、宮崎さんの言い分だが、覚悟がなくては、なかなか言えるものではない。母親との永遠の別れが迫っているのだ。

その上、「仕事を放り出して帰ったら、オフクロにも怒られそうだし」などと笑ってみせたが、心の中は焦燥感でいっぱいだったであろうことは間違いない。

その時、私は昨年亡くした祖母のことを思い出していた。仕事をしながらも、頭の中にはつねに祖母のことがあった。日に日に容態が悪くなっていく祖母との別れの時が、怖くてたまらなかったのだ。

残念ながら、連絡があった翌日、宮崎さんの母親は息を引き取ったと知らされた。

私はもう一度、ホワイトボードの欄外にポツンと置かれたマグネットを眺める。

「……遠いですね」

「北海道だからな」

「何かあっても、すぐに駆け付けられる距離じゃありません。こういう仕事をしていても、ご家族の最期に会えないなんて……」

「こういう仕事も何も、社会に出れば何かしら責任が生じる。たとえ身内が危篤でも、どうしたって抜けられないことはあるさ。それに、判断したのは宮崎さんだ」

いつもならば淡々としている漆原も、今回ばかりは口調にキレがない。

仕事とはいえ、私たちは日々、大切な人との別れを嘆くご遺族に接している。連絡を受けてからの宮崎さんの葛藤や不安、間に合わなかったと知らされた時の衝撃や悲しみが想像できてしまうのだ。

チラリと時計を見る。気づけば、いつの間にか宮崎さんのことを考えてしまっていた。だいぶ日が短くなったせいか、午後五時だというのに、窓から見える駐車場は、夕方を通り越して夜の気配が漂っている。

陽子さんは、三階のお通夜が終わるまで事務所に戻ってくることはない。

私は覚悟を決めて、パソコンの前で姿勢を改めた。電話番をしながら、昼間終えた葬儀の請求書を作成するのだ。できれば、電話にはおとなしくしていてほしいと願いながら。

「いいぞ」

共有スペースのテーブルでコーヒーを飲んでいた漆原が、いつの間にか私の横に立っていた。促すように、目でドアのほうを示す。

「三階の式、見学したいんだろう？　行ってこい。今回の仕事は、俺が締めておいてやる」

「でも……」

搬送や葬儀を依頼する電話が入れば、間違いなく漆原が向かわなくてはいけなくなる。その時は呼び戻すさと、漆原は私を追いやるように手首を振った。

「どうせ、君が締めたところで、最後は俺が確認するんだから同じことだ。それよりも、早く一人前になってくれたほうがありがたい」

どこか引っかかる言い方だが、厚意だと思って、素直に喜ぶことにした。

「はい！　ありがとうございます」

私は漆原にパソコンを譲り、頭を下げて事務所を出た。

式はひとつとして同じものはない。仏式の葬儀が大半とはいえ、中には無宗教や、キリスト教、神式の葬儀もあるし、担当者が違えば雰囲気もどことなく違う。漆原の担当する葬儀を手伝うだけでは、とても間に合わない。せっかく司会を任せてもらえるようになったのだから、早く一人で式をやり遂げられるようになりたい。

事務所の前の玄関ロビーでは、なぜか小さな女の子が走り回っていた。

彼女は頬を赤く染め、目をきらきらさせて、階段へ向かおうとする私に駆け寄ってくる。

「ちいちゃん、こっちに来なさい」

エレベーターを待っていた若い夫婦が控えめに叱り、私に向かってペコリと頭を下げた。

私が見学するお通夜に訪れたご親族だろうか。葬儀とは何かを知らない女の子は、両親と見知らぬ場所にお出かけできたことにはしゃいでいる様子だ。

会釈を返す私に、女の子が小さな手を差し出した。

「あげる」

握られていたのは、黄色く色づいた葉っぱだった。人懐っこい笑顔に見上げられ、私はしゃがみ込んでイチョウの葉を受け取った。思わずこちらまで頬が緩んでしまう。

両親に抱えられてエレベーターに乗り込んだ女の子に手を振り、私は指先でつまんだ鮮やかな黄色に、もう一度視線を落とした。

「秋なんだなぁ……」

にわかに忙しくなった葬儀場よりも、目に見えて感じられる季節の変化がある。

仕事に夢中になるのはいいが、何かとてつもなく大切なものを見過ごしている気がして、私はしばし茫然《ぼうぜん》とした。

坂東会館は地上四階、地下一階の葬儀会館である。

二階、三階は広さの異なる式場になっていて、四階の座敷を合わせると、同時に三つの式を行うことができる。

私が向かった三階の式場では、今夜は八十二歳の男性のお通夜が行われることになっていた。担当は、先輩社員の椎名《しいな》さんである。

エレベーター前のホールに設置した受付台では、陽子さんが記帳の準備をしていた。

「あれ？　美空、事務所は大丈夫？」

「漆原さんが、残ってくれています」

陽子さんは、ご遺族のお世話や会葬者の案内をするホールスタッフである。大学時代、アルバイトとして坂東会館で働き始めた私は、彼女からホールスタッフの仕事を叩《たた》き込まれた。そこで漆原の行う葬儀を見て、葬祭ディレクターを目指す決心をしたのだ。

「よかった。じゃあ、今夜も見学できるんだね」

「たくさん見ておけって言ったのは、漆原さんですから」

「何だかんだ言って、美空は漆原さんとうまくやっているよね。何を考えているか分からない、気難しい人なのにさ」

「何となく分かりますよ。ホントに、何となくですけど」

性格にやや難はあるが、漆原の頭にあるのは、いつも故人とご遺族にとって、何がベストかということだけだ。事故や自殺、何かしら事情を抱えた葬儀を進んで引き受けるため、社内ではベテランからも一目置かれている。どんな葬儀でも、ご遺族に納得のいくようにやり遂げてしまうからだ。

私が漆原に憧れて入社したことを知っている陽子さんは、ふふっと小さく笑った。

「その調子で頑張って。それに今夜の担当は、漆原さんの一番弟子の椎名だもん。ますます見ないわけにはいかないよね」

私の兄弟子となる椎名さんは、漆原とは正反対の明るい好青年である。

「そういえば、さっき、一階で女の子に会いましたよ。故人のお孫さんですか」

陽子さんは首をちょっとかしげて、和室を指さした。

「孫なのか、ひ孫なのか。椎名が今、ご挨拶に行っているんだけど、とにかくお子さんがたくさんいるよ。ご親族が多いみたいだね。まるで保育園」

「ああ、それで」

さっきの女の子は、いとこたちに会えるのが楽しみではしゃいでいたのだ。

確かに二間続きの和室がやけに騒々しい。甲高い声が上がったかと思えば、「うるさい！」と叱る大人の声、次には赤ちゃんの泣き声が上がる。私たちは顔を見合わせた。

「故人も、ゆっくり眠っていられないかも」

まだ誰もいないロビーで、私たちはひっそりと微笑《ほほえ》み合った。

陽子さんと別れて式場に入った私は、祭壇に置かれた遺影に手を合わせた。

眉も、目じりも下げて、微笑むおじいさんと目が合ったような錯覚に陥る。

私まで、つられて微笑みそうになるほど、優しい笑顔である。

（元気なお子さんたちも集まっていますよ）

ロビーに戻ると、控室から出てくる椎名さんが見えた。その横をすり抜けて、小さな男の子がソファにダイブし、椎名さんが慌てて追いかける。「危ないよ」とたしなめる姿は、葬儀の担当者というよりも、まるで近所のお兄さんだ。

私の視線に気づくと、椎名さんは困ったように笑った。

「故人のひ孫さんたちだよ。とにかく元気がいいんだ。きっと、家族葬ならではの、いいお式になるよ」

今夜も見学させてもらうことを伝えると、椎名さんは快く応じた後、おもむろに声を潜めた。

「でも、あまり細かく報告しないでね。ダメ出しは、もうコリゴリだからさ」

「分かっています」

漆原から仕事を叩き込まれた椎名さんは、一人で担当を任されるようになってからも、ことあるごとに細々《こまごま》と指導され、一時期は漆原の姿を見るだけで冷や汗をかいたそうだ。あの男の執拗《しつよう》なダメ出しは、私も司会の練習をしていた時に経験済みである。

お互いの苦労をねぎらい、深いため息をつく私たちの横で、賑《にぎ》やかに子供たちが走り回っている。中には、ものおじもせずに棺《ひつぎ》の窓を覗《のぞ》き込み、「じいじ、何しているの」などと語り掛ける子供もいる。

「故人のお子さんたちにも、もうみんなお孫さんがいるんだって。ほとんどが区内にお住まいだそうで、最期の時も、全員が病院に集まったって言っていたよ。個室にしてよかったたって喪主さんが笑っていた。仲がいいご家族だよね」

喪主は故人の奥様である。椎名さんは、優しいまなざしで棺のまわりに集まる子供たちを眺めている。故人は、賑やかな声に包まれて眠りについたのだろうか。ひ孫さんたちの声を、子守歌のように聞きながら。

「あ、そうだ。清水《しみず》さんも見てよ」

式場の入り口で、椎名さんが手招きをした。

白い布が掛けられた台の上には、ひ孫さんたちが描いた故人の似顔絵や、お手紙が並べられていた。子供ならではの明るい色彩で描かれた似顔絵に添えられた、「じいじ、またね」の言葉を見て、微笑ましいような、切ないような気持ちになる。まるで、遊びに来た子供が帰る時の挨拶のようだ。

「何だか、いいですね。こういうの」

「うん。小さな子供にとっては、おじいちゃんとのお別れも、ひとつのイベントみたいなものなのかもね。おかげで、大人が救われている気がするんだよ」

椎名さんはこういう演出を考えるのが得意だ。打ち合わせの時、ご遺族の家族構成を聞いて、小さな子供たちも一緒になって故人を送るにはどうしたらいいかと、喪主様とあれこれ相談したそうだ。

何か、私にも強みと言えるものが欲しい。こういう葬儀なら、清水に任せれば間違いないと思われるようになりたい。見学するたびにそんな思いにとらわれる。

「さて、そろそろだね」

椎名さんは、ほのぼのとしていた表情をきゅっと引き締めた。ポケットから出した白い手袋をはめると、式場とお清め会場をまわり、準備が整ったかを確認する。

司会台に立ち、間もなく開式であることを告げると、大人たちはかくれんぼをしていた子供たちを連れて式場に入り、ロビーはようやく本来の静けさを取り戻した。

圧巻の光景だった。

ご親族だけしか集まっていないのに、式場の椅子は見事にぎっしりと埋まっている。喪主様、故人のお子さんたち、そのまたお子さんたちもそれぞれ夫婦で参列し、故人にとっては孫やひ孫にあたる子供たちがお行儀よくズラリと並んでいた。母親の膝に抱かれた幼児までもが、大人のマネをして神妙な顔をしているのが、何やらかわいらしくて、つい頰が緩みそうになる。

今夜の式場は、温かな雰囲気に満ちている。じっとしていられない子供が声を上げるたび、喪主様は「しょうがないわねぇ」といった様子で、遺影のご主人にそっと優しい視線を送るのだ。このご夫婦がここまで歩んできた、確固たる結びつきが感じられる。

集まった人々の穏やかな表情からは、別れの悲しみよりも、これまでありがとう、楽しかったね、という感謝の思いが溢《あふ》れ出しているように見える。

こういうお別れもあるのだ。

私は、式場を満たす温かな雰囲気に心を震わせた。

ふと、司会台の椎名さんを見れば、彼もまた優しい瞳で式場を見守っている。気を抜けば、つい微笑みさえ浮かべてしまいそうなほど、温かなお通夜だった。

式を見届け、一足先に事務所に戻った。
胸の中には、まだふわっとした温《ぬく》もりが残っている。
私も、あんな式ができるようになりたい。家族葬とはいえ、小さな子供まで数える
と、三十人近くにものぼる人数だった。それぞれが、故人への思いをこめて送る温か
な式、それが私の理想でもある。
事務所では漆原が一人、共有スペースのテーブルでコーヒーをすっていた。
「どうだった？　椎名の式は」
「今夜の故人様、びっくりするくらいの大家族でした。小さなひ孫さんまで集まって、
なんというか、悲愴《ひそう》感がまるでないんです。温かい雰囲気で、故人様が愛されていた
んだって、よく分かりました」
椎名さんも漆原に学んだのだから、二人の式はよく似ている。
しかし、常に厳粛な雰囲気を感じさせる漆原の式とは違って、椎名さんの式は司会
の声も柔らかく、どこか温かみのあるものとなる。彼が高齢者の葬儀を多く担当して
いるのに対し、漆原は事故や不慮の出来事で亡くなった方の葬儀を行うことが多いの
だから、当然のことかもしれないが、担当者による個性もよく表れていると思う。
「椎名はそういう式が得意だ」

にこりともせずに漆原が言う。

「はい。途中で赤ちゃんが泣き出してしまったんですけど、慌てたお母さんへのフォローもしっかりしていました。みんなでおじいちゃんをお見送りしているっていう雰囲気を、上手に作り出しているんです」

お別れには、故人やご遺族の状況に応じて様々な方法がある。

漆原に出会うまで、私は葬儀を単なる〝別れの儀式〟だと思っていた。しかし、この男は〝区切りの儀式〟だと言う。悲しみに沈むご遺族が、葬儀を終えることで新しい一歩を踏み出す。そうできるようにお手伝いをするのが私たちの仕事なのだと。

漆原は、数年前に坂東会館から独立したにもかかわらず、慢性的な人手不足と、私の教育を任されたこともあり、葬祭部の社員とほとんど変わらない仕事をしている。

もともと社長からの信頼も厚く、古巣での仕事は何かと融通がきくので、本人に不満はないようだが、時々、私は不安になる。いずれ、いなくなってしまうのではないかと。

「新しい仕事が入ったぞ」

「私が見学に行っている間にですか？」

「いや。ついさっきまで、社長と話をしていた。依頼自体は昼間に入ったようだ」

給湯スペースに向かった私は、流しに置かれたカップに気づく。きっと社長は、漆原に茶飲み話のように仕事の依頼をしたのだろう。気さくなところが坂東社長のよさである。

漆原は傍らに置かれていた住宅地図を引き寄せて、パラパラとめくった。

「明日の朝十時から打ち合わせだ」

「どちらですか？」

「鐘《かね》ケ淵《ふち》のあたりだな、ここか」

漆原はページをめくっていた手を止めて、私のほうに向けた。墨田区北端の駅名であるが、私にはあまりなじみのないエリアだ。

「鐘ケ淵……」

繰り返した私の頭に、ぱっと墨田区銘菓の名前が浮かぶ。

「釣鐘《つりがね》最中《もなか》の鐘ケ淵ですか」

漆原は呆れたような目を向け、すぐに地図に視線を落とした。この男のこういう反応には慣れている。私は何事もなかったかのように、長い指が示すページに目をやった。

「高齢男性の孤独死だそうだ。ご遺体はすでに霊安室に運ばれている」

言葉は淡々としているが、漆原の表情は痛ましげに見えた。

「孤独死、ですか……」

思わず、ため息のように繰り返してしまう。つい先ほど見てきたばかりの賑やかなお通夜の光景が思い浮かんだ。同じ高齢の男性なのに、あまりにも正反対の状況だ。

「安心しろ。幸い発見が早かったので、ご遺体もきれいなものだ」

漆原は、うつむいて沈黙した私を、別の理由からと思ったようだ。

確かに孤独死は発見が遅れることが多く、そうなるとご遺体の状況もかなり悪いと聞いている。近年、特殊清掃の業者が増えているというのも、誰にも看取《みと》られずに、ひっそりと最期を迎える方が多くなっているからに違いない。

身寄りのない方の場合、最終的には行政の手配で火葬されることになっている。いくら漆原が何かしら事情のある葬儀を担当することが多いとはいえ、地域に密着し、遺族からの依頼での葬儀を主とする坂東会館が、今回のような案件を請け負うことはないはずだった。

「どうして、坂東会館にご依頼が？」

「離れて暮らす家族がいたのさ。警察から連絡を受けた身内からのご依頼だ」

打ち合わせは、故人の住まいで行うという。いくら発見が早かったとはいえ、お年寄りが一人で亡くなった家を訪れるのかと思うと、無意識に肩に力が入った。

私はもともと〝気〟に敏感な体質を持っている。ご遺族の悲しみに同調してしまうだけでなく、もしも故人の思いが強く残っていれば、それすらも感じ取ってしまうのだ。

その事情を知っている漆原は、「心配するな」と、開いていた地図を閉じた。

「故人の娘さんが、すでに一昨日《おととい》から滞在している。彼女から坂東会館に連絡が入り、検死を終えたご遺体をお預かりしたのが今日の昼間だそうだ。孤独死といっても、かなり幸運な例らしい。早くに発見されたこと、ここ数日、急激に気温が下がって冷え込んでいたこと、すぐに身内に連絡がついたこと。これだけ偶然が重なるなんて、そうあることではない」

漆原の言葉にほっと胸をなでおろし、思わず呟《つぶや》いた。

「ラッキーな孤独死、ですか」

「妙な言い方だが、そういうことだ。娘さんは、離れて暮らす父親をつねに気に掛けていたという。自分がいながら、父親を一人で死なせてしまったんだ。相当こたえているだろうな。依頼の電話では、かなり思いつめた様子だったそうだ」

漆原は目を伏せ、口元をきつく引き結んだ。私が勝手にご遺族や死者の気持ちを感じ取ってしまうのとは違って、漆原はご遺族の思いを入念に読み取ろうとする。

「ご遺体は、もう霊安室なんですよね。お会いしてきてもいいですか?」

「俺も行こう」

私たちは地下の霊安室に向かった。漆原が鍵を差し込み、重い扉を開くと、ひやりとした冷気が溢れ出してくる。閉ざされた部屋に押し込められていた濃密な空気と、線香の香り。ここに立ち入る時、私はいつも厳《おごそ》かな結界の中に足を踏み入れるような心地がする。

五つに区切られたスペースのうち、四か所が埋まっていて、漆原が担当することになった守屋正二《もりやしょうじ》さんは右端に納められていた。その隣の空いたスペースには、さっき私が見学してきたお通夜の故人が納められていたはずだ。

一方は孤独に亡くなり、また一方は大家族に看取られた男性である。

霊安室で隣り合わせたお二人が、奇《く》しくも同じ八十二歳となれば、私の胸中はますますやり切れぬ思いで満たされる。

しかし、私はそこで暴走しそうな思いを断ち切った。

手を合わせたまま、心の中で語り掛ける。

(守屋さん、ご遺族の方としっかりお見送りしますから、安心してお休みください)

その時だった。私の中を、ふっと何かが通り過ぎた。

今までに何度となく感じてきた強烈な感覚。間違いない。目の前のご遺体に残された〝思い〟だ。一瞬のことだったにもかかわらず、私の心にはそれがはっきりと刻み込まれていた。しかし、その〝思い〟の突飛さに当惑せずにはいられなかった。

目の前には、先ほどと変わらずに守屋さんがひっそりと横たわっている。

もうどんなに見つめてみても、守屋さんからは何も感じ取ることはできなかった。

「どうした？」

霊安室を出たところで漆原に問われ、逆に私も訊《たず》ねた。

「死因をご存じですか？」

「急な心臓発作のようだ。浴室で倒れていたと聞いている」

「そうですか……。栄養失調とか、衰弱死ではないんですね」

私の浮かない顔に、漆原も眉を寄せた。

「何か感じたのか？」

漆原は、私が人よりも〝気〟に敏感だということを知っている。今でこそ力は弱まったものの、死者の思いを感じ取ったことをきっかけに、漆原の仕事を手伝うようになったのだ。

「いえ……」

私は口ごもった。感じたというよりも、心に滑り込んできた突拍子もない言葉を、漆原の前で口にするのがためらわれた。

目の前のご遺体から感じた思念はたった一言。その言葉を何度も心の中で繰り返してみたが、やはり突拍子もないことに変わりはない。明日、守屋さんのご自宅に行けば、何か分かるだろうか。

漆原は諦めたように階段へ向かい、私もその後を追う。しかし、思考に気を取られていたせいで一段目につまずいた。思わずあっと大きな声を上げてしまい、振り向いた漆原に呆れた目でにらまれる。

「すみません、つい、ごはんのことで頭がいっぱいで……」

口にしてからはっとして、もう一度、恐る恐る漆原を見上げた。

案の定、三段ほど上から、冷め切った目で私を見下ろしている。

「さっきから、『最中』だの『ごはん』だの、そんなに腹が減っているのか」

「ち、違います！」

あまりの恥ずかしさに、私は全力で否定した。しかし、まったく相手にされなかった。

事務所に戻った漆原は、仕事を切り上げることにしたらしく、そのまま行きつけのファミレスに連れて行かれた。挙句の果てに、とんかつ御膳《ごぜん》のごはん大盛りを勝手に注文され、ますます恥ずかしくなった。

目の前で、黙々といつもと同じ和定食の白米を咀嚼《そしゃく》している漆原を眺め、私は不満を募らせる。決して空腹のために〝ごはん〟のことばかり考えていたわけではないのだ。

守屋さんが私に発したメッセージ、それが〝ごはん〟という一言だったのである。

翌日、私と漆原は〝孤独死さん〟こと守屋さんのご自宅へと向かっていた。

真っ青な空に聳《そび》え立つスカイツリーが、午前の太陽の光を銀色にはね返している。その姿を後方に見送り、漆原の車は隅田川の上流方向へ向かって墨堤《ぼくてい》通りを進んでいく。

窓の外を流れる風景が、移動中の私のひそかな楽しみのひとつである。民家や小さな社の生垣には、真っ赤な実をたわわにつけたトキワサンザシが鮮やかだった。

「そういえば」

運転中の会話を好まない漆原が、珍しく話しかけてきた。

「今回の仕事とは別に、昨日、社長から話があった」

「え？」

「葬祭部の社員を一人増やすそうだ。あの人なりに、いつまでも人手不足のままでは、さすがにまずいと考えたらしい。宮崎さんのこともあって痛感したんだろう」

「そうなんですか」

「最近の傾向として、葬儀の小規模化が進んでいる。一昔前は式場が予約で埋まっていれば受注しようにもできなかったが、今では直葬《ちょくそう》も多いからな。担当できる人員が増えれば、それだけ施行数も伸ばせるということになる」

「それって、人手不足の改善にはならないんじゃ……」

「高齢化が進んで、多死社会になるのは避けられないことだ。今後、依頼が増えることは間違いない。ご遺族の要望に応えつつ、坂東会館が何を大切にしていくかということも、社長は考えなければならないだろう」

「そんな、他人事《ひとごと》のように……」

「俺は、もうとっくに坂東の社員ではないからな」

漆原は、ひとつの場所にとらわれず、どこまでも自分の納得のいく葬儀をしていくつもりなのだ。

「まぁ、まずは動ける人間が一人でも増えて、業務改革でもしてもらえるとありがたい。宮崎さんがいないとはいえ、一週間の間に何度も宿直が回ってくるのはうんざりだ」

宿直のシフトから免除されている私は、それを言われると何も言えなくなる。

宿直の主な役割は電話対応とご遺体の搬送である。社員ではない漆原が宿直をするのもおかしな話だが、実質、葬祭部の主力である青田《あおた》さん、宮崎さん、椎名さんの三人で回すには負担が大きすぎる。もともと社員だった漆原が自ら申し出て、任されることになったのも、ひとえに信頼できるからというのが大きな理由に違いない。

前方にパーキングを見つけると、漆原はウィンカーを出した。

どうやら、目的地に到着したらしい。

「ご遺族は間違いなく自分を責めている。ご遺体の様子は穏やかだったんだろう？　ならば、故人はけっして苦しみながら亡くなったわけではない。それをご遺族に知ってもらうのが今回の鍵だ。分かるな？」

昨夜、ファミレスで注文を済ませた後、漆原は私に確認したのだった。「本当に、ご遺体は穏やかな状態だったのだな？」と。

私は素直に頷《うなず》いた。一方的に空腹だと誤解されて腹が立っていたせいもあるが、正直に〝ごはん〟と口にして、不真面目《ふまじめ》だと思われるのも面白くなかった。それに、たいして重要だと思えなかったのも事実である。

サックリ揚がったとんかつを嚙《か》みしめながら、私は心に決めた。

打ち合わせに行ったら、自分で〝ごはん〟の意味を確かめようと。

漆原は明治通り手前のパーキングに車を停《と》め、通りの向こうを眺めやった。

車から降りた私は、そこで初めて顔を上げ、目の前の光景に目を見張った。

白く巨大な建物が何棟も連なっている。

それはまさに聳え立っているという風情で、視界の届く限り続く広大な団地は、さながら隅田川を背にした城塞のようである。毎日目にしているスカイツリーにも瞠目《どうもく》するばかりだが、また違った威圧感に思わず立ち尽くしてしまった。

通りを渡った漆原は、ためらいもない足取りでその中の一棟に入っていく。

たとえ一棟でも、いったいどれだけの世帯が入居しているのだろう。ズラリと並んだ集合ポストに眩暈《めまい》すら覚える。さながらひとつの町である。

「漆原さん、私、こんなに大きな団地に入るのは初めてです」

「昭和の時代に建てられた公営の住宅には、古くからの住民も多い。ましてやこれだけの世帯数だ。これからは、君にとってもそう物珍しい場所ではなくなる」

すっかり興奮してしまい、キョロキョロと視線を巡らせる私とは対照的に、漆原は冷静そのものだ。昨夜の〝最中〟や〝ごはん〟といい、いつまでも仕事に対する真剣みが足りないと思われている気がして、私は慌てて表情を引き締める。他の相手なら笑い事で済まされることも、漆原が相手ではそうもいかない。

午前中の団地の敷地内は人の往来も多く、黒いスーツ姿の私たちに誰もが視線を向けてくる。目につくのは高齢の方ばかりだ。漆原が言ったとおり、外壁は塗り直して手入れをされているが、築年数はかなり経《た》っていそうな建物である。

エレベーターホールからふと車寄せを見れば、デイサービスのワゴン車が停まり、車いすのご老人を乗せているところだった。

漆原もその光景を眺め、外の光に眩《まぶ》しそうに目を細める。

「こういう場所では、俺たちなんて珍しくもない。今度はどこの人が亡くなったのだろうと思われるだけさ」

十二階でエレベーターを降りた漆原は、すぐ横の部屋の呼び鈴を押した。

待っていたかのようにドアが開き、中年の女性が顔を出す。

彼女が故人の娘、岡野澄子《おかのすみこ》さんだった。

その場で丁寧にお悔やみの言葉を述べた漆原を、彼女は室内へと導いた。

澄子さんはご夫婦で駆け付けたようで、通された玄関はびっくりするくらい狭く、彼女たちの靴と、私たちのものですっかり埋まってしまいそうだ。

「あ」

一歩、足を踏み入れた瞬間、声がもれた。

しゃがみこんで靴を揃《そろ》えながら、部屋の空気を感じ取る。

立ち上がった私は、部屋の中を見回した。

なんて優しい雰囲気に満ち溢れているのだろう。

まるで、我が家に帰った時のような安心感。母親の用意する食事のにおいや、家族の温もり、ほっと力の抜けるような感覚。どうして、初めて訪れた家でこんな気持ちになるのだろうか。しかも、ここは高齢の男性が一人で命を落とした部屋だというのに。

私は心の底で、ご遺体が発見された部屋に入ることにしり込みしていた。部屋に染みついた〝孤独死さん〟の寂しさや切なさを感じ取ることが怖かったのだ。

それだけでなく、高齢男性の一人住まいとなれば、ごみに埋もれた台所や、締め切られてジメジメした部屋の万年床を想像して、すっかりおびえてしまっていた。

それがどうだろう。湿気どころか、染みついたにおいもない。日頃からこまめに換気をし、ゴミもためずに出していなければ、先に到着した娘さん夫婦がいくら換気や掃除をしたからといって、こうなるはずはない。

「漆原さん、このお部屋……」

思わず呟くと、漆原もわずかに頷いた。

玄関の横は台所で、テーブルの上には醬油《しょうゆ》やソースなどの調味料のほか、買い置きの食材の入った籠が置かれていた。流し台のほうには鍋やまな板、菜箸やしゃもじ、何もかもがそろっている。まるで我が家の台所のように、生活感の溢れる見慣れた光景に、故人は決して食事に困っていたわけではないと実感する。むしろ、しっかり自炊していた様子に、ますます〝ごはん〟の意味が分からなくなる。

居間に入ると、ご主人が立ち上がって迎えてくれ、台所では、澄子さんがお茶を淹《い》れながら、「ごめんなさいね、私たちも慌てて静岡から駆け付けたもので、何のおかまいもできませんが」と声を張り上げた。

細く窓が開いていたが、六畳の部屋に大人が四人もいるせいか、まったく寒さは感じない。むしろ窓辺には穏やかな日差しが降り注ぎ、眠気を催させるほどの居心地の良さだ。

漆原は、卓袱台《ちゃぶだい》を挟んで向かい合った夫婦をまっすぐに見つめ、突然の訃報を受けた二人を気遣う言葉を口にした。

最期に立ち会っていないご遺族は、家族の死を受け入れがたく、動揺している場合が多い。漆原は、決して性急に話を進めようとはしない。

「お父様のことをお聞かせいただけませんか。その後で、どのように送って差し上げるか、ご相談しましょう」

漆原の様子に安心したのか、張り詰めていた澄子さんの気持ちが和らぐのが分かった。

彼女は少し顔を上げ、ゆっくりと部屋を見回した。それからひとつ息を吐き出す。

「この家で父が一人、どんな気持ちで毎日を過ごしていたかと思うとやりきれません」

私たちは無言で耳を傾けた。

「子供の頃、この狭い部屋に両親と私と弟、四人で暮らしていました。進学や就職で私と弟が家を出た後は、母と二人で何十年も。昔は賑やかで狭かった部屋も、最後まで残った父には、広々として寂しく感じられたのではないでしょうか……」

「長くお住まいだったのですね」

声を詰まらせた澄子さんを励ますように、漆原が穏やかに相槌《あいづち》を打つ。

「この団地ができたと同時に入居が決まりました。私が十歳の時です。かなりの倍率だったようで、父が大喜びしていたのをよく覚えています」

「では、四十年近くになりますか」

「よくご存じですね。母は六年前に亡くなりました。その時も坂東会館さんにはお世話になったのです。それで今回も……」

「ありがとうございます」

漆原は、声も言葉も淡々としている。しかし、よけいな感情がこもらない分、相手の話を引き出す効果があるらしい。漆原の態度からは、真摯《しんし》に話を受け止める姿勢が伝わってくる。

「父は近くの工場で働いていました。六十歳で退職してからは、団地の自治会長も務めるような責任感のある人でした。頼まれると断れない性格なんです。おかげで知り合いが多くて、今回も早く見つけてもらえたようです」

「お差し支えなければ、もう少しお話しいただけますか」

「はい。毎朝早くから廊下の掃除をする父が、その日は起きてこなかったそうです。新聞も玄関の扉に入ったままでした。普通なら留守だと思われるだけかもしれませんが、古い住人ばかりですから、父が外泊などすることはないと思ったのでしょうね。

おまけに、ずっと浴室の照明が点《つ》いたままだったそうです。ほら、ここは共用廊下に面して、お風呂場がありますでしょう？　はめ殺しですけど小さい窓もあって、灯《あか》りが点いていれば廊下から分かるんです。この部屋はエレベーターのすぐ近くですから、多くの人が常に通る場所だったのも幸いしました。それで、おかしいと……」

漆原は静かに頷いた。

「お一人で亡くなられた方は、発見が遅れるケースが多いのです。故人様が日頃から、ご近所の方とのお付き合いを大切にされ、この大きな団地に貢献してきたからでしょう」

「不幸中の幸いです。突然、警察から連絡があって驚きました。年寄りの一人暮らしでしょう？　万が一に備え、電話の横に緊急の連絡先を貼っておいたのです。まさか、それが役に立ってしまう日がくるなんて……」

「先ほど、弟さんがいらっしゃると言っていましたね」

「ええ。仕事で海外にいるので、父に何かあれば私が世話をすることになっていました。弟は、今夜遅くに帰国します」

そこまで言うと、澄子さんは肩を落とし、声を詰まらせた。

「何かあればって……、何かあってからじゃ遅いじゃないですか。父の『心配するな』の声に甘えて、電話すら週に一度すればいいほうだったんです」

急激に感情が高まり、言葉の合間に嗚咽《おえつ》を挟みながら、澄子さんは肩を震わせた。

ずっと黙っていた横の夫が、労《いた》わるようにその背に手をまわす。

「静岡では、僕の両親も同居しています。母も高齢ですから、寝たきりの父の介護は妻がしてくれているんです。たびたび東京に来ることもできなくて、妻には申し訳なかったと思っています」

今回の訃報を受け、ご主人の父親は介護施設のショートステイに預け、母親は彼らの娘に任せてきたという。

澄子さんは目元にハンカチを当てたまま、小さく首を振った。

「主人は、私の母が亡くなった後、父も静岡に呼んだらどうかと言ってくれたのです。近くに物件を探せばいいって」

「その時、お父様は？」

「特に持病もないし、まだしっかりしているから大丈夫だと。それに、ここから離れたくないと言いました。父にとっては、この部屋が家族の思い出そのものなのでしょう」

「長いですものね」

「はい。私も子供の頃の記憶といえば、この団地や裏の公園で遊んだことばかりです。子供ですから、この建物は今よりもずっと大きく感じられて、城壁のように私たちを守ってくれる、とても頼もしいものに思えました。何よりも完成したばかりだったんです。真っ白に輝いていて、入居が決まった父も誇らしい気持ちだったと思います。今のようにタワーマンションなんてない時代でしたから」

「確かに大きな団地ですね。隅田川沿いに延々と続いて、おっしゃる通り、堅牢《けんろう》な壁のように、お住まいの方を守ってくれているようです。正直、圧倒されました」

「それに……」

漆原の静かな声に、いくらか平静を取り戻していた澄子さんがうつむいた。

膝の上で固く握られた拳に、ぽつりと涙が落ちる。

「父は嫁いだ私に、主人の家族を第一に考えなさいと言いました。だから私、父が倒れた時も、義父の体を拭き、着替えを手伝い、ひと匙《さじ》ひと匙、食事を口に運んでいたんです。父が冷たいお風呂場に倒れて息を引き取ろうとしているなんて、考えもしないで……」

澄子さんは両手で顔を覆って泣き出した。

彼女の後悔の気持ちが、打ち寄せる波のように伝わってくる。それは時に強く、弱まったかと思えば、再び激しく私の心に響く。彼女の気持ちが揺れているのがよく分かる。

強引に父親を呼び寄せていれば。

もっと頻繁に会いに来ていれば。

元気だという言葉に甘えて、最後に会ったのはいつだったろうか……。

このままでは、澄子さんは父親のことを思い出すたびに、自分を責めてしまうだろう。それではきっと故人も浮かばれない。手を合わせるたびに、かつての父親の姿だけを思い出して懐かしんでほしい。

私は肩を震わせる澄子さんの背後に目をやった。

日々を丁寧に過ごしてきたことが伝わるこの部屋には、暗い感情の残滓《ざんし》などひとかけらも感じられない。

開け放たれたままの襖《ふすま》の向こうの和室には、先に亡くなられた奥様のものか、シンプルな仏壇が見えた。今ではすっかり萎《しお》れた菊の花が活《い》けられ、真っ赤なリンゴとお饅頭《まんじゆう》もお供えされている。

この部屋に入った時、どこか懐かしい気がしたのは、かすかに線香の香りを感じたからかもしれない。私にとってすっかりなじみとなった香りが、ここにも染みついている。

私の祖母も、生前は毎日欠かさず仏壇に線香を上げ、手を合わせていた。その姿が、自然と守屋さんに重なって見えた。ああと、思わず声が漏れそうになる。

守屋さんもきっと、毎日ここで奥様に語り掛けてきたのだ。たとえ以前のように言葉を交わすことができなくても、強く思い続ければ、故人との記憶はいつまでも鮮やかなままだ。一人になった守屋さんが、これまでと変わらぬ生活を続けられたのは、奥様の存在をつねに感じていたからにほかならない。だから、ここはこんなにも居心地がいいのだ。

「喪主様」

私は思い切って澄子さんに呼び掛けた。

「喪主様がこのお部屋にいらっしゃるのは、お久しぶりですか」

顔を伏せて肩を震わせていた澄子さんは、驚いたように顔を上げ、そっと目じりを拭う。

「ええ。お正月以来ですから、ほぼ一年ぶりでしょうか。お恥ずかしいことですが、父の言葉に甘えて、電話だけのやりとりでした」

「何か感じませんか」

私を見つめる澄子さんは、不思議そうに首をかしげた。

「正直に言うと、私は驚きました。お年を召した方が、お一人でお住まいだったにしては、部屋の雰囲気が明るくて、きちんとされていることに」

ようやく彼女は納得したように頷いた。

「もともと几帳面《きちようめん》な人でしたが、いつ来ても、母がいた頃と変わらないんです。自分で洗濯も掃除もちゃんとしていたようで。だからこそ、私もすっかり安心してしまっていたのですけどね」

漆原は、私たちのやりとりを静かに見守っている。

「お父様は、決してお一人で寂しく過ごされたわけではないと思うのです。なぜなら、ご家族と、そして奥様と過ごしたかけがえのない時間が、この部屋には詰まっているからです。奥様がいらっしゃった時と同じ生活が、つい先日までここにはありました」

澄子さんは、大きく目を見開いて、私を凝視した。

何を言っているんだと思われるかもしれない。

しかし、視線を私から逸らした彼女は、顔を上げ、室内をぐるりと見まわした。

彼女の口元がわずかに緩む。きっと彼女も見たのだ。父親が見ていたものを。

それは、ここで暮らした家族の思い出だ。守屋さんがいて、母親がいて、彼女と、弟がいた。子供たちが成長して家を出るまで、ここには家族の会話と温もりが溢れていて、その後は夫婦が仲良く寄り添って、何十年も暮らしてきたのだ。

「ああ、そうです。母がいなくなっても、ここは何も変わりませんでした……。だから、たまに訪れる私も、いつも懐かしくて、ほっとするような……」

澄子さんの目に再び涙が浮かぶ。

守屋さんは、決して寂しさに打ち震えながら過ごしてきたのではない。

彼女に、それを伝えることができただろうか。

再び顔を両手で覆った澄子さんを励ますように、ようやく漆原が口を開いた。

「奥様のためにというお気持ちでしょう。お部屋を清潔で快適に保ち、仏壇にも気が行き届いていらっしゃいます。素晴らしいことです」

「そうですね、父は、母とずっと一緒にいたのかもしれません。やっぱり、私がどれだけ誘っても、静岡には来てくれなかったでしょうね……」

孤独死と言うなら、確かにそう言うほかはない。

しかし、守屋さんのそばには、いつも奥様や家族の思い出が寄り添っていた。

それは、けっして孤独な日々ではなかったはずだ。

漆原は、ご主人に背中をさすられる澄子さんを労わるように語り掛けた。

「たとえそばにいたとしても、命を終えようとする方がどういう思いでいるかなど、私たちは知ることができません。想像するだけです。ただ、その方を思うあまり、苦しみや不満を抱えていたのではないかと思い悩んでしまいます。『もっとこうすればよかった』と思うのは、きっとそのためなのでしょう」

澄子さんは顔を上げて漆原を見つめた。

「私は考えるのです。どんな方でも息を引き取る瞬間には、つらさや苦しみから解放されているのではないかと。もしもお心に何かあるとすれば、それはきっと、残していく者への惜別や懸念でしょう。ですから、喪主様。いつまでもお父様のことを悔やむのではなく、これまでの感謝を込めて、お母様のもとへ見送って差し上げることこそ、大切なのではないでしょうか」

澄子さんは、ご主人の胸に縋《すが》りついた。まだこの部屋には、守屋さんとその奥様の気配が残っているように思え、私は天井を見上げて目を閉じた。

静岡に残してきたご主人の両親のこともあり、できるだけ早めに葬儀を行いたいという澄子さんのご要望で、漆原は先に火葬場を押さえた。澄子さんは会葬者をどうしたものかと悩んでいる様子で、式場を決めかねている。

「お恥ずかしい話ですが、長い間、離れていたので、交友関係が分かりません。身内だけで済ませたいところですが、ずっとこの団地に暮らした父のことを思うと、親しくしていた方にもお見送りいただいたほうがいいのではないかと……」

漆原は頷いた。

「お父様を見つけてくださったのも団地の方ですから、お気持ちはよく分かります」

そこで少し考え、ご夫婦の顔を順番に眺めた。

「では、こうされてはいかがでしょう。式場は、この棟の一階にある集会所にするというのは」

澄子さんは驚いたように目を見開いた。

「なるほど。父も住み慣れた場所がいいと言うかもしれません」

「こちらならば、ご高齢の方の参列もたやすいかと」

「その通りです。確かに、昔、ここで葬儀をしているのを見たことがありました。父や母が手伝いに行ったこともあったと思います」

集会所を押さえ、僧侶の予定を確認すると、私たちは部屋を後にした。

見積書ができ次第、お持ちすることを伝え、それまでにご遺影用の写真を探していただくことにする。

澄子さんの様子にすっかり安心した私が、肝心なことを思い出したのは、玄関でパンプスに足を入れた時だった。〝ごはん〟の件がまったく解決していないのだ。

このまま帰るわけにはいかない。慌てた私は勢いよく振り向き、そのはずみで、書類の入った重いバッグが下駄《げた》箱にぶつかった。上に置かれた立派な花瓶がぐらりと揺れ、さらに慌てて手で押さえる。

その時、花瓶の後ろに置かれた〝あるもの〟に目が止まった。

最後の最後での失態に、先に外に出ていた漆原が「失礼しました」と詫《わ》び、バッグを抱えて廊下に出た私も深々と頭を下げる。

漆原の視線が痛い。あとで、きっとまた「落ち着きがない」とか何とか、さんざん小言を言われるだろう。しかし、今はそれどころではなかった。

エレベーターが一階に着くと、正面の掲示板に目を走らせた。

打ち合わせの前にも、掲示板を覆いつくすほどの張り紙の多さに驚いたが、これだけの住人がいれば、ルールや注意事項はいくつあっても足りないだろうと納得もいく。

端から順番に眺めていく。「禁煙」「詐欺に注意」「住人以外の用のない立ち入りを禁ず」「ペット禁止」……。

「漆原さん、少しだけ、お時間いいですか？」

「どうした？」

私は漆原を促してエレベーターホールを出た。広い敷地を見回し、隅田川と団地に挟まれた公園へと向かう。隅田川に沿って走る首都高速の高架のため、川は見えない。

「たぶんこの公園だと思うのですが、どこまで続いているんでしょう、広すぎる！」

「……君も気づいたのか」

私は驚いて横の漆原を見上げた。

花瓶を倒しそうになった時に、下駄箱の上で見つけたもの。

それは、隠すように置かれていた子犬用のドッグフードだった。

漆原はいつ気づいたのだろう。私よりもかなり身長が高いから、自然と視界に入ったのか。いずれにせよ、この男の観察力にはいつも驚かされる。

「公営の団地はペット禁止だ。こっそり公園内で犬の世話でもしていたのかもしれないな」

「きっとそうです。だから、私に〝ごはん〟って……」

真顔で言うと、一瞬目を見張った漆原が、耐えかねたように吹き出した。

「そういうことか。てっきり君が腹を空《す》かせているのだと思った」

昨夜、大盛りのご飯を平らげた私に呆れていた漆原は、自分の勘違いを棚に上げて、すぐにいつもの生真面目な顔に戻った。

「守屋さんが亡くなられて、四日か……。子犬だったら厳しいのではないか？」

「まだ分かりません。誰かが世話をしている可能性だってあります」

漆原は顔を上げ、団地に沿って延々と続く公園を眺めやった。

「広いな。ただ、ご高齢の方だ。そう離れた場所ではないだろう」

「そうだといいのですが」

「君はこのまま犬を探せ。俺は坂東会館に戻って、見積書の作成と諸々《もろもろ》の手配を済ませてくる。夕方には戻るから、それまでに見つけておくんだ」

一人での最期を嘆くよりも、子犬の食事のほうがよほど心配だったのだ。

私たちの予想が正しければ、守屋さんにとって最大の心残りは子犬だ。突然訪れた
「任せてください！　漆原さんも、そちらのお仕事、よろしくお願いします！」

威勢のよい言葉で見送ったものの、ポツンと残されると途方に暮れて、「広いなぁ……」と大きなため息が出た。

太陽の角度が変わるにつれ、空の色も淡く煙《けぶ》ったように鮮やかさが失われていく。

風も少し冷たくなったような気がして、心細くなる。

テニスコートやグラウンドも有する公園は、災害時の避難場所も兼ねているようで、とにかく広かった。

桜並木に沿った植え込みの下を覗きながら、中腰の姿勢で少しずつ移動していく。

色づいた桜の木からは、はらり、はらりと葉が舞い落ち、植え込みの下はすっかり落ち葉で覆われていた。昨日のお通夜で子供にイチョウの葉を渡された時は、秋らしいプレゼントに心が和んだものだが、まさか自分が落ち葉に埋もれることになるとは考えもしなかった。

さすがに中腰のままでは背中が痛み、立ち上がって伸びをした。髪にでも引っかかっていたのか、頭からもひらりと橙色《だいだいいろ》の葉が落ちてくる。その瞬間、携帯が鳴った。

漆原が戻ってきたのだ。

『見つかったか』

単刀直入に問われ、「すみません、まだです」と答える。

『仕方ない。俺は守屋さんの家に行って、見積書の説明をしてくる。そのあとで一緒に探してやるから、もう少し頑張れるか』

「もちろんです！」

声を聞いた途端、嬉しくなって調子よく返事をしてしまった。

電話を切ってから、情けなさにたちまち力が抜ける。

正直に言うと、何の手がかりもない子犬探しは思いのほか大変で、すでに音を上げかけていた。しかし、上げたところで聞いてくれる者はいない。どうやら私は孤独に耐えられないらしい。おまけに寒さで指がかじかむ。本当に犬などいるのだろうかという疑念が込み上げてきて、私は慌てて首を振った。

一時間ほどのち、再び連絡して私の居場所を確認した漆原が、ようやく姿を見せた。無言で差し出されたコンビニの袋に、そういえば昼食もとっていなかったことを思い出す。中には温かい缶コーヒーとあんまんが入っていて、冷え切った指に伝わる熱さに飛び上がりたいほど幸せな気持ちになった。

ベンチに座り、湯気を上げる熱々の胡麻《ごま》あんに涙目になる私の横では、漆原が缶コーヒーを手にしたまま、地面に散らばった赤や橙色の落ち葉を眺めていた。

「子供の頃、澄子さんは犬を飼っていたそうだ。団地に引っ越すことが決まり、泣く泣く貰《もら》い手を探して、置いてきたらしい」

漆原はそれとなく訊ねてくれていた。

その時、わぁっと子供の歓声が上がった。

これまで犬にばかり気を取られていたが、いかにも団地の公園らしく、あちこちで下校した子供たちが遊んでいた。ボールを追いかけたり、しゃがみこんでゲームに興じたり、いくつものグループがそれぞれの遊びを楽しんでいる。

「ねぇ、漆原さん。子供って、秘密を共有するのが大好きですよね。もしかしたら……」

「そうだな」

私たちはベンチから立ち上がる。走り回っている子供ではなく、座り込んでいるようなグループにあたりをつけて、桜並木の下を進んでいった。さっきまで、子犬はてっきり隠されていると思い込み、わざわざ人通りの少ない場所ばかりを探していたのだ。

私にも覚えがある。

小学校への登校途中、子犬を見つけたことがあった。雨に濡《ぬ》れて崩れた段ボールの中に小さな塊がうずくまっていた。一匹しかいなかったのは、器量の良い子はすでに誰かが持ち去った後だったのかもしれない。

大人に知られたら取り上げられると思い、誰にも言えなかった。給食のパンを残しておいて、放課後を待ちわびて子犬のもとに走った。私の手からパンくずを舐《な》めとる温かな舌がくすぐったくて、愛《いと》しくてたまらなくなった。

その夜、犬を飼いたいと両親に相談したが、我が家の狭い玄関先に犬小屋は置けないとあっけなく反対されて、布団の中で泣いた。今思えば、家の中で飼えばいいのに、はなから飼う気などなかったのだと分かる。

翌朝、祖母がこっそり握ってくれたおにぎりを持って駆け付けると、子犬はいなくなっていた。誰かが拾っていったのか、保健所に連絡がいき、連れていかれてしまったのかは分からないままだ。

私と漆原は、大きな桜の根元にしゃがんでいる子供たちの後ろに近づき、そっと覗き込んだ。中心には段ボールがあり、敷かれたタオルの上にふわふわとした塊が見えた。崩れた段ボールは、かつての記憶を呼び起こす。

「それ、ワンちゃん？」

私の声に、驚いて肩をはね上げた少女が、恐る恐る振り向いた。知らない大人に注意するよう、学校や親によくよく言い聞かされているのかもしれない。それとも、かつての私のように、大人に見つかれば、宝物が取り上げられてしまうと思ったのだろうか。

「うん、でも……」

一番前にいた男の子が不安そうな顔を向けた。同時に周りにいた子供も頭を上げ、覆いかぶさるように隠されていた段ボールの中がよく見えるようになった。

「ちょっと、いいかな」

私は子供の間に入り込み、同じようにしゃがみ込んだ。

身を寄せ合うような茶色の塊は三匹で、真ん中の一匹は細かく震えている。私は、震える小さな塊を慎重に両手ですくい上げた。手ごたえがないほどだらりとした柔らかさに、急に不安に襲われる。残った二匹は、支えを失ったようにころりと横になり、ぴくりともしない。うっすらと開いた口からは小さな舌が見え、吹き抜けた冷たい風に、柔らかそうな毛が揺れていた。

私は縋るように後ろを振り返った。漆原は私の横に片膝をつき、動かない二匹をためらいもなく抱き上げる。その手の中の小さな体はいかにも頼りなく見えた。

「かわいそうに。間に合わなかったな」

二匹をそっと胸元に抱き寄せた漆原の呟きに、固唾《かたず》をのんで見守っていた子供たちは顔を歪《ゆが》め、しょんぼりと肩を落とした。

見れば、段ボールの中には、彼らが持ち寄ったのか、スナック菓子のかけらや、ちぎった菓子パンが落ちている。

「この子は大丈夫。真ん中にいたから凍えなかったみたいだね。君たちが見つけたの？」

私は子供たちを安心させようと、手の中の小さな命をそっと差し出した。子犬を大切に抱く私たちの姿に、悪い人間ではないと思ったのか、警戒心が消えたのが分かる。

「どこかのおじいちゃんが、いつもごはんをあげていたんだ」

「内緒にしてくれたら、触っていいよって」

動物を飼うことを禁止されている団地の子供たちにとって、子犬はかけがえのない喜びとなったことだろう。秘密を共有しているという意識も、幼い自尊心を大いに満足させたに違いない。

「先週、ここで見つけたんだって。学校のお友達で、飼ってくれる子はいないかって言われて探していたんだけど、まだ見つからないの」

「おじいちゃんもいなくなっちゃった。犬も元気がなくなってきて、どうしようって」

そこで、子供たちは数日前から自分たちのおやつをこっそりと与えていたという。

「おじいさんとの約束を守って、内緒にして偉かったな」

漆原の言葉に、子供たちは恥ずかしそうに俯《うつむ》いた。

守屋さんはもういない。けれど、この子供たちが約束通り、犬を見守ってくれていたのである。彼らは、恐る恐る漆原の手の中の子犬を覗き込んだ。

「死んじゃったの？」

「君たちに可愛《かわい》がってもらえて喜んでいるはずだ。それに……」と、私のほうをチラリと見る。「こっちの子は、このお姉さんが大事にしてくれるさ」

子供たちはほっとしたように頷いた。

きっと自分たちの手に負えず、途方にくれていたのだ。

あたりにはうっすらと夜の気配が漂い始め、まだわずかに赤みを残した空には、細い三日月が浮かんでいた。

「ほら、早く帰らないと怒られるぞ」

子供たちははっとして、慌ててそれぞれの棟へと帰っていく。

「さて」

漆原は二匹の子犬を左手でしっかりと胸に抱き寄せ、空になった段ボールを拾い上げた。

「里見《さとみ》の家の庭にでも埋めてもらうか」

私は小さな温もりを柔らかく抱いたまま、パーキングへ向かう漆原の後を追った。

里見さんは、漆原の友人の僧侶である。清澄白河《きよすみしらかわ》の駅に近い光照寺《こうしょうじ》の四男坊で、故人の思いをすくい取ることができる。これまでも、ことあるごとに漆原の仕事を助けていた。

事情はすでに電話で伝えている。

到着するなり、里見さんはお母さんを呼び、私の手から受け取った子犬を預けた。

「あらあら、かわいい子ね。温かいミルクは飲めるかしら」

目を輝かせて、かいがいしく世話を焼く様子は、さすがおおらかな里見さんの母親である。和尚とお兄さんたちは通夜にでも出かけているのか、家の中はひっそりとしていた。

先頭に立って裏庭に向かう里見さんに従いながら、住職に無断でいいのかと心配になり、横を歩く漆原を見上げる。すると、里見さんのお母さんが子犬の背中を撫《な》でながら「いつものことですもの。大丈夫よ」と、なぜか漆原ににっこりと微笑んだ。

案内された植え込みの根元には、小さな園芸用のシャベルが用意されていた。

里見さんは漆原に手を差し出して、冷たくなった二匹の子犬を受け取った。

「梔子《くちなし》の木だよ。夏にはきれいな白い花が咲いて、いい香りがする。ここでいいよね」

「世話になるな」

すでに土を掘り始めた私の横で、漆原はバツが悪そうに袖をまくった。

頭上でクスリと笑う気配を感じて顔を上げると、里見さんが穏やかな微笑を浮かべたまま、面白そうに漆原を見下ろしている。

「もう何度目だろうね？　我が家の庭には、猫が二匹と、スズメや鳩《はと》も眠っているんだ。全部、漆原が連れてきたんだよ」

漆原は土を掘り起こしながら、顔も上げずに応えた。

「子猫は雨の中で鳴いていた。俺は飼えないから、ここに連れてきた」

「けっきょく間に合わなかったんだけどね。でもさ、漆原のマンションだって、ペットは飼えるはずだよ。どうしていつもウチに連れて来るの？」

「絶対に先にいなくなるものは嫌なのさ」

一瞬、沈黙が落ちたが、すぐに漆原は続けた。

「スズメや鳩を見つけたのは、坂東の駐車場だ。そのままにしておくわけにもいかないからな。ここは庭も広いし、何も問題ないだろう」

「どうせなら、ウチの墓地のひと区画、買わない？　ペット霊園でもいいよ」

「結構だ」

大学時代からのくされ縁だという二人の会話に笑いをこらえながら、私は黙々と穴を掘り続けた。これくらいかなと手を止めると、里見さんも覗き込んで頷いた。

「十分じゃない？　庭が賑やかになっていくのは嫌じゃないよ。僕だって、小さい頃からいろいろ弔ってきたんだ。縁日で買った金魚やカメ、兄上のハムスターも眠っている」

「俺だって、感謝しているさ」

漆原は里見さんから二匹の子犬を受け取ると、穴の底にそっと並べた。寄り添った柔らかな毛の上に、はらはらと土を落としていく。月明かりの下で見る土は真っ黒で、掘り起こした中のほうはしっとりと湿って、冷たかった。

「寒いかな、ごめんね」

「兄弟で寄り添っているんだ、大丈夫さ」

晩秋の夜空の下、私たちは静かに手を合わせて子犬たちの冥福を祈った。

母屋に入ると、里見さんのお母さんが熱いお茶を淹れてくれた。兄弟の体温によって生かされた子犬は少しばかり元気を取り戻し、彼女の腕の中で小さく尻尾を振っている。

「この子はどうするの？」

里見さんの問いに、漆原はお茶をすすりながら答えた。

「喪主が飼ってくれたら、それにこしたことはない」

今回の〝孤独死さん〟の件は、すでに庭で里見さんにも伝えている。

漆原は、手のひらの湯呑《ゆの》みを見つめながら続けた。

「単なる偶然だと切り捨てることは簡単だ。だが、この仕事をしていると、それだけではないと思うことに何度も遭遇する。たとえ亡くなっても、大切な人を思う気持ちは消えないのかもしれないな。だから俺は、お前たちが感じるものを疑おうとは思わない」

漆原は霊感もなく、どちらかと言えば合理的な現実主義者だ。しかし、里見さんや私の話にも、しっかりと耳を傾けてくれる。

「生と死が隣り合わせでいるように、私たちとあちらの方の世界も、もしかしたらずっと近いのかもしれませんね」

私は信じたかった。自分が近くに感じている限り、先に逝った人たちも見守ってくれていると。そうでなければ、大切な人と過ごしたかけがえのない日々が、過去のものとなってしまうことにとても耐えられそうもない。

その夜、坂東会館に戻った私たちに、椎名さんが泣きついてきた。

「何だ、お前。今日は早く帰れるんじゃなかったのか」

「それどころじゃありませんよ。さっき、社長に呼ばれたんです」

「何をしたんだ？」

「何もしていませんって。漆原さんも聞いているでしょう、葬祭部に人を増やすって」

どうやら、今朝、車の中で漆原から聞いた話らしい。

「ああ、中途採用だから、間違いなく即戦力だろう。よかったじゃないか。宿直室のせんべい布団で寝る回数が減るんだからな」

言葉に反して、まったく喜んでいるように思えない口調で漆原が応えた。

週に二度ほど貸布団屋さんが交換する宿直室の布団は、私の家のベッドよりもよほどフカフカで、寝心地がよさそうなのだが、漆原はいったいどんな布団で眠っているのかと訊《き》きたくなる。

「もう、漆原さんがそんなふうに他人事だから、僕に回ってくるんじゃないですか！」

理由は分からないが、椎名さんはぷんぷん怒っていて、「今日はとことん付き合ってもらいますから」と、漆原と私の腕をつかんで、強引にぐいぐい引っ張った。

それを制止したのは陽子さんだった。なぜか仁王立ちをして、こちらをにらみつけている。

「ダメだよ、今夜の宿直は漆原さんだもん」

坂東会館において、宿直は絶対である。椎名さんは仕方なく漆原の腕をほどいた。

けっきょく、陽子さんと私が椎名さんに付き合わされることとなった。

坂東会館から押上《おしあげ》駅に向かう途中に、赤提灯をぶら下げている居酒屋、「都鳥《みやこどり》」がある。古風な店名は、このあたりの地名ともなっている在原業平《ありわらのなりひら》から取られたことは言うまでもない。それはさておき、「都鳥」は、ふだんから通夜を終えた弔問客や、坂東会館のスタッフが利用していて、喪服姿の客で溢れても店主は文句も言わず、気持ちのいい接客をしてくれる。おまけに、値段も良心的とあっては、日頃、様々な理不尽をかみ殺している私たちにとって、居心地の良い息抜きの場所なのだ。

怒りにまかせて、息もつかずジョッキのビールを飲み干す椎名さんを待って、何があったのか訊ねた。繁忙期を目前に投入される新しい人材。聞いている限り、特に問題点はみつからない。

「美空は、ほとんど一日中外にいたもんね」

おかわりを頼む椎名さんの代わりに答えたのは陽子さんだ。

今日の昼間、その人物が坂東会館を訪れたそうだ。

どうやら、社長との間ではかなり具体的に話が進んでいたようである。

社長室で面談を済ませた新人さんは、事務所をじろじろと見まわし、「ずいぶん、こぢんまりしていますね」と電話番をしていた陽子さんに声をかけた。

挨拶なのか、下見なのかは分からない。けれど、けっして好意的な雰囲気ではなく、どこか品定めをするような、見下した視線だった。それが陽子さんと、たまたま事務所にいた椎名さんには不快だったらしい。

しかも、椎名さんが一番若手の葬祭ディレクターだと知ると、余裕しゃくしゃくといった表情で、「よろしく」と握手を求めてきた。その態度に、椎名さんはますます腹が立ったようだ。

「いくつくらいの人なんですか？　即戦力というからには、ベテランなんですよね？」

「まだ若いよ。でも、椎名よりは少し上かな。漆原さんは別格として、青田さんや宮崎さんほどではないけど、それなりに経験は積んでいるよね。しかも、葬祭ディレクターを養成する専門学校を出ているの。キャリアでいったら、大学を出てから坂東会館に就職した椎名よりもずっと長い」

今度も説明してくれた陽子さんを遮るように、椎名さんは「ああ〜」と大きな声を上げた。一瞬、店内はしんとするが、すぐにざわめきを取り戻す。通夜帰りの喪服の団体が、故人を偲《しの》んで母校の校歌を合唱する光景も、ここではめずらしくないのだ。

「そんな人を、社長は僕と組ませようとするんだ！　本当は、漆原さんの仕事を見せたかったそうなんだけど、あの人、清水さんもいるから手一杯だって断ったらしい。もう、そんな人に仕事を見られるなんて、緊張するし、絶対に僕とは相性が悪い！」

焼き鳥のお皿を押しのけてテーブルに突っ伏した椎名さんを、陽子さんがヨシヨシとなだめる。

「ウチでの仕事に慣れるために、しばらく一緒に行動しろって言われただけでしょう？　どうせすぐに仕事を覚えて、一人で担当をするようになるって。なにせ即戦力なんだから」

椎名さんも私から見れば十分にベテランなのだが、どちらかというと気が弱い。〝優人《ゆうと》〟という名前が示す通り、気遣いとユーモアで場の調和を保つ優しい人なのである。

「小暮千波《こぐれちなみ》！　今に見てろよ！」

気が弱くて優しい人は、わずか二杯のジョッキビールで、いとも簡単に強気に変わった。

「千波？　女の人ですか？」

「いや、男。そこもまた、僕の期待を裏切った」

椎名さんの言葉に、陽子さんが「私と美空じゃ不満なの？」と、冗談とも思えない口調で間近からにらみつける。いつもの二人のやりとりに、私は声を上げて笑った。

「漆原さんは、絶対に面倒くさいから逃げたんだ。いや、あの人は、坂東会館のことなんて自分には関係ないって思っているんだろうな。とにかく、小暮千波の歓迎会は、駒形《こまかた》のどじょう鍋にしてやる！　鍋いっぱいのどじょうを見て、ビックリすればいいんだ！」

きっと、繁忙期直前の今の状況では、歓迎会など言い出す者はいないだろう。仕事のない友引の前くらい、早く帰って眠りたいと誰もが思っている。

小暮千波。どんな人なのだろう。クセが強いなら、よけいに会ってみたいと思うのも人情である。期待と不安を、椎名さんに負けじとビールで体の奥底に流し込む。

専門学校で葬祭業を学んでいるということにも興味をそそられた。椎名さんには悪いが、私は小暮さんの仕事を見てみたくて、ひそかに胸を膨らませた。

翌日の夜が守屋さんのお通夜だった。通夜も、翌日の告別式も、住まいの下の集会所が会場というだけあって、多くの住人たちが訪れてくれた。

決して広くはない座敷に祭壇を設置した式場には、代わる代わる住人が訪れて焼香をしていく。参列者の案内は、団地の自治会の役員さんも手伝ってくれて、喪主の澄子さんでさえ驚いていた。

集会所を葬儀の場に選んだことは、守屋さんとご遺族にとって、最善の選択だった。今回の提案は、経験を積んでいないとできないとつくづく思う。

火葬を終え、集会所に置かせてもらっていたお供え物を部屋に運び、後飾りの祭壇を整えた私たちは、澄子さんと、ドイツから帰国したという弟さんと向かい合って座っていた。喪主のご主人は、火葬が終わるとその足で両親の待つ静岡へと帰っている。

「このお部屋も、解約されることになるのですね」

「ええ。四十九日を終えて納骨する頃には、引き上げたいと思っています。でも、お墓は近くですから、お参りに来るたびに、この団地を眺められるのは、私にとっても慰めになると思うんです。静岡からは、ちょっと遠いですけどね」

「ここの風景は、いつまでも懐かしい姿のままで喪主様のお心に刻み込まれるのではないでしょうか。喪主様の故郷の思い出の中には、きっといつまでもご両親がいらっしゃる。離れているからこそ、そう感じられることもあると思うのです」

澄子さんは頷いた。

「静岡に戻ったら、父がもうここにいないなんて信じられなくなりそうです。私は父が望んだ通り、主人の家族をこれからも大切にしていこうと思います。早く帰って、義父の介護をしてあげたい。本当の父のように……」

彼女はこぼれ落ちる涙をそっとハンカチで押さえた。

私は漆原に促され、バッグからスマートフォンを取り出した。動画の再生ボタンをタップしてから、澄子さんの前に置く。画面の中では、すっかり元気を取り戻した子犬が走りまわっている。真っ先に声を上げたのは弟さんだった。

「サスケだ！」

「サスケ？」

「昔、飼っていた犬です。子犬の時から育てて、団地に入る時に、知人に引き取ってもらった犬に、色も、毛並みもそっくりです」

その言葉に、私と漆原はなるほどと顔を見合わせた。

「喪主様、こちらのワンちゃんは、故人様がこっそり裏の公園で可愛がっていたんです」

「えっ」

姉弟《きようだい》は驚いた声を上げる。しかし、澄子さんはすぐに納得したように頷いた。

「もともと、父は無類の犬好きだったんです。先日、下駄箱の上で犬のえさを見つけて、不思議に思っていました」

「お部屋では飼えませんから、公園のベンチの下に隠していたのです。団地の子供たちにも内緒だよ、と口止めをして、飼い主を探していたそうですよ」

「やだ、お父さんたら」

澄子さんは笑った。笑いながら、くしゃりと顔が歪み、たちまち泣き笑いとなる。

「でも、どうしてあなた方がそれを？」

「清水が玄関にあったえさに気づき、公園を探し回ったのです。最後の時は、この子犬がお父様の心の支えになっていたのかもしれませんね」

「この子に会いたいです。今はどこにいるんですか、父が可愛がっていた子犬に会いたい……」

私たちは澄子さんと弟さんを連れて、子犬を見つけた公園に向かった。

数日のうちにすっかり葉を落とした桜並木の下で、里見さんが子犬と遊んでいた。

里見さんは私たちに気づくと、夢中になって落ち葉と戯れている子犬を抱き上げ、にっこり笑って澄子さんに差し出す。

まったく人見知りをすることもなく、千切れんばかりにしっぽを振る子犬を、澄子さんは大切そうに受け取った。小さな体を優しく胸に抱き寄せ、ふわふわとした毛並みに鼻先を埋《うず》める。目を閉じた澄子さんは、しばらくそのまま動かなかった。

やがて、顔を上げた時には、瞳に強い光を宿していた。

「私、この子犬を育てたいです。お譲りいただけませんか」

漆原はわずかに微笑んだ。

「もちろんです。それがお父様にとっても一番でしょう」

弟さんが「姉貴、ずるい」と子犬を奪おうとするが、澄子さんはしっかりと抱き締めたまま、渡そうとしない。すっかり大人になった姉弟が、まるで子供のように子犬を取り合う様子に、思わず頬が緩んだ。

「きっと、四十九日までは静岡と東京を行ったり来たりの忙しい日々になります。でも、それが娘の務めだと思っています。これくらいはしっかりやり遂げないと」

子犬を抱いたまま、澄子さんは言った。「だって、この子を父から引き継ぎましたから。父の分までこの子を可愛がって、静岡での生活も精一杯頑張ってみせます」

故郷で父親を見送った彼女は、再び、自分の生活に戻っていく。その足取りは、もしかしたら、今までよりも揺るぎなく、力強いものになるかもしれない。

澄子さんの準備が整うまでの間、里見さんが子犬を預かってくれることに決まり、子犬を抱いて光照寺へと帰っていった。

別れ際、漆原に向かって「ひとつ、貸しだよ。今度、しっかりねぎらってもらうからね」などと言いながらも声は弾んでいて、子犬としばらく過ごせることが嬉しくて仕方がない様子だった。どうやら里見家の家族は、すっかり子犬に夢中になってしまったらしい。

私と漆原は、隅田川に架かる橋の上から、川下方向に霞《かす》むスカイツリーを眺めていた。

外での仕事を終えた後、すぐに坂東会館に戻ろうとしないことが漆原には時々ある。それも分かる気がする。私たちの仕事は、人の死があればこそだ。ひとつの死を見送ったかと思えば、また次の死が待っている。簡単に次の死へと気持ちを切り替えるのも、何かが違うと私も感じている。

だから、こんな時は私も考えるのだ。

終えたばかりの葬儀のこと、ご遺族のこと、そして、自分のことを。

「漆原さん、去年、漆原さんに祖母の葬儀をしてもらいましたよね」

隅田川の水面《みなも》は、流れも感じさせぬほどに穏やかだった。たゆたうようにさざ波が上下し、夕日を受けて一面が黄金色に輝いている。

「家族と一緒に過ごして、見守られて命を終える。今思うと、祖母はなんて幸せだったんだろうと思います」

漆原はすべて見ていたのだ。いよいよ祖母が危ないとなって、日々怯《おび》えるように仕事をしていた私も、亡くなった後に号泣した私も。

「そうだな」

「祖母みたいな最期を迎えられるのは、ひと握りの人だけなのかもしれません。今回のように、離れて暮らしている家族はいくらでもいます。仕方のないことですが、やっぱり、あとになって、みんな悔やむんでしょうね」

漆原はずっと川面《かわも》を見つめている。

「家族であっても、それぞれの人生を生きている。たとえ、いつかそういう日がくると分かっていても、どうにもならないこともある。それでも、できることがあるなら、それなりの努力はしたいと、俺は思うけどな」

ふと、漆原がすでに両親を亡くしていることを思い出した。

漆原がどんなふうに両親を見送ったのかは分からないが、この男も大きな悲しみと喪失を経験しているはずだ。それでもなお、ご遺族に寄り添う仕事を選んだ。

「そうですね、当たり前だと思っている毎日が、実はすっごく幸せだって、分かってはいるんですけど、どうして、そこに不満とか不安とかが生まれちゃうんでしょうね」

「不満に不安？」

さも意外と言うように漆原が私を見る。

「不満というより、不安でしょうか。葬祭部に新しい人が来るでしょう？　この前、椎名さんが荒れていたのはそれが原因です。何だかんだ言っても、今の事務所、雰囲気がいいじゃないですか。それが変わっちゃうのが心配なんです。私、坂東会館が大好きですから」

「単に馴《な》れ合うのが好きなだけだろう。あまり甘えるな。けっきょくは一人だ。自分一人で、何事もやり遂げるくらいの覚悟を持て」

でも、願わくば、私は一人よりも誰かと一緒にいたいと思ってしまう。

「そう言えば、宮崎さんは次の月曜日から出勤されるそうですよ」

「俺も聞いている。通夜も葬儀も無事に終えたそうだ。ご臨終には間に合わなかったが、お父上は健在だし、お姉さん夫婦もいるし、たまには家族がそろうのもいいものさ。お母上が元気だった頃は、坂東会館に、毎年山ほどジャガイモが送られてきていたんだ。きっと、東京で働く息子が心配で仕方がなかったのだろう」

『仕事を放り出して帰ったら、オフクロにも怒られそうだし』

困ったような顔で言った宮崎さんの言葉を思い出す。

「だから、仕事をやり終えてから帰ったんですね」

「大切な人との間には、何かしら裏切れない約束があるものだからな」

漆原は、「さて」と、もたれていた橋の欄干から身を起こした。

「もう戻るぞ。さっさと仕事を切り上げて、里見のところに行かないといけない」

「もしかして漆原さんも、さっきのワンちゃんが気になります？　意外と動物が好きみたいですもんね」

にやりと笑って漆原の顔を覗き込む。漆原は、口元を歪めてため息をついた。

「犬よりも里見だ。早めにねぎらっておかないと、すぐに拗《す》ねるから面倒くさい」

今度こそ私は吹き出した。

「私はワンちゃんと遊びたいです。きっと、モヤモヤした心から解放されますよ！」

「あまり不満や不安を抱え込まれても、仕事に差し支えるからな」

「坂東会館がどうなろうとも、私は漆原さんや里見さんに見捨てられないように、頑張るしかありません」

これは、紛れもない本心だった。

私は振り返って、もう一度、守屋さんが暮らした広大な団地を眺めた。

縦横に規則正しく、どこまでも窓が並んでいる。いくつも、いくつも。

どの部屋も形は同じだが、そのひとつひとつに、まったく違った生活があり、それぞれの人生が輝いている。

裏手の公園からは、今日もまた子供たちが遊ぶ、賑やかな声が聞こえる。

明るい歓声が、巨大な白い壁に響いて、秋の夕空に吸い込まれていった。

十一月中旬の朝八時。坂東会館葬祭部の社員に、社長からの召集がかかった。

「とうとう今日から来るんだね。期待の葬祭ディレクター」

陽子さんは口の端に好戦的な笑みを浮かべ、ぎゅっと拳を握り締める。

とはいえ、張り切っているのは陽子さん一人で、ほかの者はいつもよりも早い出勤に明らかに不満の色を浮かべていた。

おそらく坂東社長は、その日の仕事に差し支えないようにとの配慮で早い時間にしたのだろうが、午前八時といえば、事務所にはいつもなら宿直の社員か、陽子さんくらいしかいない時間である。むっつりと押し黙っているのはまだいいほうで、宿直明けの椎名さんは、机に突っ伏して明らかに眠っていた。見かねた私と陽子さんは、給湯スペースで熱いコーヒーを淹れることにしたのだ。

そもそも、外現場に直行したり、ご遺族との打ち合わせやご遺体の搬送で出かけたりと、葬祭部の社員全員が事務所に顔をそろえることは極めてまれである。

「今回は社長の意気込みを感じますねぇ」

最古参の水神《みずかみ》さんが、落としたてのコーヒーにふうふう息を吹きかけながらおっとりと言った。定年退職後も嘱託社員として残っている水神さんは、渉外活動と称して区の内外を問わず、数々のお寺を歩き回り、住職のみならず、檀家《だんか》さんとの交流まで深めている。事務所でもっとも遭遇する機会の少ない人物ともいえる。

ご遺体の搬送や、葬儀の相談となれば、曜日も関係なく、二十四時間いつ呼び出されるか分からない仕事である。それを高齢の水神さんと私を除く四人の葬祭ディレクターで回しているのだから、繁忙期の真冬を前にした新たな人材の採用は、社員全員の切実な願いでもあった。

ここ数日、坂東会館はすっかり小暮さんの話題で持ち切りだったのは確かだが、もっとも年齢が近い椎名さんは一方的にライバル心を燃やし、陽子さんはスキャンダラスな気配を察して楽しんでいた。

「やあ、おはよう」

快活な声とともに、坂東社長が入ってきて、私たちはいっせいに顔を上げた。

社長はドアに向かって「小暮くん」と呼びかけた。

机に突っ伏していた椎名さんが跳ね起き、ドアのほうに半眼を向けた。

入ってきたのは、一見してなかなかの好青年だった。

ご遺族に接するにふさわしい清潔感があり、黒いスーツの足元にのぞく靴も磨かれていて、身だしなみは完璧である。だが、にこっと愛想よく笑う様子は、葬儀社の者というよりも、ホテルマンのように見えなくもない。

「小暮千波です。一日も早く皆様のお役に立てるよう、坂東会館の仕事に慣れたいと思っています。ご指導のほど、よろしくお願いします」

折り目正しい挨拶に続き、深く腰を折った姿に、私と陽子さんは顔を見合わせた。

きっちり、四十五度のおじぎだったのだ。

「小暮くんは専門学校で葬儀を学び、その後は『こばとセレモニー』で十年以上経験を積んでいる。十分に即戦力として、助けになってくれるはずだ」

「こばとセレモニー」といえば、西東京エリアを拠点に、いくつもの葬儀会館を有する大手葬儀社である。

社長はベテランから順に私たちを紹介したあとで、ずっと半眼のまま小暮さんをにらみつけている椎名さんに言った。

「では、椎名くん、この前話した通り、よろしく頼んだよ」

これから一か月の間、椎名さんは小暮さんと行動をともにする。その期間があれば、ひと通りの業務を経験できると踏んだようだ。

経験者に対して期間が長いようだが、私たちは病院や寺院に限らず、立ち入る先は数知れず、それぞれとの付き合い方がある。関係先ともスムーズにやりとりするためには、まずは慣れた者がつなぐのが一番である。けっきょくは、人と人。信頼関係で成り立っている。

しかし、そこでひとつ問題が発覚した。七連勤のとどめに宿直という過酷なワークスケジュールをこなした椎名さんは、本来ならば今日は休日のシフトで、他の社員が出勤するのと交代で帰宅するはずだったのだ。

昨夜もご遺体の搬送依頼や、相談の電話でほとんど眠れなかったというから、小暮さんをにらんでいるかのような半眼は、油断をすれば落ちてくる瞼《まぶた》をこらえようとする、必死の表情だったのかもしれない。

社長は椎名さんから私に視線を移した。

「じゃあ、今日は清水さんに館内の案内を頼もうか。各部署にも紹介して、職場のルールなんかも教えてくれると助かるな」

私は漆原の様子を窺《うかが》った。今夜は三階の式場でお通夜が入っている。お昼前から設営をしなくてはいけないが、生花部のスタッフも手伝ってくれるから問題ないだろうか。

仕事以外のことには鈍感な漆原も、さすがに私の視線に気づいて頷いた。

社長も漆原に目をやり、「悪いね」とにっこり笑う。

椎名さんから話を聞いていただけにあまり気が進まないが、引き受けることになってしまった。

「じゃあ、そういうわけで、今日もよろしくお願いします」

社長が役目を果たしたとばかりに上機嫌で社長室に行ってしまうと、青田さんと宮崎さんは、いそいそと席を立った。二人とも、過去に何度も新人に仕事を教えたことがあるそうだが、今の坂東会館に、教え子たちは一人も残っていない。指導が厳しかったのか、葬儀の仕事が向かないと感じて、辞めてしまったのかは分からない。

椎名さんはふらりと席を立つと、事務所の入り口に佇《たたず》む小暮さんに顔を向けた。

小暮さんのほうも、いきなり立ち上がった椎名さんをきょとんと見つめていた。あわや一触即発の危機かと思ったが、椎名さんは私を手招きすると、小暮さんの前に押し出した。寝不足のせいで真っ白な顔に、精一杯の笑みを浮かべて言う。

「申し訳ありませんが、今日のところは清水さんに任せます。明日からは僕と一緒にお願いします」

「いえいえ。ご無理をなさらず」

余裕の笑みで応じる小暮さんに一礼し、椎名さんはおぼつかない足取りで事務所を出ていった。さっさと私に押し付け、一刻も早く帰宅して眠りたかったに違いない。

陽子さんは昼間の告別式の準備のために二階の式場に行ってしまい、漆原は共有のテーブルで今夜のお通夜の段取りを確認している。私のすぐ横では、小暮さんが興味深そうに壁のホワイトボードを凝視していた。覚悟を決めて話しかける。

「それは、現在進行している葬儀のスケジュールです。ええと、まずは事務所から説明しましょうか。あっ、私は清水美空です。こちらにいる漆原さんと一緒に仕事をさせてもらっています」

「よろしくお願いします。清水さん」

ホワイトボードから私へと視線を移し、小暮さんはにっこりと微笑んだ。

「せっかくですし、まずはお茶でも飲みながらお話ししたらどうでしょう」

今日一日、電話番を引き受けてくれた水神さんが、柔和な笑みを浮かべながら、事務所の奥の給湯スペースを示した。


事務所を出た私は、地下から四階まで順番に小暮さんを案内した。

二階は宮崎さんが担当する告別式が始まるところだったので通過したが、三階は式場だけでなく、和室やパントリーまで、ふだん立ち入る場所はすべて回り、階段で四階へ上がった。

四階は、ロビーの奥の襖を開ければ広い座敷になっている。

靴を脱いで座敷に上がったとたん、それまでおとなしく従っていた小暮さんが、ずんずんと畳の上を進んで、座敷の真ん中で立ち止まった。

「ここもお式ができるんですか」

小暮さんが左奥の襖を見つめているのに気づき、鋭いなと思った。

襖の奥には白木の祭壇が隠されている。

「はい。こぢんまりとした式では、四階を希望されるご遺族も少なくありません。ただ、普段は法事で使われることのほうが多いです。あとは、全館を貸し切るような大きな式の時に、お清め会場にしたり、ご親族が宿泊したり。四階は意外と便利な場所なんです」

「ほとんど余剰なスペースってことか。小さい式場だと、費用も安くて済みますからね」

独り言のように発せられた言葉に、思わず「えっ」と思ったが、小暮さんは、私が声を出すよりも早く、次の質問をしてきた。

「それぞれの階に、同時に依頼が入ることも？」

「もちろんあります。坂東会館では一度に三件の式を行うことができますし、お寺やほかのホールでの式が重なることもありますから、今の人数だと厳しいこともしょっちゅうです」

「今の人数って、さっき事務所にいた人ですべてですよね」

「ええ。でも、実際に担当ができるのは、四人だけですから」

私はまだ見習いである。

ちょっと苦い思いで言うと、小暮さんは案の定、大げさに眉を寄せた。

「想像以上だな。帰宅した椎名さんも、三日目のご遺体みたいな顔色でしたもんね」

疲れ切っていたことは認めるが、笑えない冗談である。

実は、さっきから気になっていたことがある。

事務所を出て、二人きりになったとたん、小暮さんの雰囲気が変わった。相変わらず口元には笑みをたたえているが、館内の隅々にまで走らせる視線は恐ろしく冷ややかで、これから自分の職場となる場所を眺めるものとはとても思えない。それに、口調こそ丁寧だが、声のトーンが下がり、言葉のすべてに非難がましい響きがある。大手の葬儀社から来たのだから、すべてがこぢんまりとした坂東会館に、不自由や物足りなさを感じるのは無理もない。しかし、あまりにもあからさまな態度を取られれば、私のほうもやりにくい。椎名さんや陽子さんが彼に敵対心を抱いたのも、こういう態度を感じ取ったからに違いない。

「もともと小さな会社です。それに、この業界なら、どこも似たようなものではないんですか。亡くなる人の予測なんてできませんし、忙しいからと、待ってくれるものでもありません。特に、冬の繁忙期は」

今度は私がずんずんと入り口に向かった。何だかうんざりしていた。

足の裏から伝わる畳の冷たさにいよいよ冬の到来を感じ、ますます憂鬱な気分になる。

さっさと靴を履いてから振り返ると、小暮さんは言い返した私を心外そうに見つめていた。すぐに追いかけて来て、自分も靴を履きながら言う。

「まぁ、そうですね。でも、僕がいた『こばと』は式場数も多いけど、その分、社員数も多いんです。完全に分業制でしたよ。専門の電話オペレーターがいて、葬祭ディレクターでも、ご遺族との打ち合わせ役、司会と進行役、みたいにね。そもそも式場には、式場担当スタッフがいましたし」

小暮さんはチラリとパントリーを覗いたあと、エレベーターホールの広い窓から外に目をやった。周囲も建物に囲まれた下の階には窓がないが、四階のロビーには大きなガラスがはめられていて、いくつかのビルの間からスカイツリーの一部が見えている。

「坂東会館の式場は、効率も悪そうですね。特に四階の座敷なんて、中途半端だと思いません？　小さい葬儀をやるにしては広すぎます。靴を脱がなくてはいけないから、棺を入れるのも大変ですし、お清めや精進落《しょうじんお》としの食事では、配膳も大変でしょう。おまけに、今は高齢者だって、正座よりも椅子のほうを喜ぶんです。実際、ここの座敷の稼働率はどのくらいですか？」

小暮さんの指摘に、私は言葉を詰まらせる。

「葬儀自体は、月に三、四件です。ただ、法事では毎週末、必ずといっていいほど使用しています」

「ほらね」

小暮さんは得意げに、これまでよりもさらに口角を吊《つ》り上げる。

悔しいが、小暮さんの言う通りだった。漆原の下につく前、私はホールスタッフのアルバイトで、もっぱら配膳が仕事の中心だった。

その時、四階を任されるたびにうんざりしたのは事実である。料理や飲み物を運ぶのも、いちいち靴を脱いで座敷に上がらなくてはならないし、食器を下げるのも、かがまなくてはならないから足腰がつらい。特に、慌ただしい通夜の後のお清めでは大変な有様だった。

私の心を見透かしたように小暮さんが言う。

「ここは、お料理も仕出しじゃなくて、全部、地下の厨房《ちゆうぼう》で作っているんですよね。お弁当形式なら楽ちんなのに」

「温かいお料理を食べていただきたいという社長のこだわりです。特に、精進落としの懐石風のお料理は、美味《おい》しいとご好評をいただいています」

「へぇ。お料理は坂東会館のウリのひとつなんですね」

葬儀場において、「売り」など意識したことはなかった。ただ、つらく、悲しい思いをしているご遺族への慰めとして、温かく美味しいお料理をお出ししたいという思いから、厨房を設置し、修業を積んだ板前を招いたと理解していた。小暮さんと話をしているうちに、次第に心がざらざらしてくる。

私の気持ちなどお構いなしに、小暮さんはここからは決して見えないスカイツリーのてっぺんを探そうとでもするように、窓枠に手をついて身を乗り出すように上を見上げた。

「何だ、こんなに近いのに、てっぺんは見えないんですね」

「同じことを、四階にいらっしゃったご遺族や会葬者もみなさんおっしゃいます」

「つくづく中途半端だなぁ。うん、分かりました。座敷の使用に関しては、改善を検討する必要がありそうですね」

今日来たばかりなのに、いったい何を言いだすのだろう。

「改善って、今の使い方に何か問題があるんですか。現状、四階は法事が中心ですけど、ほぼ毎週使っているんです。座敷がなければ困ります」

思わず言い返した私を見て、小暮さんはあははと笑った。

「法事こそ会食がつきものじゃないですか。お座敷では、ご自慢の懐石風のお料理は、さぞ配膳も大変でしょうね。それに、法事は高齢者の出席も多いでしょう。椅子席のほうがお勧めだなぁ」

確かにその通りである。

「ところで、さっき、お座敷は宿泊にも使われているって言いましたよね。つまり、他の階で行った式のご親族が多い場合ということでしょう？　宿泊だけで四階を使った時も、会場の使用料はいただいているんですか？　正規の金額で？」

急に真顔になって小暮さんが訊ねる。私は再び言葉に詰まった。

すぐに答えられないのは、いったい何度目だろう。自分が情けないというよりも、初日から鋭く切り込んでくる小暮さんが恐ろしくなっていた。

特に私の返答を期待していた様子もなく、小暮さんはすぐに話し始めた。

「『こばと』ではね、地方から出てきたご親族が多い場合、系列のホテルを紹介していたんです。もともと『こばと』は、互助会のシステムで大きくなった会社ですから、『冠婚葬祭、なんでも引き受けます』をうたい文句にして、結婚式場併設のホテルもいくつか持っています。このあたりだって、スカイツリーや浅草も近いし、ホテルはたくさんあるでしょう？　近隣のホテルと提携するのもありかもしれませんね。あっ、そうだ、式の締めくくりに、夜のスカイツリーの展望デッキで、『星になった大切な人に手を合わせよう』なんてプランはどうでしょう」

プラン？　私は耳を疑った。

真面目に話しているのかと思えば、突然、突拍子もないことを言い出し、私はだんだん頭が痛くなってきた。一方の小暮さんは、話題がエスカレートするにつれて妙に生き生きとした口調に転じ、途中ではっと我に返ったように私を見て、吹き出した。

「どうしました。難しい顔をして。事務所でも感じましたが、ここ、どうもあまり覇気がないですよね。入ってくる仕事だけをこなしているだけじゃ、ダメなんじゃないでしょうか。たとえ葬儀の会社でも、企業としての努力も必要だと思いません？」

誰かが亡くなれば、葬儀社を頼らざるを得ない。葬儀の仕事は、あくまでも「受け入れる」ものだと思っていた。そこに努力は必要なのだろうか。

恐る恐る顔を上げると、小暮さんは事務所で紹介された時と同じ笑みを浮かべて、私を見つめていた。葬儀の場には似つかわしくない、あざやかな笑み。漆原でさえ、ご遺族の前で微笑むことはあるが、それは相手の心を開くための、慈しむような控えめな微笑だ。

苦手だな。ハッキリと思った。

経験豊富な先輩が加わると、あれだけ心を弾ませていたはずなのに、今は嫌悪感でいっぱいである。坂東会館がこれまで築き、大切にしてきたものを、どうか壊さないでほしい。

「清水さん」

一歩下がった私に小暮さんが呼びかける。

「これからは、小さな葬儀が主流になると思うんです。家族だけか、近い親戚のみのね。直葬だってますます増えると思います。僕の印象だと、二階の式場は大きいし、三階だって家族葬にはちょっと広い。小さな式場をいくつも抱えて、葬祭ディレクターを増やす。それが、この業界で勝ち残る手段だと思うんです。小さい式なら、食事の配膳スタッフも今ほど必要ありません。実に効率的ですよね」

話の内容はもっともなことが多い。それでも反発せずにはいられなかった。

「家族葬が増えているのは感じています。でも、中には、生前に関わった大勢の方々と一緒に、故人を送ってあげたいと考えるご遺族もいらっしゃいます。もともと葬儀はそういう場であったはずです。集まった方々が故人を悼み、ご遺族を慰め、ご遺族もまた故人とゆかりのある方々と思い出を語って励まされる。そういう時間も大切だと思います」

「それは否定しません。もちろん、大きな式場が必要な場合もありますから、完全になくすことは不可能です。大規模な葬儀のほうが、お花も、返礼品も、お料理だって多く発注できるから、動く金額も大きい。それにこしたことはありませんしね」

「清水さんだって、打ち合わせの時にはそれくらい、考えますよね？」

「……私はまだ、打ち合わせを任せてもらったことはありません」

　小暮さんは大げさに驚いた顔をした。

「それでも、費用のことはつねに意識してほしいですね。この規模なら、この価格。まずは感覚をつかみ、そこからいかに上乗せできるかは、ある意味では腕の見せどころです」

　黙ったままの私におかまいなしに、小暮さんは続けた。

「べつに効率だけを重視しようなんて思っていません。家族を亡くしたご遺族の悲しみは変わることはありませんし、深く傷ついた心は、簡単に慰められるものでもありません。ただ、それを大勢で共有したいかというと、そうではない人が多いのも事実です。都会では、同じマンションでも隣近所、誰が住んでいるか分からないなんて、当たり前のことですよね？　同じ町内でも関わりたくない人もいる。時代はどんどん個人主義になっています。最小単位の『家』だけで十分だって人も大勢いるんです。それがけっきょく、今の世の中の、直葬や家族葬ブームにつながっているのだと思いません？」

今まで商業主義にしか聞こえない話をしていた小暮さんが、初めて家族を失ったご遺族の心情についても口にして、私は少しだけほっとした。

「そうかもしれませんけど、私には、目の前の仕事にただ全力で向き合うことしかできません」

「僕はね、せっかく来たからには、坂東会館をもっと成長させたいと思うんです。そのためには、利益の確保は必要ですよね。式場についての言及もそのひとつです。だって、お客様から『あそこは使い勝手が悪い』なんて思われたらおしまいですから。ニーズに応える努力は必要ですよ？　これからは僕と一緒に、どんどん変革していきましょう」

小暮さんはにこっと笑うと、最後に付け加えた。

「あ、僕、実は坂東社長の甥《おい》っ子なんです」

まるで脅しのような言葉に、私はまたしても一歩後ろへと下がった。

冬の繁忙期の到来どころか、坂東会館はいきなり強烈な寒波に襲われていた。

第二話　未来の約束

枝に引っかかった乾いた葉っぱが風に飛ばされていく。仕事の合間によく利用するファミレスは暖房が行き届いていて、薄暗い窓の外がいっそう寒々しく感じられる。

「私、別に変える必要なんてないと思うんですけど」

ドリンクバーから三杯目のカフェラテを持ってきた私は、漆原のカップも空になっていることに気がついた。

「世の中の変化は止められないぞ」

「それとこれとは……」

すっかり常連となったこのファミレスにも、いつの間にかドリンクバーが設置されていた。一番奥のボックス席が私たちの定位置であり、ドリンクバーからもっとも離れている。

「漆原さんは、ホットコーヒーでいいですよね」

返事も聞かぬまま、私はいそいそと戻ってコーヒーマシンのボタンを押す。

漆原は、今日も和定食である。世の中は変化しても、自分を変えるつもりはないらしい。

ただ、これまでは食後に飲んでいたコーヒーを、注文を済ませると同時に、私に淹れにいかせるくらいには変わった。

漆原の前に淹れたてのコーヒーを置き、向かい側の席に座る。

「坂東会館をどうするかはともかく、葬祭業界の流れは明らかに変わっている。ロッテの言うことも間違ってはいない」

ロッテとは小暮さんのことである。葬儀場にしてはあまりにもさわやかな笑顔が理由だ。

そう感じたのは私だけではなかったようで、「ホテルマンみたいだねぇ」という陽子さんの何気ない一言から、近隣のホテルの名を拝借して、いつの間にか陰ではこう呼ばれるようになっていた。

小暮さんがきて二週間が経ち、ことあるごとに神経をとがらせる私に「相手にしなきゃいい」と平然としていた漆原も、このところは彼を煩わしく思っている様子が顕著である。

なぜなら、小暮さんは椎名さんと一緒に仕事をこなしながら、暇さえあれば、他の社員の行う式を見学したり、見積書を見たりして、口を出してくるのである。

お花が少なくて祭壇が貧相に見えるとか、棺は桐《きり》のシンプルなものばかりだから、布張りや彫刻を施したものも提案すべきだとか、ことごとくが費用を釣り上げようとするものばかりだから、こちらもうんざりしてしまう。

小暮さんは、相手がベテランだろうと容赦がない。恐れ知らずというか、大手から来た自信というか、得体の知れない貫禄《かんろく》が溢れている。いつの間にか坂東社長の甥ということも知れ渡っていて、私たちの間では、もしやこれは、社長からの無言の圧力なのでは、という憶測までも飛び交い、最近は事務所にも不穏な空気がたちこめている。

確かに、葬儀は見た目も大切だと思う。故人を送る厳粛な儀式の場なのだ。妥協はできないから、たとえお花が少なくても、私たちはしっかりと祭壇を整える。

それに、目に見える部分だけにお金がかかっているわけではないのも事実である。祭壇やお花、棺、通夜振る舞いや精進落としのお料理以外にも、いくらでもお金をかけようと思えばかけられてしまう。

例えば、棺の中のお布団をよりふかふかのものにしたり、「お休みになる時、日本人ならやっぱり畳ですよね」と畳敷きにしたりすることもできる。

けれど、私は考えてしまう。お金をかけることは、ご遺族の故人に対する愛情に比例するものではない。愛する人を失えば、どんなご遺族だって、何でもしてあげたいと思うに決まっている。しかし、経済状況によって、すべてを叶《かな》えられるはずもなく、何よりも、ご遺族には今後の生活がある。私たちが良かれと思って提案しても、叶えられないと分かれば、ご遺族は故人に対して、どこか後ろめたい気持ちを抱いてしまうに違いない。

漆原は、ご遺族の負担が増えるような、積極的な提案はいっさいしない。

ただ、坂東会館が用意するカタログやパンフレットには、ひと通りの葬具が写真付きで掲載されているから、ご遺族が興味を示した時にだけ説明をする。

私はそういうものだと思ってきたし、良心的にご遺族に寄り添うところが坂東会館のよさだと信じてきた。

葬儀は区切りの儀式とはいえ、ご遺族にとっては通過点に過ぎない。その後も彼らの生活は続いていくのだから、負担になるのもまた違うと思ってしまう。

「今回は、花が足りないと言われたな。しかし、働き盛りの独身の息子を亡くした高齢の母親に、もっと華やかなほうが息子さんも喜びますよ、なんて言えるか？　ご自宅は狭いアパートだった。訪れたのも親族三名だけだ。まったく必要を感じないな」

コーヒーにポーションミルクを三つも入れながら、漆原がめずらしく愚痴をこぼす。カフェラテにすればよかったかなと思いながら、カップの中をスプーンでかき混ぜる漆原の手の動きをぼんやり見つめる。

「椎名さんも相当参っていますよね。なにせ、四六時中ロッテさんと一緒なんですから。きっと、漆原さん以上に、ああだこうだ言われていますよ」

「だろうな。泣き言を聞かされるのもうんざりだ。昨日は『都鳥』で、閉店まで付き合わされた。そんな暇があるなら、さっさと帰って寝ればいいのにな」

「漆原さんに聞いてほしいんですよ」

私と椎名さんは、漆原から仕事の進め方だけでなく、葬儀に対する精神も学んだ。ご遺族に寄り添いながらも、前へ進むためのお手伝いをする。そのためには、ご遺族が心から納得できる葬儀を行わなくてはならない。故人への思いや、ご遺族の状況を読み取るのも大切なことである。

ふと、椎名さんがポロリとこぼした言葉が頭に浮かんだ。

『ロッテは漆原さんが邪魔なんだよ。あの人はフリーだから、会社の利益なんて関係ないし、そもそもご遺族だけじゃなくて、自分が納得できる葬儀をしたいって考えている人だもん。会社の方針と言っても、聞いてくれそうもないしね。社長から信頼されているっていうのも、ロッテには面白くないだろうね』

私は小さくため息をついた。椎名さんも私も、漆原が坂東会館からいなくなってしまうことを心配している。

「そういえば、今日は君もこっぴどく言われていたな」

漆原の言葉に、はっと我に返る。

その結果が、目の前に置かれた、「ベリーとチョコのジャンボパフェ」だった。ようやく三分の一を食べ終え、今は苺《いちご》ソースにまみれたチョコレートブラウニーを掘り起こしている真っ最中である。

「いまだに葬儀のひとつも任せてもらえないのかって。葬祭ディレクターの試験もまだかと、さんざん言われました」

「現実的に無理だな。二級の試験は実務経験が二年以上必要だ。だいたい、君自身、一人で担当をやりたいと思っているのか？」

「……いいえ」

「まだ、自信がないからだ」

私は口に入れたブラウニーをもくもくと咀嚼する。

「性別を理由にするわけではないが、この先も、君には一人でのご遺体の搬送は難しいと思っている。同じ理由で宿直もだ。何も、俺たちと同じように全部を引き受ける必要はないのではないか？　これは、君を預かった時から考えていたことだ。打ち合わせや当日の式の進行、分業制というわけではないが、できることだけに特化するというのも、ひとつの方法だ。今はただ、全体を把握し、ご遺族とのやりとりを経験させるために連れ歩いているけどな」

そうなれば、ますます小暮さんの言うような、坂東会館葬祭部の業務改革が必要なのではないだろうか。彼の登場により、私は様々な問題を突き付けられている。だんだん胸がいっぱいになってきて、ジャンボパフェを注文したことを後悔し始めていた。


それから数日後のことである。

「どうしたの、清水さん、さっきから唸《うな》っているけど」

夜の事務所で、パンプスを脱いで椅子の上で膝を抱える私を、椎名さんが心配そうに覗き込んだ。

一難去ってまた一難。では、その「一難」が去らないうちに、新たな「一難」に襲われた場合は、いったい何というのだろう？　次から次へと「難」に襲われて、私は押し潰されそうになっている。

「ちょっと、自分のふがいなさに落ち込んでいるだけです」

その時、目の前の電話が鳴り響き、私はびくっと身をすくませた。

椎名さんが手を伸ばし、私は体を縮めて、電話が終わるのを待つ。

「坂東会館への道順を教えてくれって。明日のお通夜の会葬者かな」

受話器を置いた椎名さんの声に、細く息を吐き出す。電話が鳴るのが怖くてたまらないのだ。

「昼間のクレーム、まだ落ち込んでいるの？」

クレームと聞いて、きゅうと胃が締め付けられた。

昼間、坂東会館にクレームの電話が入った。先週、漆原が担当したご遺族からのもので、お怒りの理由は、当日の私の言動についてだった。

電話があった時、私たちは外に出ていたから、直接クレームを受けたわけではないのだが、それ以降、かかってくる電話はすべて私へ向けられた非難に思えて、恐ろしくて仕方がない。

「大丈夫だって。今、漆原さんが謝罪に行っているんでしょう？　しっかりお詫びして、ちゃんとお怒りを収めて帰ってきてくれるから」

椎名さんの慰めが心をえぐる。漆原が担当する葬儀で、失敗をしてしまったのだ。私のせいで漆原が頭を下げていると思うだけで、申し訳なさでいっぱいになる。あれだけ、完璧主義でプライドも高い男だというのに。

「でもさ、漆原さんの葬儀でクレームなんて、みんな驚いていたよ。何が問題だったの？　よかったら、共有させてよ。明日は我が身かもしれないし」

私は、抱えた膝に押し当てていた顔を上げ、上目遣いに椎名さんをにらんだ。

「今日はずいぶん余裕じゃないですか。みんな驚いていたって、ロッテさんもですか。そういえば、あの人はどこにいったんですか」

小暮さんの名前を出したとたん、椎名さんがうんざりしたように眉を寄せる。

毎日、小暮さんと行動している椎名さんは、いちいち揚げ足を取られるのに辟易《へきえき》し、最近ではすっかり精彩を欠いて、おとなしくなってしまった。

「ロッテは先に帰したよ。もう四回も一緒に宿直をしたんだから十分でしょ。朝まで二人でいるくらいなら、一人で三件でも四件でもご遺体を搬送したほうがよっぽどいい」

「クレームのことは何か言ってましたか」

「これだけ地域密着、こぢんまりとした葬儀をしていて、クレームなんて考えられないって。僕らにしてみれば、あの漆原さんの葬儀でクレームってことに驚いたけど、ロッテはまだ漆原さんの徹底ぶりを知らないからね」

正直な椎名さんの言葉に、私は上げていた頭を落とす。思いのほか強く額が膝にぶつかり、鼻の奥がしびれて涙が浮かんだ。私は、漆原の仕事に傷をつけてしまったのだ。

「……漆原さん、絶対に怒っていますよね……」

すぐ横で、カサカサと音がする。椎名さんが、夜食用に買ってきたおにぎりを開封したようだ。こんな時なのに、海苔《のり》の香ばしい香りに、美味しそうだと思ってしまった自分が情けない。

「完璧主義者だからね。でも、清水さんに怒っているんじゃなくて、回避できなかった自分に腹を立てているんじゃない？　ほら、清水さんも食べなよ。食べながら、聞かせてよ」

ゆっくりと顔を上げた私の目の前に、椎名さんは焼き鮭《じゃけ》のおにぎりを差し出す。海苔の香りには反応したものの、さすがにおにぎりを頬張る気にはなれない。

自分の失敗を人に説明する。これほど情けないことはないが、仕方がない。

「私にもまったく自覚はなかったんですが……、演出過剰だと言われたそうです」

「演出過剰？」

椎名さんは、かじりついたおにぎりを、危うく吹き出しそうになって咳《せ》き込んだ。

分かる。私も漆原からこの言葉を聞いた時、「ええっ」と思わず大きな声を出してしまった。

「どういうこと？」

口元を拭いながら椎名さんが訊ねる。

先週、漆原が担当した葬儀は、今村美知留《いまむらみちる》さんという、四十代の独身女性のものだった。

当初は家族葬の方向で打ち合わせを進めていたが、途中で流れが大きく変わったのだ。

ご両親は、闘病中にやせ衰え、別人のように容貌の変わってしまった美知留さんの姿をひどく気にしていた。「人に見られるのは娘も嫌がるだろうから」と父親が言えば、母親もまた、「最後まで家族だけで過ごしたい」と涙を流した。

漆原が、お身内だけの式を提案したのも当然のことである。

しかし、遅れて到着した故人の妹、沙也加《さやか》さんが、絶対に勤務先の同僚を呼ぶべきだ、美知留さんもそれを望んでいるに違いないと、ご両親を説得したのだった。闘病中の美知留さんをそばで支えてきたご両親は、娘が職場の同僚に励まされ、仕事に復帰したいと最後まで願い続けたこともよく知っていた。

彼らが沙也加さんの言葉に心を動かされたのはもっともで、最終的に、会葬者三十名を見込む通夜を行うことが決まったのだ。

「なのに、ご両親は納得できていなかったってこと？」

「そんなことはありません。漆原さんは、そういう点に特に慎重じゃないですか。ご両親と妹さんにはじっくり話し合ってもらって、決まったことです。……いけなかったのは、当日の私の司会なんです」

「ああ、演出過剰」

何気なく繰り返した椎名さんの言葉が、さらに深々と私の心をえぐる。

「打ち合わせの時に、妹さんからじっくりお話を聞いたせいか、私の中に、すっかり故人の人物像が出来上がってしまったんです。まるで、自分の古くからの知り合いみたいに。お通夜には、会社からたくさんの方が弔問に訪れました。最初から泣いている方も多くて、ああ、これはつらい式になるなって思ったんです」

「分かるよ。もらい泣きをしちゃいそうになるパターンだ」

「はい。私、何とかみなさんを慰めたいと思ったんです。それで、開式前の故人のお人柄を紹介する場面で、闘病中のエピソードを交えて、どれだけ故人が同僚に励まされたか、職場復帰を願っていたかを、切々と語りました」

故人と、残された人々の思いをつなぐ。それは、漆原から教えられたことでもある。祭壇の遺影や、ご遺族、会葬者。司会台から眺める景色が、私の中に次々に言葉を生じさせる。湧き上がる思いを、どうしても止めることができなかった。

「式場内は、もう、涙、涙でした。それを見て、私も、故人はこんなにも慕われていたんだって、切ないような、嬉しいような、変な気持ちになってしまって。でも、私の言葉は、会社の人にしか向けられていなかったんです。会葬者が悲しめば悲しむほど、ご両親は、自分たちがないがしろにされているように感じたそうです」

「なるほど、それで演出過剰か……」

椎名さんが腕を組んで考え込む。

大切な人を失ったご遺族が、漆原の言葉によって慰められる姿を何度も目にしてきた私は、すっかり思い違いをしてしまったのだ。

今になればよく分かる。これまで、私が見てきた司会台の漆原は、いつだって控えめな姿勢を崩さなかった。影のように佇み、感情を抑えた静かな声と口調で、ご遺族に寄り添うように式の進行を担っていた。感情に中立な存在だからこそ、人々の悲しみを受け止める器となりえていたのである。今ならそれがはっきりと分かるのに、あの時の私は、司会を任されるようになり、傲慢《ごうまん》になっていたと言われても仕方がない。

「確かに、やりすぎたね」

「それに、クレームが入るまで、私は自分の失敗に気づきもしませんでした」

だから、ますます情けないのだ。

「式が始まってしまえば、横からは口出しできないからね。でも、終わってから、漆原さんのダメ出しはなかったの？」

私は力なく頷いた。

「微妙なラインだったのかな。ご遺族によっても感じ方はいろいろだから。中には、あくまでもホスト役に徹して、会葬者をもてなしてほしいって希望されるご遺族もいる。その場合は、清水さんのやり方で問題がなかったと思うんだ。だって、同僚を呼ぼうって主張したのは妹さんなんだから」

「謝罪に行く前、漆原さんも同じようなことを言っていました。でも、私は自分が許せません。これまで、何を学んできたんでしょう。ご遺族と同じ立場で悲しむことこそ、寄り添うことだと勘違いをしていました。会葬者の涙を見て、満足するなんて最低です」

私は故人のご両親に、大切な娘さんの葬儀で不快な思いをさせてしまった。

そんな場面での強烈な思いは、いつまでも彼らの胸に刺さり続け、美知留さんのことを思い出すたびに、じわりと嫌な記憶まで蘇《よみがえ》らせてしまうことだろう。

美知留さんは、けっして仕事のことだけを考えて闘病してきたわけではない。ずっとそばで支えてくれた両親や妹さんには、感謝や愛情、言葉ではとても言い表せない思いを抱いていたはずなのに、私はいっさい触れることをしなかった。大切な儀式で、家族の絆《きずな》を分断してしまったようなものだ。

「食べなよ」

今度は辛子明太子《からしめんたいこ》のおにぎりが差し出される。

「済んでしまったことは仕方ないよ。これからの仕事で挽回《ばんかい》するしかない」

椎名さんは、私がさっき返した焼き鮭のおにぎりのフィルムをはがしながら続けた。

「明日になっても暗い顔をしていたら、またロッテに付け入られるよ。今や、僕らの敵は、当たり前の七連勤や、寝不足だけじゃないんだからね」

「もう十分やられています。しばらくは司会禁止だそうです。漆原さんに言われることは覚悟していましたが、ロッテさんに先に言われるとは思いませんでした」

「そこまで口を出すの？　っていうか、漆原さんは？」

「もともと、あの人もそう考えていたのだから、頷いただけです。ロッテさんにしてみたら、もっと監督責任を追及したかったんだろうなぁ」

椎名さんは痛ましげに眉を寄せ、フィルムをはがしたおにぎりを私の前にちらつかせた。

「食べて、元気だせって。実はさ、最近お腹《なか》が出てきたんじゃないかって言われるんだ。だから、僕はもうやめとく」

誰に言われたのかは知らないが、小暮さんが来てから、椎名さんは寸暇を惜しまず飲み歩いている。漆原でなくても、そんな暇があれば帰って寝ろと言いたくなるところだが、私は「いただきます」とおにぎりを受け取った。食欲はないのだが、体の中にぽっかりと空いた、すうすうとした部分を、何かで埋めてしまいたかった。

「あ」

窓の外の駐車場に、一筋の光が滑り込んでくるのが見えた。漆原が帰ってきたのだ。

私はおにぎりを置いて席を立った。事務所のドアを開けて漆原を出迎える。

「おかえりなさい」

「まだいたのか」

　冬の冷たい空気に混じって、ふわっと線香の香りを感じた。今村さんの家で、美知留さんにも手を合わせて謝罪をしてきたに違いない。

「あの……、大丈夫でしたか。本当にすみませんでした」

「大丈夫にするために、謝罪に行っている」

　謝罪は受け入れてもらえたようだが、私のせいで頭を下げさせてしまったことが申し訳なくてたまらない。失敗は許されない仕事だと、教え込んだのは漆原なのに。

「ご遺族や、会葬者の前でお話をする時は、じっくり考えてからするようにします。自分の感情に流されたりしないように、気を付けます」

　必死に考えていた言葉を伝えようとしたが、いざ漆原を前にすると、どうにもうまく舌が動いてくれない。緊張しているのか、手のひらに汗がにじむ。

「大いに反省することだ。そこからつかんだもので、さらに成長することができる」

「はい……」

「ただ、君の姿勢は間違っていない。故人を思う人々の心をひとつにすることも得意だ。足りないのは、深い思慮と、ご遺族の意向を汲《く》み取る力なんだろうな」

　私は黙ってうつむいた。

「しばらくは、俺以外の仕事ももっと見ろ。そちらを優先させてもいい。ロッテはそろそろ椎名から離れて、担当を引き受けるそうだ。あいつの仕事も見てみればいい」

小暮さんが漆原の下から私を外そうとして、そう言わせているような気がした。コンビが解消されると聞いて、喜んだのは椎名さんだった。予定の一か月よりもずいぶん早い。

「二週間もあれば十分だそうだ。よかったな、椎名」

漆原はたびたび社長と直接打ち合わせをしている。そこでつかんだ情報なのだろう。椎名さんは嬉しそうな顔をしているが、それだけ小暮さんが熱心に学び、坂東会館の業務を身に付けたということなのだ。じりじりとした焦燥感に、私はますます暗い気持ちになる。

漆原は、私と椎名さんには構わず、報告のために社長室へと行ってしまった。

いつもならばとっくに帰宅している社長も、今日は報告を待つために残っている。私の失敗は、ご遺族を傷つけただけでなく、多くの人や、会社にも迷惑をかけてしまったのだ。

もう二度とこんなやるせない思いは味わいたくない。そのためには、成長するしかないと分かっていながら、本当に自分にできるだろうかと不安になる。

「大丈夫だって。社長も、この頃はわりと遅くまで残っているよ。ロッテも加わって、本格的に業務改革に乗り出すつもりなのかもしれない」

「役立たずの上、クレームを起こす私なんて、追い出されちゃうかもしれませんね。ロッテさんの意見を取り入れれば、小規模な葬儀でバリバリ件数を伸ばして、いずれ、もうひとつ葬儀会館を建てようってなるかもしれません。そのためには、無駄を省くことも大切でしょうから」

「思ったより、社長はロッテを甘やかしているからね。そこはちょっとガッカリだけど、世の中の流れを見れば、間違ったことも言っていない。僕だって、仕事がなくなったら困るから、社員として従わないわけにはいかないしなぁ」

急に椎名さんが現実的なことを言い出し、私はつい「裏切者」と呟いた。

「清水さんだって同じじゃないか。僕らは漆原さんとは立場が違うんだからさ。やりたくなくても、やらなきゃいけない時はあるよ」

きっと、それが当たり前なのだ。私はバイトからそのまま就職し、ご遺族の要望をできる限り叶えるという、ある意味では漆原の理想とする葬儀ばかりを見てきたせいで、会社員だということを意識せずにここまできてしまった。

「もう帰って、ゆっくり休みなよ」

椎名さんに言われ、私はすごすごと給湯スペースに向かい、コーヒーを落とし始めた。その意図に気づいたらしく、椎名さんが仕方ないな、というように笑った。

「漆原さんが戻ってきたら、ちゃんと淹れてあげるから。どうせ僕と二人になれば、くたびれたなんてぼやきながら、顚末書《てんまつしょ》を書くだろうし。あの人、意外と清水さんの前ではいいカッコしているんだよ」

椎名さんの言葉に少し慰められて、私は事務所を後にした。

大切な人を亡くした方々に、寄り添う仕事がしたいという思いは変わらない。

その一方で、漆原に認められたいという思いも大きい。

その夜は、ベッドに入ってもなかなか寝付けず、布団をかぶって少し泣いた。

思っている以上にクレームがこたえていた。情けなくて、悔しかった。

せっかく司会を任せられるようになったのに、これでまた逆戻りだ。その上、他の者の葬儀を見ろとは、漆原も自分の下にいては私のためにならないと思ったのか。

もしも、小暮さんが葬祭部に加わったことで、自分の役目は終わったと考えているのだとしたら……。

浅い眠りの間に何度も嫌な夢を見た。

とどめとばかりに、明け方には遠くのサイレンの音で眠りから意識が引きずり出される。

甲高い音は、いつだって人を不安にさせる。火事か、事故か。どなたかが亡くなって、坂東会館に運ばれてこないことを、まどろみの中でぼんやりと祈っていた。

翌日は休日だったため、ずっと仕事や漆原のことを考え、悶々《もんもん》と過ごした。けっきょく二晩よく眠れないまま、出勤の朝を迎える。

クレームの後だけに、何となく気が重い。しかし、カーテンの外の空は恨めしいくらいによく晴れていて、眩しい光に強引に目覚めさせられた。

朝の光は不思議だ。仕事に行かねばという義務感を押し付けながら、今日も一日頑張ろうという新鮮な気持ちにさせられる。

出社したら、まずは事務所にいる人にクレームのことを詫びよう。誰がいるかも分からないけれど、会社の名に傷をつけてしまったのは事実だ。そして、気持ちを切り替えて、また頑張るのだ。もしも、他の社員の仕事を手伝えと言われても、もっと漆原の下で学びたい、そうはっきり言おうと決めていた。

しかし、事務所に入ったとたん感じた重苦しい空気に、先ほどまでの意気込みはすっかりどこかへ吹き飛んでしまった。まさか私のせいかと思ったが、どうやら違う。

事務所には、小暮さんと陽子さんの二人しかいなかった。けれど、共有のテーブルには飲みかけのコーヒーカップや朝刊が置かれていて、漆原がすでに出勤していることが分かる。

よどんだ空気の中には、煙草《タバコ》のにおいも混じっていた。喫煙者は換気扇の下でしか吸わないはずなのに、よほど、何本も吸い続けたということだろうか。昨夜の宿直は、青田さんだ。確かに愛煙家だが、いったい何があったのかと、不安で胸が締め付けられる。

「美空、おはよう。今、漆原さんは青田さんと霊安室に行っている。美空も行ったほうがいいんじゃないかな」

「新しいご依頼が入ったんですね」

きっと搬送したご遺体の引き継ぎだ。陽子さんが隣に来たことで空気が動き、またふわりと煙草のにおいを感じた。どんないたましいご遺体なのだろうか。とたんに体に緊張感がみなぎってくる。

「この状況なら、全館貸し切りもいけるんじゃないですかねぇ」

事務所を出た私の後ろから、小暮さんの声が聞こえてきた。

階段を駆け下り、エレベーターホールの正面の霊安室を見ると、漆原と青田さんが出てくるところだった。間に合わなかったらしい。

「おはようございます。すみません、遅れました」

遅刻をしたわけではないのだが、とっさに頭を下げて詫びる。漆原には、クレームの件をもう一度しっかり謝っておきたかったのだが、中途半端になってしまった。

「出かけるぞ。準備しろ」

「はいっ」

ご遺族との打ち合わせだと思い、反射的に返事をした。漆原は相変わらず感情の読めない表情をしている。クレームのことなどすっかり気にしていないようで、ほっとしたのもつかの間、青田さんのいたましそうな顔に、再び不安がこみ上げてくる。

事務所に戻り、打ち合わせに必要な書類をまとめる私の横では、漆原が飲みかけのコーヒーを手に、住宅地図をパラパラとめくっていた。区内に土地勘があるため、車でナビを登録するよりもよほど楽だといつも言っている。

「漆原さん、ひとつ、大きいのを頼みます。向島《むこうじま》には小さな葬儀社しかありません。亡くなったのは商店街にお住まいの方ですからね、これを機に、あのあたりの商店会をつかめれば大きいですよ」

にっこりと笑う小暮さんの横では、陽子さんと青田さんが苦々しい顔をしていた。

彼らに見送られて、私たちは駐車場の奥に停められた漆原の車に向かう。

「今回、そんなに大きな式になりそうなんですか」

まだ何も知らされていない。急《せ》かすような気配から、漆原が一刻も早く事務所を出たいのだと感じ、私も質問をしなかった。

「人の不幸を商機にするのは、俺の主義ではない」

忌々《いまいま》しそうに呟くと、漆原はアクセルを踏み込んだ。

浅草通りに出て、吾妻橋《あずまばし》交番前の交差点を右折すると、直進して水戸《みと》街道に入る。

そういえば、小暮さんが向島と言っていたなと、思い出した。

「大きな式になるかどうかは、これからの打ち合わせ次第だ。決めるのはご遺族であって、俺たちではない」

漆原らしい答えに少しほっとした。

「何だか、事務所の空気が重かったんですけど、事故とか、事件とか、痛ましい状況で亡くなった方の葬儀なんでしょうか」

「焼死だ。向島で住宅火災、新聞にも載っていた」

つい先日もサイレンで目覚めたことを思い出した。冬になると火災件数が増えるとはいえ、何やら嫌な気持ちになる。あの夜の、不安な気持ちまで蘇ってきてしまう。

「東向島駅の近くの商店街だ。住宅と言っても、数年前までは飲食店を営んでいたらしい」

「ああ、だから、商店会がどうのって……」

「あのあたりは古い町並みが残っている。商店街だっていくつもあるし、いくらかつて店をやっていたからって、商店会に属しているとは限らない。ロッテの浅知恵だな」

　漆原は淡々とした声のトーンをさらに落とした。

「焼けた住宅から発見されたご遺体はお二人だ。住人の女性と、そのお孫さんが亡くなった」

「おばあちゃんと、お孫さん……」

　無意識に繰り返してしまう。「……お孫さんはまだ小さいんですか」

「今年、小学校に上がったばかりだそうだ。お二人の納棺は、昨夜のうちに青田さんが済ませてくれていた。俺は霊安室で話を聞いて、手を合わせただけだ」

　青田さんの表情を思い出す。当たり前だ。焼死というだけで十分痛ましいのに、祖母と一緒に孫まで亡くなってしまったのだ。

　いつもなら、また大変な仕事を漆原に押し付けてと思うところだが、今回ばかりは違う。

漆原ならば、ご遺族の心のケアも含めて、坂東会館葬祭部の誰よりも担当に適していると思ったのだろう。おまけに、原因は私とは言え、クレームがあった直後である。挽回するいい機会だとも思ったに違いない。

「ご遺体は？」

死因のこともあるし、私はお二人同時の葬儀を経験したことがない。

「骨葬《こつそう》という方法もあるが、ご遺族の気持ちの整理ができていない。そのうえ、火葬場も一杯だったらしい。青田さんは、警察署からご遺体を搬送して納棺した。気の毒だが、お顔も、ご遺体の状況も、ご遺族は確認することはできない」

きっとご遺体用の袋に納められた状態で、棺に入れられたのだろう。

「漆原さん、ところで、私たちはどこに向かっているんですか。家は焼けてしまったんでしょう？」

漆原は呆れた目でチラリと私を見た。

「君といるといつも気が抜ける。依頼主のところに決まっているだろう」

そんなことを言われても、説明しない漆原が悪い。

亡くなった女性の息子さん夫婦が、すぐ近くのマンションに住んでいると聞いて、ようやく納得することができた。

漆原は、東向島駅近くのパーキングに車を停めた。明治通りや水戸街道がすぐそばを走っているが、しばらく住宅地を進めば、驚くほどに静かだった。両側には住宅が密集している。商店街といってもすっかりさびれ、実際に開いている店はまばらだった。火災現場もこのあたりだとすれば、消防車は入れたとしても、消火活動はかなり大変だったのではないだろうか。

漆原も私も無言だった。しばらくして、前を歩く漆原が立ち止まる。

風にのって、ふっときな臭いにおいを感じ、私は無意識に眉を寄せた。

漆原は、目の前のすすけた建物を眺めていた。全焼ではなく、想像よりもはるかに形をとどめていたが、天井は大半が焼け落ち、晴れ渡った空に突き出した燃え残りの柱が痛々しい。かつては店舗だったと聞いた通り、一階部分が横に張り出していたおかげで、延焼は免れたようだが、隣の住宅の壁も黒くすすけていた。周囲には、立入禁止を示す黄色いテープが張られ、私たちのほかにも足を止めて覗き込んでいる通行人が何人もいる。

私と漆原は、どちらからともなく手を合わせた。風に揺れてひらめく緩んだテープがなんともいえぬ虚《むな》しさを感じさせて、私は唇をかみしめた。

ご遺族の家は、一区画先に建つマンションだった。

迎えてくれたのは、亡くなった海老沼豊子《えびぬまとよこ》さんの息子の剛《つよし》さんだ。

腕には男の子をだっこしている。豊子さんと一緒に亡くなった航《わたる》くんには弟がいたのだ。

家の中のあちこちに、ミニカーや恐竜のぬいぐるみが転がっていて、男の子たちが走り回る賑やかな日常をたやすく想像できた。けれど、今はしんと静まり返っている。

案内された部屋のソファの上で、髪の長い女性が膝を抱えてうずくまっていた。

「綾《あや》、坂東会館さんがいらっしゃったよ」

気遣うように剛さんが声を掛けると、綾さんは一瞬顔を上げたが、すぐにまた腕に頭を押し付けてしまう。一瞬見えた目は赤く泣き腫らしていて、髪もずいぶん乱れていた。

「すみません。ずっとこんな調子なんです。お話は、僕が」

剛さんは頭を下げ、キッチンのテーブルを私たちに示した。

時折、腕の中で弟の湊《みなと》くんが暴れたが、剛さんは上手にあやしながら、私たちの正面に座った。疲れ切った顔をチラリとソファの綾さんに向ける。

「あの日、綾は知らせを聞いて、すぐに母のところに駆け付けてくれたんです。でもかなり火が回っていて、とても家に入ることはできなかった。綾は、近所の人や消防隊員に押さえつけられながらも、何とかして家へ入って、母と航を助けようとしたんです。名前をずっと呼び続けて声は嗄《か》れ、煙を吸ったせいもあって、今もまともに声が出ません」

次男の湊くんを保育園に迎えに行っている間に起きた火災だった。

綾さんはパートの仕事があり、航くんは小学校が終わると祖母の家に帰るのが日課で、夕方、母親が迎えにくるまで豊子さんと過ごしていたという。剛さんは毎日帰宅が遅いため、綾さんは豊子さんの家で夕飯の支度も手伝っていた。

漆原と私は、剛さんの話に真摯に耳を傾けた。今、剛さんの話を聞いてあげられるのは、私たちしかいない。大切な人を失い、つらい経験をした直後に接するのは私たちなのだ。こういう役割も、葬祭業においては絶対に大切なのだと思う。

「綾は、ずっと自分を責めています。目の前で焼けていく家を見ているのは、どれだけつらかったでしょうか。もしかしたら、あの時だって、まだ母も、航も生きていたかもしれないんです。綾は、ママ、助けてっていう叫びが聞こえたなんて言うんですよ。気のせいかもしれません。でも、今もそれが頭の中に蘇ってきて、苦しんでいます」

剛さんはぎゅっと眉を寄せた。湊くんはぽかんと父親の顔を見上げている。

「あの、それで、お通夜なんですけど、早いほうがいいと思うんです。早くお骨にして、ここに連れて帰ってやりたいなって。母の家はなくなっちゃいましたけど、母も、航もここに……」

突然奪われた家族と離れ離れになっているのだ。家族がそろうことで、綾さんをさいなんでいる後悔の念を和らげたいという剛さんの思いが伝わってくる。

漆原はすぐに火葬場の状況を調べて、ふたつ同時に炉を使える日時を押さえた。あとは式場をどうするかである。一瞬、小暮さんの顔が頭をよぎった。

日程が決まり、少しは気分も落ち着いたのか、剛さんはぽつぽつと語り始めた。

「父が生きていた頃、あの家で食堂を営んでいたんです。名物は大きなとんかつでした。カウンター席とテーブル席がふたつ、座敷にも座卓がふたつあるだけの小さい店でしたが、近所の人に愛されたおかげで商売を続けることができ、両親は僕を育ててくれたんです。三年前、父が急逝して店は畳みましたが、航は生まれた時から店が遊び場でしたから、あの家がこのマンションよりも大好きでした。よく、父みたいになりたいなんて言っていたんですよ。職人気質《かたぎ》の父も、航には甘かったですから……」

「そうでしたか」

「父の葬儀は、支えてくれた町内の方を呼んで、盛大にやりました。母のことだから、火事騒ぎでご近所に迷惑をかけたって思っているに違いありません。お詫びもかねて、父の時と同じようにしたほうがいいと思うんです。航だって、学校の友達が来てくれたほうが、きっと喜びますよね」

前回は檀那寺《だんなでら》のホールで行ったそうだが、確認してみると、こちらはすでに予約が入っていた。となれば、坂東会館である。この日は、三階の式場は宮崎さんが押さえていたが、二階と四階は空いていた。漆原はすぐに二階を押さえる。

式場は決まったものの、その後はなかなか先へ進まなかった。なにせ、亡くなったのは二人である。剛さんは時々同意を求めるように綾さんに呼び掛けるが、綾さんはソファから動こうとしない。家族の死を認めたくないという、かたくなな態度だった。

剛さんの腕の中で湊くんがウトウトしはじめたのに気づくと、ようやくかすれた声で「みなと」と呼びかけ、手を伸ばした。彼女は剛さんから湊くんを抱き取って、強く抱きしめた。

海老沼さんのマンションから、明るい日差しの下に出ると、ようやく深く息を吸うことができた。

いつものこととはいえ、家族を亡くしたばかりのご遺族と接すると息が詰まる。

悲しみ、寂しさ、不安、後悔。涙を含んだじっとりと重い空気は、私たちの心にも容赦なく侵入してきて、平静を保つのも難しい。

「ロッテさんが望んだ、全館貸し切りにはなりませんでしたね」

私はどこかほっとしていた。もしも、担当が漆原ではなく、三階の式場も空いていたら、剛さんは提案されれば何のためらいもなく、受け入れてしまいそうな危うさがあった。

もちろん、ご遺族の希望であれば、何の問題もない。しかし、避けることも可能な費用をご遺族に強いることに私は罪悪感を覚えてしまう。ましてや、家族を一度に二人も失《な》くしているのだ。落ち着いているように見えても、よく考えた上での冷静な判断ができているとはとても思えない。

漆原は無言でどんどん先を歩いていってしまう。

迷いのない足取りで、先ほどの火災現場を目指していることが分かる。

「もう一度、行くんですか。駐車場なら、さっきの道を戻るよりも明治通りに出たほうが早いんじゃ……」

漆原は聞く耳を持たない。正直に言うと、私はもう現場を見たくなかった。剛さんの話を聞いた後だからか、ここに暮らした豊子さんと、ここが自宅よりも大好きだったという航くんのイメージが生々しく浮かんでしまうのだ。二人が迫る炎に怯える場面まで想像して、ぶるっと震えが走る。

豊子さんは、どれだけ航くんを案じただろう。おばあちゃんっ子だった私は、祖母に可愛がられ、私もまた祖母が大好きだった。だからこそ、二人の最期を想像するとつらくてたまらない。

漆原は、火災現場の前で立ち止まった。腕を組み、焼け落ちた天井を見上げる。ちょうど天頂に近い位置に太陽があり、眩しいのか、両眼《りようめ》を細めながらも顔をそらそうとしない。

「いったい、どうしたんですか」

「火災の経緯だ」

「え?」

「どうして、二人は逃げなかったんだろうな。真夜中の火事なら分かるが、今回は夕方だ。逃げられない理由でもあったのかと考えていた」

「確かにそうですね……」

打ち合わせの時、さすがに当日の状況まで訊くことはできなかった。

葬儀の打ち合わせには、繊細な配慮が求められる。もっとも必要なのは、ご遺族の状況をよく理解することだ。ご遺族の悲しみが深く、ショックが大きければ、私たちも要望を汲み取るのが難しい。かといって、下手に訊き出そうとすればさらに傷つけてしまう恐れもある。

声を嗄らし、涙にくれる綾さんの姿を思い出した。彼女は、二人を助けられなかったことを悔やんでいる。助けることが不可能だったと納得できれば、彼女も少しは苦しみから解放されるかもしれないのだ。

でも……。

私はふっと顔を上げる。あまり状況を知りすぎてしまうのも怖かった。

また自分の感情のまま、ご遺族にとってよけいなことまで口にしてしまうのではないか。

私はご遺族との関わり方がすっかり分からなくなってしまっていた。これまでは、理解すればするほど、寄り添った式ができると思っていたのに。

いつの間にか、私たちの横に、高齢の女性二人がしゃがみこんで手を合わせていた。

傍らには花束が置かれている。ご近所にお住まいの方だろうか。

「仲がよかったわよねぇ。豊子さんと剛くんの家族。航ちゃんもおばあちゃんが大好きだったでしょう。さっさと一緒に住んでいれば、こんなことにはならなかったのにねぇ」

「そんなこと言っちゃダメよ。お嫁さんだって、毎日通ってきていたじゃないの」

私たちは、何となく二人の会話に耳を傾けていた。

「でも、豊子さん、すっかり腰が曲がっちゃっていたじゃない。あれじゃあ、一人で生活するのは大変よ。だから、言わんこっちゃない。ご商売をされている時は、あれだけ火事には気を付けていたでしょう。ほら、ご主人といつもお参りに行っていたじゃない。火事を出したらお終《しま》いだって」

「ああ、水天宮《すいてんぐう》ね。河童《かっぱ》が厨房の壁にあったわねぇ。見るたびに、航ちゃんが怖がって泣いちゃうって、豊子さん、笑っていたっけ」

顔を見合わせて笑い声を上げた二人は、次の瞬間、ふっと黙り込み、どちらともなくため息をついた。

「かわいそうにねぇ。ホント、仲がよかったのに。数年前までは、ご主人と、豊子さんと、剛くんの家族が集まって、いつもお店で賑やかにしていたじゃない。寂しいわねぇ……」

他にも興味深げに火災現場に足を止める通行人がいるせいか、二人は私たちを特に気にしたふうもなく、しばらくすると立ち上がって、路地の奥へと消えていった。

見れば、朝通った時よりも、置かれた花束がずいぶん増えている。豊子さんや、かつて営んでいた食堂が、町内の人々にいかに愛されていたかが分かる。

「彼女たちに感謝だな」

「はい。きっと、お通夜の時にも坂東会館にいらっしゃいますね」

剛さんは、町内の掲示板にも訃報を出して、豊子さんの葬儀を伝えるそうだ。

私たちは、もう一度焼け落ちた家を眺める。激しく焼けているのは母屋のほうで、張り出したかつての店舗部分はほとんど焼けていない。

「豊子さんは、腰が悪くて、動くことができなかった。出火の原因は分かりませんが、航くんはおばあちゃんを置いて逃げることなんてできなかった。そういうことでしょうか」

「おそらくな。逃げようと思えば、小学一年生ならいくらでもできたはずだ。だけど、逃げなかった」

「おばあちゃんのそばを離れなかったんですね」

つんと鼻の奥が痛んだ。豊子さんは逃げろと叫んだに違いない。それでも、航くんは彼女を置いて逃げなかった。どれだけ怖かっただろう。けれど彼にとっては、豊子さんのそばを離れることのほうがずっと怖かったのだ。

漆原は口を一文字に結び、じっと火災現場を眺めていた。

私はそっと洟《はな》をすすり、遠慮がちに問いかけた。

「さっきのお二人が言っていた河童って何ですか？　航くんが怖がって泣いちゃったっていう……」

漆原はひとつため息をつくと、私に視線を移した。

「水天宮にお参りしたことは？」

「ずっと昔です。おばあちゃんが連れていってくれました」

「君も、おばあちゃんが大好きだったからな」

漆原は口の端で笑った。「河童のお面のような縁起物のことだ。河童は水天宮の神徒とされていて、火除《よ》けや水難除けにご利益《りやく》があると言われている」

「水天宮って、安産祈願だけじゃなかったんですか。私は帰りに人形町《にんぎょうちょう》で買ってもらう柳屋の鯛《たい》焼《や》きが楽しみだったんです。そっか、だからおばあちゃんもお参りしていたんですね」

「火事と喧嘩《けんか》は江戸の華と言うだろう。君の家の台所にも、火除けの札のひとつも貼ってあるんじゃないか？　愛宕《あたご》神社、秋葉《あきば》神社の札、王子《おうじ》稲荷の凧《たこ》が火除けでは有名だ。両国駅近くの回向院《えこういん》は、もともと明暦《めいれき》の大火の死者を弔うために建てられた。それくらい、覚えておけ。まったく、君といると本当にいつも調子が狂う」

漆原は呆れたように言うと、駐車場に向かって歩き出した。

河童と言われても、私にはキャラクターめいた姿しか思い浮かばなかったが、きっと航くんが泣いてしまうくらい、恐ろしい顔をしていたのだろう。それを見守る祖父母や両親の温かな笑顔まで頭の中に浮かんでくる。

私はぺこりとかつての食堂に頭を下げ、その場を後にした。

坂東会館の事務所に戻ると、小暮さんが待ち構えていた。顔には愛想のよい笑みを浮かべているが、いつもよりも口角がいっそう上がり、凄《すご》みのある恐ろしい顔だった。

葬儀のスケジュールは、ご遺族の都合よりも、火葬場や式場の空き具合、僧侶の予定が優先される。いわば早い者勝ちのようなもので、漆原が二階の式場を押さえたことはとっくに小暮さんも把握していて、全館の貸し切りを期待していただけに、たいそうおかんむりの様子だった。

漆原は相手をする気もないらしく、さっさとパソコンの前を陣取ると、何事もなかったかのように見積書の作成を始める。代わりに私が詰め寄られることとなった。

「翌日は二階、三階ともに埋まっていましたが、もう二日待てば全館貸し切りも可能だったんです。二日先なら、火葬場だって同時に炉が使える時間帯があったはず。どうしてその提案ができなかったんですか。今回のようなケースは、想定よりも多くの会葬者が見込まれるものです。それくらい分かりますよね」

「喪主様ができるだけ早くとおっしゃったんです。大切な人を早く家に連れ帰りたいというご遺族の気持ちが分かりませんか？　火災現場から病院や警察、坂東会館の霊安室。悲しむご遺族を、葬儀を引き延ばして、さらに何日も待たせるつもりですか」

「何日延びようと、小さな壺《つぼ》に収まったご遺骨が、ただいまと、元気に帰ってくるわけではないでしょう。それに、ご遺族は町内の方の多くの弔問をご希望だったのではないですか。海老沼家の前回の式の記録も見ましたよ。お寺のホールで、ずいぶん盛大だったそうですね。どうして依頼を受けておきながら、坂東の式場に引っ張れなかったのかと、当時の担当者を疑問に思いますが、どうやら、坂東会館には利益追求の意識が根本的に欠けているようです。良心的というのは、褒め言葉ではありません。単なる言い訳です」

「小暮さんは、悲嘆にくれるご遺族を前にして、そんなことを本気で言えると思っているんですか」

「提案力の問題ですよ。こちらは、あくまでもご遺族の要望に沿って、提案していくだけです」

「都合のいいように誘導しているだけじゃないですか」

小暮さんが笑顔で切り返すたび、私はついむきになって反論してしまう。

「提案ではなく、優先順位だ。ご遺族の要望のうち、何をもっとも優先させるか、それを見極めるのも俺たちの役目だ」

うるさいと思ったのか、漆原が不機嫌な声で口を挟む。

小暮さんは気にした様子もなく、後ろから見積書を覗き込んだ。

「言っておきますけど、これ、全部漆原さんに言っているんですからね。あなた、昨年度の施行件数は坂東会館で一番ですけど、平均単価でみれば最低です。顧客満足度が高いのも、おそらくそれが原因でしょう。自分のやりたい葬儀をするために、坂東会館を利用しないでいただきたいですね」

漆原が画面から顔を上げ、冷たい視線を小暮さんに送った。

無言の漆原よりも、私のほうがよっぽど怒りに震えていた。

的外れもいいところだ。どちらかと言えば、坂東会館が漆原を利用してきた。いたましい葬儀をうまくやり遂げる便利な葬祭ディレクターとして。

施行件数が多いのも、自殺者や不慮の死を遂げた方の葬儀を担当することが多いからで、そういう場合は、ほとんどが家族のみのひっそりとしたお見送りになる。小暮さんだって当然、過去の施行資料を見ればそれくらい分かるはずなのに、明らかに悪意を向けたやり方に腹が立って仕方がなかった。

握った拳を震わせる私に、小暮さんは思い出したように顔を向けた。

「お目付け役も、まったく役に立っていませんね」

「お目付け役？」

私は驚いて繰り返した。

「一年以上も漆原さんについて回るだけの清水さんに、それ以外の役割がありますか。ただ、少しも自覚がない。つまり、坂東会館の社員である自覚がないわけです。あなた、気づいています？　僕には、漆原さんを追いかけ回しているだけにしか見えませんよ。あれだけべったりしていながら、できるのは司会だけ。他のみなさんも、ちょっとあなたに甘いんじゃないですか？」

さあっと頭から血が引いていくのが分かった。次いで、体の奥から怒りがこみ上げてくる。さらに強く拳を握り、奥歯を嚙みしめる私を冷ややかに見つめ、小暮さんは続けた。

「クレームももらったことですし、いっそのこと、以前のようにホールスタッフに専念したらどうです？　ご遺族に寄り添いたいなら、そっちのほうがあなたにはよほど向いていますよ」

何という侮辱だろう。私に対して、漆原に対して、そして、ホールスタッフを束ねる陽子さんに対して。小暮千波。きっと今、この人は間違いなく坂東会館すべてを敵に回した。もしも、ここに椎名さんか陽子さんがいれば、正面からそう言い放ったに違いない。

「ああ、そうでした。僕は葬祭部の管理も任されることになったんです。いろいろと口を出すのもそのためですから、ご理解ください」

さらなる衝撃的な言葉を放って、小暮さんはにっこりと笑った。

坂東会館の葬祭部は、社長直轄みたいなもので、それぞれが自分の仕事に対して職人気質のところがある。個々に動いているようでも、それなりにうまくいっているのは、お互いに気心が知れているからである。社長も信頼して任せてくれていて、明確な利益目標のようなものは聞いたことがない。それを、これからは小暮さんがチェックするというのか。

「水神さんはともかく、青田さんや宮崎さんは？　いくら小暮さんが社長のお身内とはいえ、ベテランの二人は納得しないんじゃないですか」

「ご心配なく。社長は、まずはお二人に打診したそうですが、どちらも、現場の仕事に専念したいからと辞退されました。本当に、ここは企業として、まったくなっていませんよね。葬祭部と言いながら、管理職に当たる人がいないんですから。社長は、そういう仕組みも徐々に整えていきたいとおっしゃっています。幸い僕には『こばと』の経験がありますから、それを活かせということになりました。数字目標なんかも、少しずつ考えていくつもりです」

もうこれ以上、わざと神経を逆なでするようなこの人の話に耐えられそうもなかった。私は握りしめていた拳を、勢いよく共有のテーブルに叩きつけると、大声で叫んだ。

「小暮さん。小暮さんは、本当に大切な人を亡くしたことがありますか。ないから、そんなことが言えるんではないですか。心からご遺族に寄り添おうと思って仕事をしているんですか。私が遺族なら、小暮さんみたいな人に担当してほしくありません」

漆原がチラリと私を見た。大声を上げたにもかかわらず、事務所はしんと静まり返っていた。叫んだ私がばかみたいだ。悔しくて、涙が滲《にじ》みそうになり、ぐっとこらえた。

「それとこれとは別問題です。今は、会社としての仕事の話をしているんです」

珍しく生真面目《きまじめ》な声で小暮さんが答えた。

「いいですか。僕たちは慈善事業ではありません。ビジネスとして成功するには、利益を考えるのは当たり前のことでしょう。それに、何も僕は暴利を貪りたいなどと言っているわけではありません。今の目標は、今後の多死社会に向けた新たな葬儀会館です。お客様から得たお金を活かして僕らはそれを用意し、お客様に還元する。より幅広い葬儀のニーズに応えられるようになるんです」

「お客様って……。ご遺族は、好き好んでご遺族になったわけでも、葬儀会館を利用するわけでもないんです」

「でも、いざという時、葬儀社を頼らなくてはいけないのは事実でしょう？　今の日本で、自分で遺体を運び、弔い、火葬することが、どれだけ大変で、煩雑だと思いますか？　普段目を背けている忌々しい死に対して、人々は無力なんです。けれど、誰かが行わなければならない大切な仕事です。僕はね、この仕事にプライドを持っています。ビジネスとしても成功させ、世の中に必要なものだと、もっと、もっと思ってもらいたいんですよ」

「けっきょく、自分のプライドなんじゃないですか」

私はまたも大きく反論した。小暮さんは「なんとでもどうぞ」と薄く笑った。

今夜は私が「都鳥」に駆け込みたい心境だった。


海老沼家の通夜当日、漆原と私は早めに式場に入り、設営に取り掛かっていた。

漆原は小暮さんについて、私に何も言ってはこない。

慰めることも、一緒になって愚痴をこぼすこともしない。

きっと、漆原にとっては別の次元の話なのだと思う。だったら、坂東会館の社員である私が、漆原の仕事に付き従うことに何の意味があるのだろうか。

私は考えるのをやめ、黙々と目の前の仕事に取り組むことにした。

棺を式場に運び入れるのは、祭壇を整えてからなのだが、棺がふたつ並ぶことを考えると、思った以上に二階の式場は狭い。

弔問に訪れた人々を十分にもてなそうと、通夜料理もかなり多く用意している。

実は、打ち合わせの時点で、漆原はお清め会場を四階にすることも提案したのだが、剛さんは、離れた場所よりも、ご遺体の近くで弔問客に賑やかにしてもらいたいとおっしゃったのだった。

生花部のスタッフが祭壇を菊と蘭《らん》で飾り、花を載せてきた台車を押して出ていくのを見送り、私は横に立つ漆原に勇気を出して訊ねた。

「あれだけ言われ放題で、腹が立たないんですか」

「腹は立ったが、ロッテの言い分にも一理ある。利益なんて考えない俺のやり方が気に入らないだけだ。どうやら巻き添えにしてしまったな」

いつもの口調の中に詫びるような気配を感じ、かえっていたたまれない気持ちになった。

「いつの間にかいなくなっちゃうなんて、そういうのはナシですよ。私、漆原さんのやり方が間違っているなんて思いませんから」

「やり方は正しくても、会社としては正しくないのさ」

わざと軽い口調で言ってみても、漆原はそっけなかった。その上、チラリと私を見下ろし、小さなため息をつく。

「そもそも俺はフリーだ。君の教育係を引き受けたばかりに、すっかり坂東に入り浸ることになってしまった。おかげで、ロッテには妙な憶測までされてしまっているしな」

すぐに耳が熱くなった。小暮さんは私と漆原の関係を勘ぐっているのだ。

私のほうこそ、漆原のペースを乱してしまっているのかもしれない。

式場の準備が整い、あとはご遺族と会葬者を迎えるだけとなった。

花を多く配した祭壇では、白い菊に埋もれるように、豊子さんと航くんの遺影が並んでいる。そのすぐ前には、棺もまたふたつ。いつもと違う眺めは、何やら不穏な空気を感じさせて、心がざわざわと落ち着かなくなる。

今回はもともと剛さんからの要望で、祭壇のお花もお料理も多く依頼をいただいていたせいか、見積書を見た小暮さんはそれ以上の口出しをしなかった。それでも、必ず見学に訪れるはずだから気は抜けない。

最初に到着したのは町内のご婦人方で、彼女たちは割烹着《かっぽうぎ》を持参して、受付のセッティングを手伝ったり、パントリーの場所を聞いて、お茶の準備を整えたりしている。

本来は、ホールスタッフの仕事である。

司会禁止を言い渡されている私は、今日はもっぱら案内役である。弔問客が多ければ、式場への案内や、お清め会場への誘導も重要な役割となるのだ。

しばらくして、剛さんたちが到着した。

数日のうちに、綾さんはいくらか落ち着きを取り戻したようだが、まだ顔色は真っ白で、涙で水分が涸《か》れてしまったのではないかと思うほど、肌も唇も荒れていた。

漆原の案内で、彼らはまずは祭壇に手を合わせるために式場に入った。

しかし、一歩足を踏み入れたとたん、綾さんはその場にうずくまってしまう。

「あらあら、大丈夫かしら」

「あちらに和室があるから、休んでいたほうがいいわよ」

先に来ていたご婦人方が素早く綾さんを取り囲み、背中を支えるように和室へと連れていく。一人が剛さんから湊くんを抱きとり、綾さんを追いかけるように和室へ向かった。抱かれた湊くんは、きょとんとした目を祭壇の遺影に向けていた。

一人残された剛さんは、ゆっくりと祭壇の前に進み、二人の遺影を眺めて、静かに涙を流した。

彼がお線香を上げるのを待ち、私たちは剛さんを綾さんのいる和室へとご案内した。このまま、お通夜の最終的な打ち合わせをするつもりだったのだ。

靴を脱ごうとした、まさにその時のことだ。

「危ない！」

突然、和室から上がった声に、私たちは弾《はじ》かれたように飛び込んだ。

すぐに目に入ったのは、中央に置かれた座卓から離れて湊くんを抱きしめる綾さんの姿だった。次の瞬間、湊くんの鋭い泣き声が響き渡る。

そばには電気ポットが転がっていて、座卓の上では湯呑みがいくつもひっくり返り、淹れたばかりのお茶が、畳の上にしたたり落ちていた。

漆原と剛さんは綾さんに駆け寄り、私はパントリーに走って、布巾《ふきん》やタオルをかき集めた。和室からは、火が点いたような泣き声が聞こえている。私はタオルをぎゅっと抱きしめたまま、内線電話に手を伸ばし、地下の厨房に氷を送ってほしいと頼んだ。湊くんが火傷《やけど》をしたかもしれないのだ。

氷を載せた小型エレベーターの到着を待たずに、控室に戻る。綾さんは泣き続ける湊くんを抱いてあやしていて、その横にはおろおろする剛さんがいた。

私は湯呑みを片付ける漆原にタオルを差し出し、「お怪我《けが》は」と訊ねた。

「驚いて泣いてしまっただけのようです」

ご遺族が近くにいるため、いつもと違う口調の漆原の声にも安堵《あんど》が滲んでいた。

私もほっとして、一緒に畳を拭き上げる。

こぼれたお茶はかなりの量で、私は布巾を絞りにパントリーに戻った。陽子さんが心配そうな顔でビニール袋に入った氷を差し出してくれ、念のために控室に持っていった。

畳を拭き終えて、ずらしていた座卓をもとの位置に戻すと、綾さんと剛さんがすまなそうに頭を下げる。

「お手伝いの方の分もお茶を淹れていたら、この子が勝手にポットのお湯を出そうとしたんです。最近、何でもマネをするんですよ。『危ない』って、慌てて、ポットから引き離した弾みで、私が座卓にぶつかってしまって……」

湊くんの顔が涙でぐしゃぐしゃになっている。それを拭おうとする綾さんの白い手の甲が、真っ赤になっているのに気づいた。

「綾さん、手が」

「あら、全然気が付かなかったわ。ぶつかった時、お茶がかかったのかしら」

はじめて気づいたように、綾さんは素早く逆の手で押さえた。「大丈夫」と言いながらも、急に痛みを感じたのか、いつまでも手を気にしている。

熱湯でなかったのはよかったが、それでもヒリヒリと痛むのが火傷だ。

私は、とっさに手に持っていた氷を「どうぞ」と手渡した。

「ありがとうございます。冷たくて、気持ちがいい……」

綾さんは手の甲を冷やしながら、弱々しく微笑んだ。その様子を見て、湊くんがまた泣き出しそうに顔をゆがめた。

「湊も、『熱い、熱い』になっちゃうところだったんだよ、もう勝手なことしちゃダメよ」

私は横から、湊くんを安心させようと微笑んだ。

「湊くんも、お手伝いがしたかっただけだよね。好奇心旺盛な年齢ですもの」

「航も……」

綾さんが、ふいにか細い声をもらした。

「航も、きっとそうだったんです。あれほど、一人で厨房に入っちゃいけないって言っていたのに。いつも、あの子は見ていましたから……」

綾さんは、湊くんを片手で抱いたまま、赤くなった手の甲を目元に押し当てた。

「綾は、父がいた頃、食堂を手伝ってくれていたんです。町内会の会合の仕出し弁当を作ったりして、けっこう忙しかったんですよ。母はもともと腰痛持ちだったので、両親はとても頼りにしていました。閉店してからも、母や綾は使い慣れた店の厨房を使っていましたから、航にとっても遊び場みたいなものでした。ただ、危ないから、絶対に一人では入るなとよくよく言い聞かせていたんです。母もそうしてくれていたはずです」

剛さんが、綾さんから湊くんを抱きとりながら話を継いだ。

湊くんは、綾さんが持つ氷の入った袋が気になるようで、必死に手を伸ばして触ろうとしている。小さな指が触れ、冷たさに驚いたのか、さっと手を引っ込める。私は湊くんの様子を何となく目で追っていた。

「……あの日は、私の到着がいつもより遅くなってしまったんです。いつもなら、食事の支度を始める時間に私がいない。航は、きっと一人で厨房に行ってしまったんです。おばあちゃんは毎日決まった時間に食後の薬を飲むので、焦っていたのかもしれません。とにかく、いつだって私のマネをしたがって、包丁やガスコンロに興味津々だったんです」

綾さんが両手で顔を覆い、声を震わせる。湊くんがまた泣きそうに顔をゆがめた。

剛さんは、湊くんの頭を優しく撫でながら、ふふっと小さく笑った。

「ちょっと前までは、絶対に一人で厨房に入れなかったんですよ。壁に飾ってある、河童のお面を怖がってね。子供って、いつの間にか大きくなってしまうんですね……」

大きくなったら、怖くなくなるぞ。

そしたら、おじいちゃんとおばあちゃんをたくさんお手伝いしてね。

幼い子供を囲む、幸せな家族の風景が見えた気がした。河童のお面は、海老沼家にとって、火除けだけでなく、大切な孫を危険から遠ざける、重大な役割を果たしていたのだ。

「火元は厨房だったの？」

そばにいた、割烹着姿の女性が突然口を挟んだ。私たちの話を聞いていて、気になったのだろう。実は、ずっと同じことが気になっていた。私たちは母屋に対して、店舗部分がさほど焼けていないことを知っている。けれど、とてもご遺族に訊くことができなかった。

剛さんは緩く首を振った。

「火災の原因は、居間の電気ストーブだったようです。腰が悪い母は、ほとんど居間のソファから動かずに過ごしていました。きっと、航がいなくなったのに気づいて、慌てて厨房に行こうとしたんでしょう。その時、足元のストーブを倒してしまった。服や肌掛け、燃えやすい繊維に火が点くと、あっという間に燃え上がるそうです。驚いた母は、そのまま動けなくなってしまったのではないかと」

剛さんは、現場検証の結果を淡々と話してくれた。

豊子さんと航くんは、火元の居間で寄り添うように発見されたそうだ。

祖母の叫び声を聞いて、居間に戻った航くんは、炎に包まれる部屋を見て、どれだけ驚いただろうか。恐怖と戦いながら豊子さんに近づき、一緒に逃げようと手を差し伸ばしたかもしれない。しかし、小学一年の小さな体では、腰の抜けた祖母を連れて逃げることなど、とうてい不可能だったはずだ。

どんな選択が、その時の二人にあったのかは分からない。分からないけれど、炎の中で身を寄せ合う二人の姿だけは、やけにはっきりと私の頭に浮かんだ。

しばらくの間、私は息を止めていたようだった。漆原にそっと小突かれて、ようやく我に返った時には、かすかに焦げ臭いにおいすら感じた気がした。

綾さんも、剛さんも押し黙っている。まるで、自分たちが炎の熱や煙の恐怖に耐えているかのように、顔をこわばらせて、身を震わせている。

とても、お通夜の確認などできる状態ではなかった。割烹着の女性に彼女たちを任せて、私たちは一度和室を出ることにした。

「漆原さん……」

難しい顔をした漆原に小さく呼びかける。

「このままだとご遺族は、豊子さんや航くんを思い出すたびに、つらい記憶まで蘇らせてしまうのではないでしょうか。食堂の跡を見るたび、苦しい思いをすると思うんです。あそこには、家族の幸せな思い出もいっぱい詰まっているはずなのに……」

それだけではない。航くんは、綾さんや豊子さんを喜ばせたかった。早く二人の手伝いができるようになって、母や、祖母を助けたかった。子供だって、子供なりに、大好きな人に何かしてあげたいと思っているのだ。

「その通りだ。あの場所でつらい出来事があったという事実は変わらない。しかし、喪主様たちを励ますのも、故人やあの家、家族との思い出にほかならない」

漆原はふたつの遺影が並ぶ祭壇を眺めていた。


開式の時間が近づいてきたが、綾さんは和室から出ようとしなかった。

剛さんは湊くんを抱いて和室を出る。割烹着姿の女性たちが、何とか綾さんを式場に向かわせようと、必死に声を掛けていた。

「ほら、ママがいてくれないと、航ちゃんだって寂しいじゃない」

「そうよ、きっと今頃、おばあちゃんと天国で仲良く笑っているわよ。ママも笑ってくれないと、航ちゃん、安心して旅立てないわよ」

「ね？　行きましょう。もうすぐ、始まっちゃうわよ」

それまでうずくまっていた綾さんは、勢いよく顔を上げると、周りの女性たちを振り払うように激しく頭を振った。

「何が分かるって言うんですか。放っておいてください。だって、さっき火傷した手が、今もジンジン痛むんです。あんなにちょっとの火傷ですよ？　だったら航は、どれだけ熱くて、痛くて、怖い思いをしたんでしょう。ママ、助けてって、どうして早く来てくれなかったのって、絶対に怒っています。天国で笑っているはずがないじゃないですか」

綾さんは顔を覆って泣き出してしまう。

女性たちは諦めたように割烹着を脱ぎ、自分たちも式場に入るために身支度を整え始めた。ロビーからは、陽子さんが一般会葬者を案内する声が聞こえる。だいぶ集まってきているようだ。

私は支度を終えた彼女たちを誘導しながら、肩を震わせる綾さんをそっと振り返った。

そうだ。けっきょくは、ご遺族の気持ちなど、ご遺族にしか分からない。つらいのも、悲しいのも、ご遺族が一番なのだ。

ようやく私にもはっきりと分かった。どんなにご遺族の気持ちを聞いても、家族を失ったのは私ではない。本当の痛みなど分かるはずはない。もちろん、分かろうとはしているけれど、そこで踏み込みすぎてしまうから、先日のようなクレームを起こしてしまったのだ。

ご婦人方を陽子さんに引き継ぎ、控室を出ようとしない綾さんをどうしようかと考えた。陽子さんがいてくれるからいいようなものの、本来ならば私がロビーに立っていなければいけないはずだった。

ふと顔を上げると、小暮さんと目が合った。いつの間にかロビーに立って、式場や会葬者の集まり具合を眺めていたらしい。

「何やら、荒れているようですね。こういう式は、漆原さんが得意だと聞いていましたが」

「漆原さんに得意も苦手もありません。いつだって同じです」

私は和室に引き返すと、綾さんの手を取って何とか立たせることができた。

彼女だって、本当はよく分かっているのだ。私に支えられ、ゆっくりと式場へ歩き出した。

漆原はすでに司会台に立っていた。

時計を見ると、十八時の定刻まであと十五分だった。一般の会葬者はまさに今が到着のピークで、エレベーターが到着するたびに、わっとロビーに押し出されてくる。

綾さんを喪主様の横に座らせ、チラリと漆原を見た。漆原も私を見ていた。

式場はしんと静まり返り、菊とお香の香りが満ちて、厳粛な雰囲気に包まれている。

私もほっとして、本来の持ち場であるロビーへと戻ろうとした。その時だ。

「あいちゅ」

あどけない声が、静謐《せいひつ》な空間に響き渡った。遺族席を見れば、綾さんの膝の上で、湊くんが首を反らして母親を見上げていた。

「ママも、ばあばも、にいにも、あつい、あつい、でしょ？」

綾さんの火傷、そして、あちこちで囁《ささや》かれる、火事の噂話《うわさばなし》。湊くんは、それらをしっかりと聞いていたらしい。

「しっ、湊。これから、ばあばと、にいにの大切な時間なの」

綾さんは口元に人差し指を立てて、湊くんを宥《なだ》めようとするが、湊くんはなおも
「あいちゅ」と言い張って、綾さんの膝の上で手足をばたつかせる。

「もう！　聞き分けのないことを言わないの！」

押し殺してはいるが、強めの口調に、ぐっと湊くんが押し黙る。それでも、意志が強そうな目元はじっと綾さんを見つめていた。

「どうしてアイスなんだ」

漆原が私を呼び止めて囁いた。

「熱い、熱いって周りが言うから、連想したんじゃないでしょうか。きっと、食べさせてあげたいって思ったんですよ」

湊くんは、火傷を冷やす氷にも関心を示していた。幼い子供の発想を微笑ましく思いながら、心の片隅で何かが弾けた。

そう言えば、私も子供の頃、熱を出すたびに、祖母がアイスを食べさせてくれた。ほてった体に、冷たくて甘いアイスは、最高のご馳走《ちそう》だった。優しい祖母の笑顔まで思い出し、目の前の家族を見つめる。豊子さんや綾さんも、具合の悪い航くんや湊くんに、同じようにしていたのかもしれない。

うずうずと体の底から込み上げてくるものがある。腕時計を見る。どうしようか迷う。

でも、迷うなら、行動したほうがいい。どうせ、もうクレームをもらった身だ。ホールスタッフをやれと言われれば、いつだってやってやる。それよりも、湊くんの願いに応えたい。湊くんだって、幼くて何も分からないわけじゃない。大好きな人のために、何かしてあげたくてたまらないのだ。

横に立つ漆原を見上げた。「すみません、ちょっとだけ外します」

「おい」

低く呼び止める声が聞こえたが、振り返らずに式場を出た。

会葬者をかき分けるように階段へ走る私の腕を、とっさにつかんだ者がいる。振り返ると小暮さんだった。何か言いたそうな小暮さんよりも先に、私はポケットに入れていた白い手袋を押し付けた。

「しばらく、案内係をお願いします。エレベーターの前、こんなに溢れちゃっていますよ?」

階段を駆け下り、ロビーを走り抜けると、外へ飛び出した。目の前の交差点ではギリギリ青信号の点滅に間に合い、通りの向かい側のコンビニに突進する。息を切らせた私を、顔なじみの店員さんがびっくりしたように眺め、それでも「いらっしゃいませ」と微笑んでくれた。

再び階段を駆け上がり、式場に戻ったのは飛び出してから十分も経っていなかった。ロビーの様子に気を配っている漆原が、すぐに気づいて式場の扉の陰に私を引っ張る。

「どこに行っていた」

ぜいぜいと息をつきながら、かろうじて「コンビニです」と応える。

大通りが交差する十字路の向こうのコンビニは、近いとはいえ、交通量が多いゆえにどちら側の信号も待ち時間が長く、そう気軽に行ける場所ではない。それを重々承知の漆原は、「ずいぶん早かったな」とため息交じりに言った。

「猛ダッシュしましたから」

私の手元に視線を落とした漆原は、「早く行け」と、遺族席へ顔を向けた。

コンビニで私が選んだのは、カップに入った氷イチゴだった。子供なら、一度は食べたことがあるはずだ。見た目も鮮やかで、冷凍ケースの中でもひときわ目立っていた。冬のこの時期に、氷イチゴが置いてあることがまるで奇跡のように思えた。

会葬者席の後ろを回り、ご遺族に近づく。

湊くんがすぐに気づいて、「あいちゅ！」と明るい声を上げた。

剛さんと綾さんは、まさか葬儀場のスタッフがアイスを用意するとは思わなかったのだろう。私はお供え物用の器に載せたふたつの氷イチゴを両手で恭しく差し出した。

額を汗が流れ落ちるのが分かったが、拭っているひまなどなかった。

「これを、ぜひ、豊子さんと航くんに。湊くんも、お二人を喜ばせたくてたまらなかったんだと思うんです」

私はしゃがんで、湊くんの顔を覗き込んだ。

「お兄ちゃんとおばあちゃんにあげるんでしょう？」

湊くんは、「うん！」と元気よく頷くと、目の前の氷イチゴに手を伸ばし、「つめたぁい」と大げさに身をよじってみせる。まるで、泣き続けていた両親を笑わそうとしているかのようだ。たまりかねたように、剛さんと綾さんが両手で顔を覆った。

漆原が、ふたつの棺の間に台を置いてくれた。

湊くんは、棺の中に豊子さんと航くんがいると言ってもピンとこない様子だった。不思議そうな顔をしながら、それでも「どうじょ」とひとつずつ、それぞれの棺の横に氷イチゴのカップを置く。

大役を果たした湊くんを綾さんが抱き上げ、頰ずりをする。

「きっと、この中で、にいにも、ばあばも、笑っているわね」

剛さんも湊くんの頭を撫でながら、わざと明るい声を出した。

「隅田川の花火では、毎年、ばあばもにいにも、みんな一緒に氷イチゴを食べたなぁ。覚えているだろう？　楽しかったなぁ！　また、みんなで食べられるといいなぁ！」

脳裏に浮かんだ幻影に、ふっと心が和らいだ。

夜空に大輪の花を咲かせる花火を見上げ、氷イチゴを頰張る家族の姿。

湊くんは剛さんに肩車をされ、航くんは豊子さんと手をつないで、キラキラと輝く笑顔を夜空に向けている。

どうか、どうか、剛さんも綾さんも、幸せな思い出で胸をいっぱいにして、大切な人を送ってください。そう、心の底から思った。

式場中のすべての人が、家族の様子を見守っていた。静かなすすり泣きが式場を満たす中、開式を伝える漆原の厳かな声が響いた。


式が終わり、弔問客やご遺族がお清めの会場に移動した。

抹香の煙が濃く漂う棺の横では、すっかり溶けてしまった氷イチゴがある。器にはびっしりと水滴が付き、まるで泣いているようだった。

「……君はつくづく猪突猛進型だな」

司会台で、翌日の進行表を確認していた漆原の冷たい声に背筋が凍り付く。

「すみません！　ご遺族を見ていると、いても立ってもいられなくなってしまうんです。でしゃばっちゃいけないって、最初は思ったんですけど、クレームを恐れていては、何だか大切なことを逃してしまいそうな気がして……」

「自覚はあるようだが、あまり俺に苦労をかけるな」

小さくため息をついた漆原に、私は深々と頭を下げる。

間違いなく小暮さんも見ていたはずだ。そもそも、私はあの人の腕を振り払った。思い出したとたん、さあっと血の気が引く。

「本当にすみません。でも、止められませんでした。私にできることがあるのなら、何でもやって差し上げたくなってしまうんです」

「俺も同じようなものだ」

私は驚いて、進行表に視線を落としたままの漆原を見つめた。

「できることなら、何でも叶えてやりたい。里見と仕事をしているのもそのためだ。あいつは、俺にはけっしてできない、故人の思いをご遺族に届けることができる。ただ、あいつはやりたい放題だ。何とかして、常識の範囲でバランスを保つのが俺の役割さ。まったく、気楽なものだ」

後半のほうは、私にも言われている気がして、思わず首をすくめる。

漆原はすっと顔を上げた。

「ただし、俺たちはプロだ。ギリギリのところを見極め、絶対に問題を起こしてはいけない。大切な人を失い、俺たちを信頼して任せてくれているご遺族を裏切ることは許されない。それに、クレームとなれば組織にも迷惑がかかって、何かと面倒だ」

耳が痛い言葉に、私はこっくりと頷く。

「君も里見と同じだ。よけいなものまで読み取ってしまうから、問題を起こしやすい。大事なのは、あくまでもご遺族の気持ちだ。自分の感情に、絶対に流されるな」

思わず顔を上げた私を、漆原はじっと見つめていた。

ああ、きっとこの人は分かってくれている。その瞳を見て実感した。

大丈夫。漆原と私は、間違いなく同じものを目指している。

お清め会場では、ご近所の方たちがほとんどすべて残って、剛さんを囲んで食堂の思い出話で盛り上がっていた。綾さんは、眠くなった湊くんを連れて、和室に行っている。

陽子さんの指揮でホールスタッフが次々に空いた器を下げ、瓶ビールを運び、目まぐるしく動いていた。ビールを注いで回るのは、再び割烹着を纏《まと》ったご婦人方だった。

ロビーからお清め会場を眺めている小暮さんに気づき、観念して駆け寄った。

「先ほどは失礼しました」

「驚きましたよ。開式直前に職場放棄とは、どういう了見かと」

「……今から、ホールスタッフとして働きましょうか」

握りしめていた栓抜きを目の前に掲げると、小暮さんはふっと小さく笑った。

「いいえ。割烹着のご婦人方が頑張ってくれて、人手は足りているようです。それに、みなさん、よく召し上がってくれています。寿司桶《すしおけ》、五台まで追加可能と了解をとっていたそうですね。さっそく赤坂《あかさか》さんが追加を要請しましたよ」

五人前の上握りは、一台あたり一万八千円である。もともと、会葬者百名を見込んで、お寿司や天ぷら、煮物を用意していた。小暮さんの機嫌はそう悪くない。

もちろん、漆原が多めに提案したわけではない。剛さんの希望にそって、ふさわしい量を示しただけだ。

「さっきのようなサプライズは、きっと漆原さんと清水さんにしかできないでしょうね。事前に準備するならともかく、とっさの機転でできることではありません」

「反省はします。でも、後悔はしていません」

「なかなか、よかったですよ」

小暮さんはにこっと笑った。茫然とする私に、先ほど押し付けた白い手袋をぽいっと放る。「女性用の手袋は、さすがに僕には小さかったですね」

翌日の葬儀では、剛さんがアイスを用意してきた。今度は、豊子さんが好きだったという宇治《うじ》金時と、航くんには当たりくじ付きのスティックタイプのアイスだった。

「湊がね、どうしてもって言うんですよ」

「大好きな人が喜ぶことを、これからもたくさん、たくさんしてあげてください」

いつか里見さんが言っていたことをまねして言うと、剛さんは涙を浮かべて頷いた。

次の夏も、この家族はみんなで氷イチゴを食べながら、隅田川の花火を見上げるんだろうなと思った。

無事に葬儀と火葬を終え、海老沼さんのマンションに後飾りを終えた私と漆原は、駐車場に向かって歩いていた。

「そろそろ豊子さんとの同居を考えていたとおっしゃっていましたね。航くんも楽しみにしていたって」

実際には、豊子さんの家を改築して一緒に暮らすつもりだったそうだから、すぐにとはいかなかっただろうが、確実に計画は進んでいたのだ。

「そのための費用を、豊子さんは剛さんに預けていたんだな。今回の葬儀が盛大にできたのはそのためだ。剛さんの気風《きっぷ》のよさには驚かされる」

「それだけ、豊子さんや、自分が育った食堂、近所の方々を大切にされているということですよ」

今日は、マンションに近い明治通り沿いのパーキングに車を停めていた。

通りの向こうには青々とした生垣が続いている。ふと、漆原が足を止め、その向こうの木立や竹林に目を細めた。

「百花園《ひゃっかえん》ですね。この季節でも、何かお花は咲いているんでしょうか」

「サザンカやツバキくらいはあるかもな。さすがに紅葉は終わりだろう」

「小さい頃、祖母とよく来ました。駅の近くに東武鉄道の博物館もあるし、子供を連れてくるのにちょうどよかったんでしょうね。きっと、航くんや湊くんも、豊子さんと来たんじゃないかなぁ」

「来ただろうな。俺もよく来た」

「えっ」

「子供の時、このあたりに住んでいた」

「そうだったんですか。もしかしたら私と漆原さん、百花園でニアミスしていたかもしれませんね」

「それはないな。その頃には向島にいない。とっくに引っ越していた」

話を膨らませようとした私がバカだった。

以前、漆原から、父親を幼い時に亡くしたと聞いたことがあった。もしかしたら、引っ越しはそれとも関係があるのかもしれない。漆原は自分のことなどほとんど話してくれない。どんなふうに成長し、何を思ってここにいるのかも分からない。

しかし、今日はめずらしく漆原が言葉を続けた。

「打ち合わせに行った日、火災現場を見て驚いた。子供の頃に何度か行ったことがある店だった。まさか、こんなことがあるとはな」

「……ご家族で行かれたんですか」

「忘れたな。ずっと昔の話だ」

じっと見つめる私の視線に気づいたのか、漆原は顔を背けて、すたすたと歩き出した。

「この仕事をしていると、時々、こういうこともある。誰かを見送ることで、自分を振り返ったりもする。不思議なものだ」

「そういうのって、きっとご縁なんですよ。だって、漆原さんは子供の時、豊子さんとも顔を合わせていたってことじゃないですか」

「縁なのか、偶然なのか、どうなんだろうな」

パーキングに到着すると、漆原は荷室を開けて、抱えていた備品の箱を積み込んだ。

バックドアを閉めてから、視線を腕の時計に落とす。

顔を上げると、振り返って、もう一度百花園の生垣を眺めた。

「……久しぶりに、寄ってみるか」

「いいですね！」

大げさに喜ぶと、漆原はいつものように呆れたような笑みを浮かべた。

第三話　故郷の風

今年もこの季節が来た。クリスマスである。

テレビには、ケーキを囲む幸せそうな家族の笑顔や、チキンにかぶりつくタレントが映し出され、ひときわ明るい音楽が流れる。

しかし、華やぐ街の空気とは対極にある坂東会館の事務所では、椎名さんがシフト表をにらみつけて唸っていた。

「どうしたんですか」

「二十四日の宿直だよ。実は僕、この五年間、ずっと宿直しているんだよね」

「毎年、ここでケーキを食べるのに付き合ってあげているじゃない。不満だって言うの？」

陽子さんににらまれ、椎名さんが首をすくめる。

「ありがたいって思っているよ。だけどさ、たまには解放感あるクリスマスを楽しんでみたいんだよ。街に繰り出したりとかしてさ」

「一人でか？」

漆原のさりげない言葉に、椎名さんがすかさず言い返す。

「それは漆原さんも同じじゃないですか。だったら、今年こそ、漆原さんが宿直やりません？　うまくいけば、駒形橋《こまがたばし》病院から搬送依頼があって、坂口《さかぐち》さんに会えるかもしれませんよ」

坂口さんは駒形橋病院の終末期病棟の看護師で、私と漆原の知人でもある。

今度は私が椎名さんをにらむ。なにせ、坂口さんは清楚《せいそ》な美人で気立てもよい。よけいなことを言わないでほしいと腹を立ててから、自分の感情に首をかしげる。

「何やら賑やかだな。クリスマスのご相談ですか？　本当に、ここはみんな仲良しですね」

何が楽しいのか、いつものさわやかな笑顔を振りまきながら、小暮さんが事務所に入ってきた。

「小山田《おやまだ》様のご遺体の搬送、無事に終了しました。霊安室の空きスペースはあとひと

って」

鍵を保管庫にしまいながら、「そうそう」と小暮さんが振り返る。

「霊安室も、ちょっと改善したいですよね。ストレッチャーのまま、スペースに入れられるのは便利ですけど、ご遺族が面会に来た時もあの部屋で、ストレッチャーや棺を引っ張り出してお線香を上げてもらうってどうなのでしょう。だって、後ろには他のご遺体もありますし、人の出入りが多ければ、温度管理も徹底されませんよね」

小暮さんは、坂東会館にくるまで都内の大手葬儀社『こばとセレモニー』で仕事をしていたとあって、初めての職場でも仕事の飲み込みが驚くほど早かったが、何かと大手と比較する。

当初は一か月間、年齢の近い椎名さんと行動をともにするはずが、二週間を過ぎた頃からは完全に一人で仕事をこなしていた。

社長の甥ということもあり、今ではすっかり葬祭部のお目付け役のような存在になっている。陰での努力も相当しているのだろうが、その片鱗《へんりん》を周囲には感じさせず、満面の笑みでするりと会話の中に入ってくるから要注意である。

当たり前のように共有テーブルの椅子を引いて座った小暮さんに、漆原は黙ってコーヒーをすすり、椎名さんは対抗するようににっこりと微笑んだ。

「お疲れ様です、小暮さん。霊安室に関する意見は、直接社長にお願いします。社長はフレンドリーな人ですから、誘えば飲みにも付き合ってくれますよ。そういう場で、社員の意見を聞くのが大好きな人です。『こばとセレモニー』と違って、ここは小さい会社ですからね。あっ、そんなことは、小暮さんならとうにご存じでしたね。なにせ、社長の甥っ子さんなんですから」

「ああ、そうでした。今度から、そうします」

しらじらしいやり取りを終えると、小暮さんは椎名さんが持っていたシフト表を覗き込んだ。

「もしかして、クリスマスの宿直ですか？」

「そうです。毎年、椎名さんが押し付けられているから、何とかならないかなって話をしていたんです」

もともと最年少の椎名さんは、他の社員よりも宿直の回数が多い。おそらく、お人よしの椎名さんが、先輩たちから様々な理由で押し付けられているうちに、いつの間にか不平等はなはだしいシフトが当たり前になってしまったのだ。こういう時、漆原はいつだって自分は部外者だという顔で黙り込んでいる。

「それなら、僕が代わりますよ」

私たちは、いっせいに小暮さんに顔を向けた。なぜなら、左手の薬指に光る指輪の存在を誰もが知っていたからである。

「いや、いいです。小暮さんはその前の日も宿直じゃないですか。二晩連続はさすがにつらいですし、イヴくらい、奥様と過ごしてください。僕がやりますから」

さっきまであれほど文句を言っていたくせに、やっぱり椎名さんはお人よしだ。

「構いませんよ。僕に任せてください」

小暮さんは、頼もしく拳で胸を叩いてみせる。

「じゃあ、せめて奥様と相談してからにしてください。ほら、女性は前もって、いろいろと計画するものじゃないですか。これで夫婦仲が悪くなったら、こちらがいたたまれません。どうせ、僕は予定もありませんから」

「大丈夫ですって。ちょうど、僕もじっくり考えたいことがあるんです」

イヴの宿直を奪い合う二人を見て、陽子さんが必死に笑いをこらえている。

小暮さんの家庭が円満なのかはさておき、私は「じっくり考えたいこと」という言葉にひっかかった。

「あの、『プラスワンオプション宣言』のほかに、まだ何か考えているんですか？」

「プラスワンオプション宣言」とは、つい最近、小暮さんが立ち上げたプロジェクトである。葬儀の打ち合わせの時に、必ず何かひとつオプションを付けてもらい、単価アップを狙おうというもので、もちろんご遺族にその意図が知らされることはない。

つまりは、限りなくこちら本位のプロジェクトなのだが、それを付けることによって、ご遺族には「やっぱり追加してよかったわ」と満足していただかねばならないし、提案力と手腕が問われる、なんとも迷惑な話なのだった。

小暮さんは嬉しそうに私に向き直った。

「そうなんです。単価アップはもちろんですが、施行件数も伸ばしたいじゃないですか。直葬歓迎キャンペーンみたいなのはどうかなと思って。火葬場が空いていれば、どんどん受け入れることができますよね。ただ、そのためには、やっぱり霊安室の改良が必要かと。外部の安置所を使うとコストがかさみますから、現状の五体収容を二段ベッドのように倍にして、ご遺族との面会は、別のスペースを設ける……というのが、現在の僕の構想なのですが、いかがでしょう」

「だから、社長に言ってくださいってば」

椎名さんがすかさず口を挟み、私も負けじと声を上げる。

「間違っても、直葬歓迎とか、キャンペーンとか、妙なうたい文句を付けるのはよしてくださいね。ご遺族をセールに目がないお客様みたいに扱うのもやめてください。

こちらがどんなプランを用意したって、相手が飛びついてくるものではないんです。ここは非常時のご遺族が駆け込んできた時に、親身になってお話を伺う、そういう場所なんです」

「もう。分かっていませんね、今は生前予約だって当たり前ですよ。こちらから仕掛けないでどうするんですか」

小暮さんと議論をしても終わりがない。もはや、議論というよりも、ああ言えばこう言うという、単なる言い争いだ。しかも、アイディアはいつも突飛なくせに、根本的な部分は押さえられているから、完全に言い負かすことができない。

やはり、葬祭業界も変革期を迎えている。高齢化が進み、多死社会が来ると言われているが、大手葬儀社はどんどん幅を利かせていて、生存競争に勝つのも簡単ではない。

「いつから、坂東会館はそんなに安っぽくなったんだ」

漆原が席を立った。

「お気に召さないなら、どうぞ出て行ってください。漆原さんは、『プラスワンオプション宣言』にもまったく協力的でありませんよね。まぁ、社員でないから聞き入れないと言うなら、それも結構。ただ、いつまでもここで仕事ができるとは思わないことです」

「俺に言わせれば、僧侶と火葬場以外は、全部オプションのようなものだけどな」

漆原は振り返りもせずに事務所を出て行ってしまう。

追いかけようとしたが、小暮さんに「清水さん」と厳しく呼び止められた。

「お目付け役と言ったでしょう。あの人がオプションを付けないなら、どうして清水さんから提案しないんです。べつに、金額の大小ではないんです。棺を見栄えがするようにしよう、お料理をもう一品追加しよう、何でもいいんです。これは、そういう提案力を強化する目的なんですよ。無事に葬儀をやり遂げれば、ご遺族も必ず満足してくださいます」

私は奥歯を嚙みしめる。悲しみの中にある、弱い立場のご遺族を、提案力強化のための練習台にして、もともと小さくはない金額をさらに釣り上げようとするのか。第一、漆原の打ち合わせの最中に、私が口など挟めるはずがない。

「西東京には『こばとセレモニー』、千葉のほうには『友愛式典』、大手はどんどん都心にも進出してきています。坂東会館だって、けっして気を抜けません」

拳を握って言い放った後、小暮さんはすぐににこっと顔の力を緩めた。

「つい、熱くなっちゃいました。じゃあ、僕も今夜は帰ります。椎名さん、イヴの宿直は僕ということで。では」

　完全に事務所のドアが閉まるのを見届け、私たち三人は共有のテーブルにほとんど同時に突っ伏した。

「ああ、もう、本当に勘弁してほしい。『プラスワンオプション宣言』のおかげで、僕、初めて、『究極やすらい布団』を受けたよ。確かに棺の中はふかふかだったけどさ、正直言って、何だかすっごく罪悪感があった。本当に必要なのかなって」

「そのあたりは、故人に対するご遺族のお気持ちですからね。何とも言えません」

　不要と言えば不要だ。そして、ほとんどがわずか数日のうちに消費されるものだ。お金をかけられるかどうかは、故人に対する思いよりも、経済力に左右されてしまう。私は、ただでさえ悲しみに苦しんでいるご遺族に、さらなるストレスを与えることに大いに抵抗がある。そもそも、人のご不幸に付け込んで、少しでも多くお金をもらおうとする考えに納得がいかない。

「私たち、善良すぎるのかもしれないねぇ」

　陽子さんが机に突っ伏したまま、目だけ上げて呟いた。

「仕方ないよ。そもそも、これまでは坂東社長にそういう商売っ気がまったくなかったもん。お父さんの葬儀社を継いで、ここに葬儀会館を建てたのは、社長の才覚だけど、それだって、使いやすい葬儀場が近くにないからだろ？　儲《もう》けよりも、ご遺族の気持ちが優先なんだよ」

「じゃあ、どうしてロッテさんはああなっちゃったんでしょう。おじさんに憧れて葬儀の業界に入ったんじゃないんですか？　専門学校だって出ているくらいなんですから」

私は椎名さんに訊ねた。

「社長は子供いないだろ？　きっと、いずれは後継者にって考えているんだよ。よそに修業に出して、呼び戻すってよくあるパターンだもん。葬祭部の管理を任せたのだって、そのうち部長にでもするつもりに決まっているよ。社長もさ、今の葬祭部の在り方に不安を感じたんじゃないかな。悔しいけど、ロッテが言うように、最近の葬祭業界は競争が激しいから。大手にならって、きちんとした体制を作ろうとしているのかもしれない」

「ロッテは社長の良心的な部分よりも、『こばと』の利益追求や、効率志向を重視しちゃったんだね。参ったなぁ。でもさ、けっきょくあの人は坂東会館をどうしたいわけ？」

突っ伏したまま、陽子さんは目の前の紙切れをふうっと吹き飛ばした。

彼女が作っていたのは小さなプライスカードだ。

玄関ロビーに面した事務所の壁には、小さなガラスケースが置かれていて、もともと数珠が何種類か並べられていた。急いで駆け付けた会葬者や、打ち合わせに訪れた遺族が一年に一度、買うか買わないかという程度のものだったが、先週から、香典袋や筆ペン、黒いネクタイまでが並べられている。もちろん小暮さんの提案で、目立たない程度のプライスカードの作成を頼まれたようだ。

「当然、坂東会館を大きくすることでしょ。だって、いずれは自分の会社になるんだもん。とにかく今は利益を出して、資金を蓄え、もうひとつ葬儀場を建てる。そこは、ここことは違って、小さな式場がいくつも並んでいるんだ。つまり、家族葬専用だよ。大きな葬儀はこっちで引き受ければいい。『こばとセレモニー』は、社葬クラスの葬儀ができる立派な式場から、参列者が五人にも満たない家族葬向けのスペースまで、幅広い式場を持っているんだ。おかげで取りこぼしなく、どんな葬儀にも対応できる」

さっきから椎名さんは、確信を持ったかのように語っているが、あながちすべてが彼の思い込みとも思えなかった。

「そう言えば、初日に坂東会館を案内した時も、小さい式を増やしたいって言っていました。家族葬を推奨するくせに、この前の海老沼さんの時みたいに、大きな式にこだわったり、施行件数を伸ばそうとしたりするのは、やっぱり新しい式場を建てるための資金が必要だからなんですね。それができて、ようやくロッテさんの目的が叶うんですよ」

ぼんやりとだが、ようやく小暮さんの目的が分かってきた。けれど、本当に会社を大きくすることだけに情熱を燃やしているのだろうか。

「今後のことを考えると気が重いよ。イヴの宿直だって、借りを作ったみたいで嫌だなぁ」

「それより、漆原さんが心配です。本当に出て行ってしまったらどうしよう」

思わず不安が漏れる。椎名さんは励ますどころか、大きく頷いた。

「可能性はあるよ。人数的には、けっきょく前よりも一人増えているわけだろ？　ロッテにとっては邪魔な存在だからね。ところで、清水さんはロッテの葬儀、見学したことある？」

「こっちの仕事と毎回重なってしまって、実はまだ一度も」

「ああ、そっか。ロッテは坂東会館が埋まっていたら、喜んで外現場の仕事を受けるからね。実はさ、思った以上にちゃんとしているんだよ。ほら、いつも愛想よく笑っているから、真面目に葬儀なんてできるのかって思うでしょ？　だけどね、式になるとそれはもう神妙な顔で、おとなしく佇んでいるんだ。専門学校を出ているから、礼儀作法もちゃんとしているし、知識も豊富。それが何だか悔しいんだよね」

「うん。事務所にいる時も、区内の地図を眺めたり、過去の施行資料や祭壇の写真を真剣に見たりしているよ。勉強熱心なのは確かだね」

陽子さんの言葉に、椎名さんはひらひらと手を振った。

「そういうことじゃなくてさ、僕らの前ではあんなに効率やお金の話ばかりしているくせに、ご遺族の前ではさも親切に、いたわるようなあの態度が許せないんだよ」

時折口にする、傷ついたご遺族に対する発言。何が小暮さんの本心なのかがまったく分からない。坂東会館が変わっていくのは、仕方がないことだとも思える。しかし、私は漆原がいなくなってしまうことを何よりも恐れているのだった。


翌朝、出勤した私は、事務所に漆原の姿がないことに戸惑った。

いつもは私よりも早くに出勤し、共有のテーブルで、まるで自宅のリビングにいるようにくつろいでコーヒーを飲んでいる男である。昨夜の小暮さんとのやり取りが頭をかすめる。まさか漆原が無責任なことをするとは思えないが、坂東会館に愛想を尽かされても仕方がない気がする。

こんな時に限って、事務所には昨夜の宿直だった水神さんしかいない。そもそも、水神さんを見かけたのは久しぶりのことで、小暮さんの目に余る態度を把握しているかどうかも疑問だった。

「漆原さんを知りませんか？」

宿直用の和室の上がり框《がまち》に腰かけ、お茶をすすっていた水神さんは、私の慌てぶりにまったく気づいた様子もなく、「お出かけですよ」とのんびり応じた。

「こんな朝から？」

「正確には、夜中からです。なにせ、宿直は私でしたからねぇ」

高齢の水神さんは宿直とはいえ人数合わせのようなもので、相談や問い合わせなどの電話対応はするものの、いざご遺体の搬送が入れば、ほかの者を呼び出すのである。

私は少しほっとしながら、「どこにお迎えに行っているんですか？」と訊いた。

「群馬です」

「群馬！」

予想もしなかった長距離搬送に、思わず叫んだ。

「どうして、漆原さんに……」

「気分転換にいいんじゃないかと思いましてね。ほら、あいつは運転が好きじゃないですか」

それは認めるが、休日にドライブに出かけるのとはわけが違う。

「まぁまぁ。たまにはいいでしょう。最近はここも息詰まる場所のようですしね」

驚いて水神さんの穏やかな顔を見つめた。もしかして、青田さんや宮崎さんたちベテラン組が、小暮さんのことをぼやいているのかもしれない。

「何時頃、戻ってくるのでしょうか」

漆原の所在が分かって安心したものの、何となく落ち着かない。直接顔を見ないと、この気持ちは収まらないのだろう。

「六時過ぎに、これから戻ると連絡がありました。富岡《とみおか》インターから高速に乗って、三時間くらいでしょうか。もうすぐだとは思いますが、朝のラッシュと重なりますからね。高速を降りたら、もう一度連絡をくれるはずです」

私もコーヒーを淹れ、水神さんの隣に座った。

「どう思いますか？　小暮さんのこと……」

「ロッテくんですか。まぁ、まっとうなことを言っていると思いますよ。昔はね、確かに誰が大きい式を取ってくるかなんて競い合った時代もありましたよ。青田くんなんかは、オプションの提案も上手なものです。でも、それは決して儲けようとか、そういうのじゃなかったんです。葬儀は故人を悼むとともに、見栄を張る場でもあったんですよ。豊かさの象徴みたいなね。でも、今は時代が違います。細々《こまごま》とした葬儀が増えたでしょう？　やりくりしていくには、やはり一件あたりの単価を上げるしかありません」

「やっぱり、お金なんですね……」

「それこそ、昔はお寺さんと檀家さんで葬儀は成立したと思いますよ。でも、その間に葬儀社が入った。会社ですから、当然儲けは必要です。そのあたりから、何だか人間の欲とか見栄も加わって、複雑化してきたのだと思いますね」

小暮さんの話も、水神さんの話も、こうして聞けばすべてが納得できる。しかし、どうして小暮さんの提案には、ことごとく反感を覚えるのだろう。

「きれいすぎるんだと思いますよ、漆原の式は。清水さんは、それを見てきたから、納得いかないんです」

「きれいすぎる？」

「純粋に、故人を思うご遺族の気持ちだけで葬儀を行っている。もちろん、素晴らしいですし、それに越したことはない。でも、これからは難しいでしょうねぇ」

漆原の式は、厳かで凛《りん》としている。そっと語り掛ける真摯な言葉でご遺族を慰める。初めて手伝った時から、私は心を持っていかれた。

しばらくして、宿泊していたご遺族に朝食を配膳していた陽子さんが戻ってきた。

「おはよう美空」と言ったところで電話が鳴り、陽子さんは素早く手を伸ばす。

「漆原さんから。今、錦糸町で高速を降りたって」

「じゃあ、もうすぐですね。私、駐車場で待っています！」

「風が強くて寒いよ。寝台車が見えたら出ればいいよ」

「大丈夫です！　私も、風に当たりたいですから」

事務所を出て、正面玄関の横の通用口から駐車場に出た。びゅうと冷たい風が吹き抜け、思わず顔をそらす。陽子さんが言う通り、夜明け前から風が強かった。コートを着てくればよかったかもしれない。

空を見上げれば、雲ひとつない抜けるような青空が広がっていた。日差しは柔らかいくせに、肌を刺すような冷たい強風が、わずかな温もりさえも根こそぎさらっていくように、土ぼこりを上げて足元を吹き過ぎていく。

早く漆原に会いたいと思う。この感情が何なのかは分からない。でも、顔を見て、いつもと変わらない漆原に安心したい。

連絡があったのに、なかなか漆原は帰ってこなかった。私はじっと四ツ目通りのほうを見つめる。このあたりはいつでも交通量が多いから、渋滞にでもはまっているのかもしれない。いつもは急な車線変更など当たり前の漆原も、ご遺体を乗せた寝台車ではそういうわけにもいかないはずだ。

かじかんだ指先をこすり合わせ、口元に寄せて息を吹きかける。白く広がった吐息が、風に紛れて消えていく。その先に、黒いアルファードが見えた。緑ナンバー。坂東会館の寝台車だった。

寝台車が通用口に横づけにされるのを待って駆け寄った。すぐに漆原が降りてくる。

「お帰りなさい。ご遺族は？」

ミニバンを架装した寝台車には、ご遺族も同乗できるのだが、後ろにはご遺体のほかに人の気配はない。

「あとから、奥様が自家用車でいらっしゃる」

「群馬から？」

「そうだ」

後方に回った漆原がバックドアを開ける。車内から、外とほとんど変わらない冷気がどっと流れ出した。長距離の搬送のために、冷房を効かせてきたのは分かるが、あまりにも寒い。横に立つ漆原もひやりとした空気を纏っていた。

私たちは手を合わせ、ストレッチャーを引き出した。完全に地面に下ろすと、私がフレームを握る。こちらも手がかじかむほど冷えていた。

「ご遺族が到着し次第、打ち合わせですか」

漆原は軽く頷くと、寝台車を所定の場所に停めるため、再び運転席に乗り込んだ。

淡々と役割をこなすいつもの漆原に、私は心から安堵していた。

ただ、本心は分からない。椎名さんのように、もっと気軽に愚痴をこぼせるくらいの相手ならいいのにと思う。

私はぐっと冷たいフレームを握りしめた。気持ちを切り替えなくてはいけない。

腕に力を込め、ストレッチャーを押す。エレベーターで地下の霊安室に下りるのだ。

私は無理やり心を空っぽにして、そっとご遺体に語り掛けた。

（寒かったですよね。でも、安心してください。東京に戻ってきましたよ。きっとすぐ、奥様も到着します）

ご遺体を安置し、霊安室の隣にある和室の暖房と照明を点けておく。

和室を出ると、階段を下りてくる漆原の姿が見えた。エレベーター前のホールに立ったまま、状況を確認する。

「故人は六十五歳の男性、奥様と出かけた先で事故に遭ったそうだ」

「富岡市の病院まで行かれたんでしたよね」

旅先で事故とは、なんともお気の毒である。故人のご自宅は坂東会館の近所だと聞いている。ご夫婦で旅行だったのだろうか。

「てっきり、奥様もご一緒にいらっしゃると思っていました。こんな時にご自分で運転なんて、大丈夫でしょうか」

私は横に立つ漆原の顔を見上げて訊ねた。

「言っておくが、俺だって、同乗したらどうかと提案したぞ」

霊安室の扉を見つめていた漆原の口元が、わずかに歪められる。

「一刻も早く東京に向かってくれと強く言われ、従うしかなかった」

「病院から搬送を急かされたんじゃないですか？　漆原さんが到着するまでにも時間がかかっているわけですし。第一、車を置いて帰るのも不安ですよ」

「……そうかもしれないな。けっきょく、奥様は朝にならないと病院の会計や手続きができないからと、俺だけが先に戻ることになった」

漆原が腑《ふ》に落ちないのは、奥様があまりにも疲れ切った様子であるにもかかわらず、先に帰れと言う時だけは、やけに毅然《きぜん》とした態度だったからだという。

「きっと、感情も不安定だったんですよ。でも、漆原さん。そんなに急かすなら、どうして現地の葬儀屋さんに搬送を依頼しなかったんでしょう。病院に相談すれば、紹介してもらえますよね」

たいていの葬儀社は、ご遺体の搬送だけでも対応してくれる。もちろん坂東会館だってご要望があれば応じるし、追加料金はかかるが、長距離の搬送も可能である。

「坂東会館でとの、強い要望があったらしい。それがなければ、俺が群馬でやってもよかったんだけどな」

いくらフリーとはいえ、そんなことをすれば小暮さんが黙っていないだろう。

「依頼を受けたのは水神さんですよね。訊いてみましょうか」

私たちは霊安室のご遺体に線香を上げ、手を合わせてから事務所に戻った。

事務所では、陽子さんが熱いコーヒーを用意してくれていた。

「二人とも、冷えたでしょう。どうぞ、温まってください」

午前中の事務所には水神さんと陽子さんしかおらず、小暮さんが訪れる前の平穏が溢れていた。かじかんだ指先にゆっくりと染みわたるカップの温かさにも心がほどける。

水神さんは給湯スペースの換気扇の下で椅子に座り、膝に灰皿を置いて、のんびりと煙草をくゆらせていた。

漆原はカップを持ったまま、給湯スペースに向かった。

「ご遺族の到着までに、依頼時の状況を教えてください。搬送を急かされましたので、お話も伺えず、ほとんどとんぼ返りです」

水神さんは流しのほうを向いてふうっと紫煙を吐き出した後、「もちろんです」と微笑んだ。

「お電話は奥様からでした。ひどく取り乱したご様子で、群馬まで来てもらえるかと。登山中にご主人が足を滑らせたそうです。救助されましたが、搬送先の病院で亡くなられたとおっしゃっていました」

到着した漆原が見たのは、薄暗い病院の廊下のベンチに、ポツンと座る奥様の姿だった。ピンクのアウトドア用のジャケットがあまりにも場違いで、疲れ切ったように肩を落とし、茫然としている姿が痛々しかったという。

事故とは聞いていたが、山の中でとは考えもしなかった。確かに中高年の登山ブームは今も続いている。

「見知らぬ土地で、奥様はさぞ心細かったでしょうね。息子さんもいらっしゃるそうですが、名古屋《なごや》でお勤めだそうで、まさに頼る者のいない状況です」

「どうして、わざわざ坂東会館だったんですか」

「ご自宅がこのご近所とのことで、ぱっと思いついたとおっしゃっていました。大きな看板も出していますしね」

水神さんは右手の人差し指を立てて、上を示した。確かに坂東会館の外壁には看板が設置されている。不特定多数の参列者が集まる葬儀場には、目印として絶対に必要なものだ。

「それで、さっそく検索してみたそうです。昨年、ご夫婦そろってスマートフォンに替えたばかりだとおっしゃっていました。いやぁ、便利な世の中ですよね」

漆原は飲み終えたカップを、わざと音を立てて流しに置いた。

「そんなお話までされるなんて、よほど奥様は動揺していたんでしょうね」

急かされたことに気づいた水神さんは、「失礼」と苦笑して立ち上がった。給湯スペースから、共有のテーブルまで移動する。

「坂東会館を思い出してくれるなんてありがたいことですが、場所が群馬では、お迎えにいくにも時間がかかります。奥様もお一人で心細いでしょうし、お待ちいただくのも申し訳ないと思って、現地の葬儀社に搬送を依頼してはどうかと提案したんですよ。その後は、こちらがしっかりと引き継ぎますって。ですけど、待つのは構わないとおっしゃるんです。それで、漆原を向かわせたというわけです」

「そのわりには、到着するなり、早く出発してほしいと急かされましたが」

漆原がため息をつく。

「まぁ、まぁ。奥様にしてみたら、実際以上に時間が長く感じられたのでしょう。何よりも、一人で待っている間に、心細くてたまらなくなってしまったのかもしれません」

水神さんがたしなめる横で、さっきからパソコンに向かっていた陽子さんが大きな声を上げた。

「富岡っていったら、やっぱりここかなぁ。ああ、確かに人気ありそう」

私は後ろから画面を覗き込んだ。開いていたのは富岡市の観光案内のページで、切り立った岩壁が連なる山の写真が表示されていた。

「妙義山《みょうぎさん》？」

いかにも難易度が高そうだが、中級者向けのコースもあり、眺望の素晴らしさから一年を通して登山愛好家が多く訪れる人気の山とある。

「紅葉の季節なんて最高でしょうね。今はもう葉っぱも散っちゃっていますから、その分遠くまで見晴らしがきいて、絶景が拝めそう」

岩肌に張られた鎖を登る登山者の写真に、すっかり状況を忘れた陽子さんが目を輝かせている。絶叫マシンやホラー映画など、とにかくスリルを味わうことが大好きなのだ。

「登山上級者には見えなかったな」

はしゃぐ陽子さんを横目に、漆原がポツリと呟く。

「じゃあ、中級者向けのコースですよ。打ち合わせの時に伺えるかもしれません」

葬儀の打ち合わせは、故人の人となりを知ることにもつながる。

お見送りに使うひとつひとつの品を選ぶにも、ご遺族は故人のことを思い浮かべながらじっくりと選ぶ。あの人は花が好きだった、恥ずかしがり屋だったから、あまり派手でないほうがいい、きっとこの色が気に入るはずだ、と。たとえそれが、棺や骨壺、遺影の背景であっても、故人のお好みを思い浮かべながら選ぶご遺族の様子は、生前、故人にセーターをプレゼントする時も、きっとこうだったのだろうなと思うことがある。

そんなご遺族を日々目の当たりにしているからこそ、私は小暮さんの「プラスワンオプション宣言」に抵抗がある。あくまでも、ご遺族本位で進めるべきだと思ってしまうのだ。

「奥様はどれくらいで到着されるでしょうか」

私は壁の時計を見上げた。病院の窓口が開くのは八時か、九時か。手続きを終え、高速に乗っておよそ三時間だ。

それにしても、こんな時に東京まで運転してくるとは、ずいぶんしっかりした方だと思う。いくら運転に慣れていても、旅先で夫が急死したのだ。とても平常心でいられるとは思えない。事故でも起こさなければいいがと祈るばかりだった。

そう考えるのは誰もが同じようで、水神さんもふっと顔を上げて窓に目をやった。つられて見れば、駐車場の向こうの庭木が、強風に翻弄されて大きく幹をたわめている。さっきよりもいっそう風が強まったようだ。

「漆原が、赤城《あかぎ》おろしも一緒に連れてきちゃいましたかねえ」

水神さんが不穏な言葉を呟いた。

事務所に一人の男性が駆け込んできたのは、それから一時間ほど経ってからのことだ。

漆原と同世代くらいだろうか、よほど急いで来たのか、この季節に、額に汗を浮かべている。館内の暖房でさらに汗が噴き出したようで、ハンカチを取り出して拭いながら、落ち着かない様子でしきりに視線をさ迷わせている。

「倉持《くらもち》です。父がここに運ばれたと連絡がありました。母はどこでしょうか」

訪れたのは故人の息子さんだった。漆原は「このたびはご愁傷様です」と深く頭を下げ、地下の和室へご案内した。

「母は、母はまだ到着していないんですか」

「お母様は、搬送先の病院で手続きを済ませてから、こちらへ向かうとのことでした。もう間もなく到着されると思いますが」

「まさか、自分で運転を？」

息子さんは、驚いたように顔を上げて漆原を見つめた。

彼が母親から連絡を受けたのは昨日の夕方のことだという。慌てて、名古屋から群馬の病院まで駆け付ける手段を考えているうちに、治療の甲斐《かい》なく亡くなったと、悲痛な声で再び連絡が入ったのだ。自宅に近い葬儀社に依頼したので、直接、坂東会館に向かうように言われ、こうして駆け付けたとのことである。自分は車で東京に戻ることを伝えなかったのは、よけいな心配をかけたくなかったからかもしれない。

「ちょっと、失礼します」

息子さんはスマートフォンを取り出した。母親と連絡を取ろうとする彼を、漆原は見守っている。いや、見守っているというよりも、何かを読み取ろうと、冷静に見つめている。

運転中のためか電話はつながらず、息子さんは諦めたようにスマートフォンを座卓の上に置いた。

「母は一人だったんでしょうか？」

「私が到着した時はお一人でした。不案内な土地での不慮の事故で、さぞ心細かったことと思います」

漆原の言葉に、息子さんは怪訝《けげん》な表情を浮かべた。

「父の実家は群馬です。高崎《たかさき》には父の姉がいて、子供の頃はよく遊びに行きました。ほかにも親戚がいます。母はどうして連絡を取らなかったのでしょうか」

息子さんは、座卓に置かれているスマートフォンを見つめている。

私と漆原はそっと視線を交わした。想定外の言葉である。

息子さんには奥様が到着するまで待っていてもらうことにし、私たちは和室を出た。

漆原は、すぐ横の霊安室の扉をじっと見つめている。お迎えの時から感じていた違和感が、彼に会ってますます大きくなったようだ。

「ご親族が近くにいたら、普通は連絡しますよね。故人のお姉様なら、知らせないわけにはいかないでしょうし」

「普通は、な」

故意に知らせなかったのか、もしくは突然の事故に動揺していただけなのか。

しかし、話を聞く限り、坂東会館を検索して搬送を依頼したり、病院の手続きをしなくてはならないと漆原を先に出発させたり、極めて冷静な部分も垣間見《かいまみ》える。

「だから、よけいに急かしたのか？」

漆原は霊安室の扉を見つめたまま呟いた。


ようやく奥様が到着したのは、それから三十分ほど経ってからだった。

陽子さんに案内されて地下を訪れた彼女は、確かにピンク色のジャケットを着ていた。その下にも薄いフリース素材のジャケットを重ねていて、どちらもやけに真新しい。

「ああ、尚也《なおや》、もう到着していたのね」

奥様は息子さんに駆け寄って縋りつく。その様子は、気力を使い果たして倒れ込むかのようだった。

奥様が無事に到着したことに胸をなでおろし、お二人を霊安室にご案内した。

ストレッチャーを引き出し、枕元の台のロウソクに火を灯《とも》す。覚悟はしていたはずなのに、息子さんは愕然《がくぜん》と顔をこわばらせ、奥様の瞳にはみるみる涙が盛り上がる。息子さんはいたわるように母親の肩に手を置いていた。まったく予期せぬ死だ。しかも、奥様はつい昨日まで元気なご主人と登山を楽しんでいたのだ。お二人は手を合わせることもできず、二度と動くことのない家族の横に跪《ひざまず》いて、嗚咽を漏らすだけだった。

お二人が立ち上がるまで、私たちは霊安室の入り口で見守っていた。

時々私は、ここは礼拝堂のような空間だなと思う。

通夜や葬儀の段取りが整うまでの間、ご遺族はしばしばここで故人と対面する。手を合わせる場合もあるし、今日のようにただ悲しみに暮れる場合もある。ただ大切な家族のことだけを想う空間なのだ。ほの暗い灯りと、お香の香りがよけいそう感じさせるのかもしれない。小暮さんは霊安室を単なるご遺体の保管場所のように言うが、私はとてもそうは思えない。ご遺族にとっては、たとえ息をしていなくても大切な家族に変わりはないのだ。

ようやく打ち合わせに入ったのは、お昼を大幅にまわった時間だった。

涙を流した後のお二人はいっそう憔悴《しょうすい》したように見え、私は温かいお茶をそっと差し出した。お二人がお茶を口にし、湯呑みを茶托《ちゃたく》に置くのを待って、漆原が静かに話を切り出す。喪主を務める奥様のお名前は倉持京子《きょうこ》さん、ご主人の明夫《あきお》さんよりも五歳若い、六十歳である。

「ちゃんとした式で送ってあげたいです。優しい人でした。私ができることは全部して、あの人に感謝を伝えたい……。まだ実感が湧きませんが、それだけは強く思います」

声を詰まらせながら京子さんが言う。

京子さんは尚也さんと相談し、坂東会館で通夜、葬儀を行う家族葬と決まった。

参列する親族のおおよその人数を訊ねると、二人は顔を見合わせる。

「お義父《とう》さんもお義母《かあ》さんももういないし、お義姉《ねえ》さんご夫婦くらいでいいわよね」

そこで、はっと思い出したように尚也さんが訊ねる。

「母さん、どうして、すぐに高崎のおばさんを呼ばなかったの」

京子さんは、座卓の上で組んだ手のひらに視線を落とした。

「……すっかり動転してしまったのよ」

「病院では？　すぐに亡くなったわけじゃないんだろ？」

「それどころじゃなかったわよ。ただ、お父さん、お父さん、頑張ってって。でも、お父さんは……」

そのまま京子さんは両手で顔を覆った。明夫さんは助からなかった。ならば、連絡は葬儀の日程が決まってからのほうがいいと思ったと聞いて、尚也さんは何か言いかけ、そのまま口をつぐんだ。もう遅いことだと思ったのだろう。

漆原は、二人のやりとりが終わるのをただ静かに見守っていた。

何かひっかかっても、私たちは口を出す立場にない。

火葬場や式場を押さえ、日程が決まると、漆原は視線を上げて京子さんに訊ねた。

「ご主人とは、よくお二人でお出かけになられたのですか」

いたわるような口調に、張りつめていた京子さんの顔つきがふっと緩んだ。すぐ目の前の愛しいものを見つめるように目元が和らぐ。

「遠出をしたのは久しぶりです。いつもは近所の散歩ばかり。隅田川を渡って、浅草に行くのが定番でした。夫は今年、定年を迎えたんです。職場は物流関係の会社の倉庫でした。夜勤もあったので、なかなかまとまったお休みが取れなかったんですよね。だから、やっと念願の山歩きができるって、あんなに喜んでいたのに……」

京子さんの瞳が再び潤む。もっと京子さんと明夫さんのお話を聞きたかった。

「ずっと倉庫でお仕事をされていたのなら、たとえ近所でも、奥様とのお散歩は明夫さんにとって楽しいものだったでしょうね」

「そうなんです。日の差さない倉庫の中で、まるでモグラだっていつも笑っていましたから。だからこそ、ずっと山歩きがしたかったみたいです。大自然の中で解放感を味わいたかったんでしょうね」

京子さんは小さく微笑んだ。こうして故人のことを語るご遺族は、いつもすぐそこに故人がいるかのように、温かなまなざしで私たちに聞かせてくれる。

「登山はこれまでにも?」

漆原の問いに、京子さんは首を振った。

「初めてです。ただ、故郷の山は子供の頃によく登ったそうで、まずは妙義山にしようって。きっと、私を連れて行きたかったんでしょうね。懐かしい景色を一緒に見たかったんじゃないかなって思うんですよ」

京子さんが目を細める。

「インターネットや雑誌を見て、道具やウェアを揃えました。あの人、何でも形から入るんです。でも、楽しい時間でした。こういう時くらい派手なのがいい、似合うぞなんて、私のこんな上着を選んだのもあの人です」

京子さんは濃いピンク色のダウンジャケットをつまみ、恥ずかしそうに笑った。しかし、笑い声が次第に震え、両手で顔を覆う。ぽたりとジャケットの裾に落ちた涙が、濃い染みを作った。

昨日は天候にも恵まれ、人気のコースということもあり、周りには中高年登山者が何組もいた。登山は初めてだった京子さんも、その様子を見てずいぶん安心したという。しかし、コースの半分も進まないうちに、明夫さんは岩に積もった落ち葉に足を滑らせ、登山道の横の沢に転落してしまった。すぐに周りにいたグループに助けられたものの、運悪く岩に頭を強打していた。

「たいした高さじゃないんですよ。私たちよりもずっと年上の人もたくさん登っているのに……」

毎回感じるやるせなさに、私は唇を噛みしめた。生と死はあまりにも紙一重で、唐突に穏やかな日常が断ち切られてしまう。

「ご遺影の背景は、自然を感じられるものがいいかもしれませんね。空や、緑の木々、木漏れ日などもございます」

思い出を伺いながら、さりげなく漆原がカタログを示す。

お話を聞かせてもらうことで、ご遺族が故人のためにしてあげたいことを感じ取る。

その上で提案すれば、漠然としていたご遺族の要望を、少しずつ形にすることができる。漆原はゆっくりとすり合わせながら、大切な人をお見送りする式を作り上げていく。

京子さんは、尚也さんと相談しながらひとつひとつ決めていった。

彼女の要望はこまやかだった。選ぶものすべてから、ご主人に対する愛情が感じられ、仲睦《むつ》まじかったお二人の様子が伝わってくる。それ以外は、もう何も必要ないと思えた。

打ち合わせを終えると、京子さんと尚也さんは再び霊安室を訪れた。

今度はしっかりと明夫さんに手を合わせてから、駐車場に停められていたシルバーのＳＵＶに乗り込んだ。

「フォレスターか。まだ新しいな。ようやく気兼ねなく遠出ができると、今年になって買い替えたのかもしれない」

漆原は交差点を曲がって見えなくなるまで、京子さんの車を見つめていた。

今回も、私は「お目付け役」の役目など果たせるはずもなかった。

事務所に戻ると、水神さんがお茶をすすっていた。

青田さんと陽子さんは今夜のお通夜の準備で二階の式場に行っていて、椎名さんと小暮さんはまだ出先から戻っていない。

「どうやらまた電話番になりそうです。さっき立て続けに電話が入って、宮崎君が向かいましたよ。なにせ急に冷え込みましたから、この後、しばらくは忙しくなりそうですね」

冬期は循環器系疾患による死亡率が上がると言われているが、水神さんがさらりと口にすれば、人間の死も、自然界におけるしごく当たり前の季節のサイクルのように思えてしまう。

小暮さんがいないことにほっとしながら、共有スペースの椅子に座った。

「プラスワンオプション宣言」は自己申告だから、京子さんが選んだ九谷《くたに》焼の立派な骨壺を、私が提案したことにしてしまおうかという考えが頭をよぎったが、漆原の前では冗談でもそんなことを言えそうもない。私はテーブルの下で、しくしくと痛み始めた胃のあたりをさすった。

「初めての山歩きで事故なんて、あまりにもお気の毒でしたね。今朝見た画像も、岩ばっかりで危なそうでしたもん」

「どこだって危険はある。たとえ隅田川沿いを歩いていたって、横は高速道路だ。高架からトラックが降ってくるかもしれないし、深呼吸したところで、吸うのは排気ガスだぞ」

漆原の言葉に、水神さんが苦笑する。

「故人様は六十五歳でしたね。定年をきっかけに、ご夫婦で新しいことにチャレンジしてみたかったんじゃないでしょうか。今の六十五歳なんて、まだまだお若いですから」

「さすが、同世代の水神さん！　まさにその通りなんです」

実際には、水神さんのほうが少し年上なのだが、坂東会館を定年退職してからも、嘱託としてこの仕事を続けているのだから、同じように第二の人生を考えたことがあるのかもしれない。

「打ち合わせの後、奥様がポツポツと話してくださったんです」

毎回、決して短くはない打ち合わせを終えると、ご遺族はどこかほっとしたように力を抜いて、故人への思いや、ご自身の心配事を聞かせてくれることがある。それにゆっくりと耳を傾けるのも私たちの大切な役割だと、漆原には教えられてきた。

「あの日、ご主人は歩き始めるとすぐに、これからのお話をされたそうです。突然、『犬を飼わないか』と言われて、奥様はびっくりしたとおっしゃっていました」

「犬、ですか」

水神さんが首をかしげる。

「ほら、ご夫婦で家にいる時間が増えれば、ペットが共通の話題になるじゃないですか。息子さんも独身で名古屋ですからね。ご主人は、保護犬を引きとって家族に迎えたいと前から考えていたそうです。奥様は、それも素敵だけど、まずは二人でたくさん出かけましょうって。これまで、なかなか旅行もできなかったそうなんです」

「仲がよろしいですね」

「はい。ご主人は、旅行も、保護犬も、両方とも叶えようって」

聞いているだけでも、ワクワクする話だ。これから先、楽しいことがたくさんある。夫婦でひとつひとつ叶えていく。そのための時間は、まだたくさんあるはずだった。

保護犬に愛情を注ぐ、いつかは富士山、山もいいけど、温泉巡りも捨てがたい。そんなお話をしているうちに、ふっとご主人がおっしゃったそうだ。

『いずれ困らないように、いざって時のことも相談しておかないとな。今なら笑って話せるけど、本当に必要な時には、とてもそんなふうには話せないから』

水神さんはわずかに眉を曇らせる。

「ああ、お墓とか、そういうことですか……」

「そうです。何かあった時の病院や、高齢者施設はどうしようとか。その時に、葬儀場なら、近所に坂東会館があるから安心だなって……」

「だから、あの時、奥様は真っ先に坂東会館を思いついたんですね」

私は小さく頷いた。さっそく見積書の作成を始めていた漆原が、横から口を挟む。

「まさに、そんな話をした直後に、ご主人が足を滑らせた」

「めったなことは、口にするものではありませんね……」

水神さんはため息のように声をもらした。

そこでご主人との未来はあっけなく断ち切られた。胸を弾ませた生活は、もうけっして訪れることはないのだ。心の中がやるせない思いでいっぱいになる。

「漆原さん。そういえば、高崎のおばさん。ちょっと気になりましたよね」

「ちょっとどころか、大いに気になるな。あれだけご遺体の搬送を急かしたのは、他の者が訪れる前に、ご主人を東京に連れて帰りたかったからじゃないのか」

「それなら、やっぱり現地の葬儀社に依頼したほうが早いじゃないですか」

「いや、地元に関わりたくなかったんだろう」

「親戚がいるから？」

「おそらくな」

故人を取り巻く人間関係は、私たちには知るすべがない。ただ、彼らの間に複雑な思いがあれば、誰もが納得のいく式を行うのは難しい。

窓の外では、今も木立が強風に煽《あお》られて、倒れそうなほどに大きく揺れ動いていた。

翌日は、倉持さんとの見積書の確認や、諸々の手配で一日が終わった。締めくくりに、二階で行われていた椎名さんが担当するお通夜を見学し、会葬者がお清め会場に入るところで事務所に戻った。

共有の大きなテーブルでは、小暮さんが分厚いファイルを広げていて、私に気づくと顔を上げてにこっと笑う。さんざん憎たらしいことを言うくせに、こういう時の笑顔だけはいつだってさわやかで、それがまた私の気持ちを逆なでする。

事務所の奥の四畳半からは、テレビの賑やかな笑い声が聞こえている。宿直の宮崎さんが、もうすっかりくつろいでいるのだろう。一瞬だけ、気を取られたように奥に目をやった小暮さんは、帰り支度を始めた私に視線を移す。

「清水さんは、また見学していたんですか」

「そうです。見学のつもりが、思ったよりも多くの方が焼香にいらっしゃって、すっかり手伝わされてきました」

「熱心ですね。そういえば、漆原さんはもう帰りましたよ」

「あの人は、基本的に仕事が終わればさっさと帰ります」

そこで、ふと小暮さんの前のファイルに目が止まった。

「クレーム処理対応報告書」。これまでに起きたクレームの内容や、処理に至るまでの時系列での対応が事細かに記された資料がまとめられていて、再発防止のために、誰でも手に取ることができるようになっている。最新のクレームは、先日私が起こした今村様の一件で、漆原が作成した顛末書も綴《と》じられていた。

「今夜の椎名さんのお式、会葬者は三十名でしたっけ」

「実際はもっと多いと思います。けっきょく、知らせを受けた方が連絡を取り合って、ご遺族が想定しなかった方までご焼香にいらっしゃったようです。何だか、不思議ですよね。人って、けっきょくは多くの人と関係しながら生きているんです。こういう時に、それに気づくのは皮肉なことですけど」

「中には、迷惑に感じるご遺族もいらっしゃるでしょうね」

きっと、改めて私のクレームを読み直したのだろう。

「最初からご家族だけの式にしておけば、こんなクレームなど起こるはずはなかった。愛する者だけで大切な家族を見送り、ご遺族にとっても、温かな最期として記憶に刻まれたことでしょう」

「何が言いたいんですか」

「葬儀の小規模化が進めば、間違いなくクレームが減らせるということです」

「小規模化。前も小暮さんはそうおっしゃいましたよね。でも、それでは件数は増やせても、一件当たりの費用はたいしたことないでしょう。『プラスワンオプション宣言』もいいですが、たかが知れています。お金のことを口にするのは嫌なのですが、一度に入る金額を考えれば、そこそこの会葬者が訪れる式のほうが、よほど効率がいいということくらい私にだって分かります。小暮さんのこだわりよりも、ご遺族の要望を重視していただけませんか」

小暮さんは黙って私を見つめていた。口元にもう笑みはなかった。

「坂東会館では、ご遺族の要望を伺いながら、地域の方々や、お知り合い、生前に関わった方々みなさんで故人をお見送りするという葬儀が主流でした。それぞれの式場が広めなのも、それを想定しているからです。小規模な葬儀と、効率的な利益の確保は矛盾しています。大きな式、小さな式、どちらがあってもいい。総合的に利益が出れば、問題がないのではないですか」

費用のことを口にするたび、葬儀も、それにまつわる品々も商品のように感じてしまう。私にとって、ご遺族はけっしてお客様とは思えないし、思いたくない。

「きれいごとばかりじゃ、やっていられませんよ」

私の心を見透かしたように小暮さんが言う。

「でも、あえて言わせてもらえば、心から故人のことを愛する家族や、ごく近しい人々で営む葬儀ならば、きれいごととして終えられると思っています。よけいな人が加わるから、見栄や、いらぬ気遣いでご遺族は疲弊する。仮にそれを求めるならば、いっそのこと、とことん盛大にすればいいと思います。故人はこれだけ慕われていたのだと、集まった人々に見せつけ、きらびやかに祭壇を飾り、高い通夜料理でもてなす。多少、費用が釣り上がったところで、すべてが高額な非日常の出来事です」

「ついさっき、そういう式はクレームにつながるっておっしゃったじゃないですか」

小規模な葬儀ならクレームは減らせる。裏返せば同じことだ。

「もちろん、高額な費用を、うまく説明して納得させるのは僕たちの手腕です」

「……ずいぶん、両極端ですね。つまり、理想とするのは、あくまでも小さな葬儀で、盛大にやろうとするご遺族には、高額な価格を要求しても仕方がないということですか」

「多くの人を集めれば、結果的にそうなります」

「話をずらさないでください。何も、多くの人を呼ぼうというのは、見栄を張るためではありません。中にはそういう方もいるかもしれませんが、故人の人間関係を大切に思うからこそ、関わりのある方にお見送りしてほしいと願うのです」

「だから、僕たちが時間をかけてご遺族と長々と打ち合わせをするのでしょう。あくまでもご遺族の意向に従う。そういう個別対応がこの業界の基本で、それができなくては他社に負けてしまいます」

またただ。小暮さんと話していると、論点がすり替わって、まるで自分が間違ったことを言っているような気にさせられてしまう。

「僕の理想は、あくまでもごく親しい者だけで見送る小さな葬儀です。ただ、その形を実現するためには、今の坂東会館では無理がある。新しい式場は、アクセスのよい錦糸町駅前あたりがいいかもしれませんね。なに、これまで通りの式だって、需要がなくなることはありません。あなたたちは同じように、でも、いっそう収益を見込めるよう、励んでくだされぱいいんです」

「そんな言い方……」

「クレームを起こした人に言われたくありませんね。前も言いませんでしたか。葬儀で、一番救われなくてはならないのは、ご遺族なんです」

私は唇を嚙みしめた。小暮さんは、時に的を射た言葉を口にして、煮えたぎった私の心を急にすっと冷まさせる。

「どちらにせよ、あなたはまだ勉強不足です。どうします。僕の下に来ますか？　漆原さんといては、いつまで経ってもこれ以上の成長は望めませんよ」

返事を求める様子もなく、小暮さんは席を立ち、給湯スペースでお茶を淹れ始めた。この人はコーヒーを口にしない。代わりに、紅茶やハーブティーを持参してきて、いつの間にか棚の一角を占領している。ふわりと甘ったるい香りが漂ってきて、私は椎名さんが戻るのも待たずに、バッグを抱えて事務所を飛び出した。


倉持さんのお通夜の日となった。外部の式場でも大きな葬儀が入っていて、いつもは設営を手伝ってくれる生花部のスタッフも祭壇に花を入れると現場に向かってしまい、残された私と漆原は準備に追われていた。

漆原のもとを離れ、小暮さんに教えを乞う。

もちろん、そんなつもりはまったくないが、今の自分の状況だけは漆原に相談したい。

しかし、いつもながら漆原は人に入り込む隙を与えず、私は黙々と準備を続けるしかなかった。

受付用の備品を取りに事務所に下りた私は、何気なく時計を見る。そろそろお昼だった。

昼食にでも誘って外に出れば、少しは話を聞いてもらえるだろうか。いや、聞いてもらうよりも、漆原が何を考えているのかが知りたかった。

今日も水神さんが事務所で電話番をしている。葬祭部の面々が出払うことの多い冬の繁忙期は、外回りは寒いからと、水神さんが残ってくれるので助かっている。

お茶をすすりながら窓の外を眺めていた水神さんが、「おや」と声を上げ、私も何気なく顔を向けた。駐車場の真ん中に、一台のミニバンが停まり、ぞろぞろと喪服姿の人が降りてくる。

「今夜は漆原の一件しか入っていませんよね」

「それにしたって、まだお昼ですよ」

喪主を務める京子さんの車はシルバーのフォレスターだ。駐車場の車とは明らかに違う。「それに、ご出席はごく少人数の予定です。故人のお姉さんご夫婦だけのはずですが」

水神さんはわざわざ立ち上がって、窓の外を眺めている。

「いやいや、七名はいますね。高崎ナンバーですよ。すぐ漆原に伝えなさい。おそらく想定外です」

私は芳名帳と筆記用具の入った箱を抱えて階段を駆け上がった。地下で止まったままのエレベーターを待つのがもどかしかったのだ。息を切らせて、三階の式場に駆け込む。

「漆原さん、大変です。群馬から、ご親族の一団が到着しました。二人しか呼ばないはずが、七名もいます」

「親族のつながりが強い、地方の方にはよくあることだ」

漆原は別段うろたえたふうもなく、陽子さんに椅子の追加を命じる。確かに式場の広さは十分であるし、通夜の料理も、親族分の追加くらいなら間に合うはずだ。

「こちらには何の問題もない。あるとすれば、喪主様のほうだろうな」

漆原は式場の中央に立って、祭壇のバランスを確認しながらしれっと呟く。喪主様に問題があれば、式だって穏やかには進まない。大問題ではないか。

どんな時も平板な漆原の口調は、時に頼もしいが、こんな時は腹立たしい。

祭壇の出来に満足したのか、漆原は司会台に置いていたスーツの上着をさっと身に纏う。

「君には、到着した親族の対応を任せる。奥の和室も開放して、喪主様の控室とは離したほうがいい。俺は一階で喪主様を待つ」

三階には式場に近い二間続きの和室のほか、奥にも六畳間がひとつある。こちらは主に僧侶の控室として使われている。今回、僧侶の控室は地下の和室に変更ということだ。

ご親族を三階に案内してくれたのは、事務所にいた水神さんだった。どなたも喪主の京子さんよりも年かさの方ばかりだった。

「京子さんは?」

女性が一人、一団を率いるように前へ出た。はっきりとご遺影の明夫さんの面影があった。彼女が〝高崎のおばさん〟に間違いないようだ。

「まだ到着されていません。納棺もありますので、間もなくとは思いますが」

「明夫をほったらかして、何をしているのかしら。私たちに任せてくれれば、明夫を一人になんてしないですんだのに」

彼女は舌打ちでもしそうに顔を歪めると、私を押しのけるようにして、祭壇に駆け寄った。納棺は午後二時からの予定なので、ご遺体はまだ霊安室に安置されている。

ふと、彼女は、彼らの故郷で葬儀を行いたかったのかもしれないと思った。

しばらくして、京子さんと尚也さんを伴った漆原が式場に入ってきた。

〝高崎のおばさん〟はわき目もふらず尚也さんに駆け寄ると、「大変だったわね」と両手を取る。京子さんなどまるで眼中にないようだ。

「間もなく、納棺の儀を行わせていただきます。ご遺族、ご親族様は、準備が整いますまでお控室にてお待ちいただくようお願い申し上げます」

漆原の声は低く抑えたものにもかかわらず、誰もを黙らせる効果があった。私がご親族と京子さんたちをそれぞれの控室にご案内し、漆原は霊安室にご遺体をお迎えに向かう。

納棺は漆原とご遺族とで行うことになっていた。準備が整うと、再び全員が式場に集まった。静かな空気の中、誰もが漆原と明夫さんを見守っている。

ご遺族の手を借りる場面では、〝高崎のおばさん〟が何かと主導権を握ろうとし、そのたびに漆原がやんわりとたしなめ、喪主の京子さんが中心になるようにもっていく。それでも〝高崎のおばさん〟は「明夫、明夫」と呼びかけながら、するりと手を差し出してくるのだった。

納棺を終え、私と漆原とで棺を支えて祭壇の前に移動する。その後ろで、〝高崎のおばさん〟が京子さんに詰め寄るのが分かり、私は心臓が止まりそうになった。

「ちょっと、京子さん、あんまりよ。どうしてすぐに知らせてくれなかったの。富岡に来ていたんですって？　知らせてくれれば、最後に一目会うことができたかもしれないじゃない。逃げるように東京に連れ帰るのもひどいわ。明夫はあっちで生まれ育ったのよ。もっと早くに連絡をくれれば、いくらでもやりようがあったじゃないの」

険のある口調に、漆原がわずかに眉をひそめたのが分かった。

しかし、驚いたのは、京子さんが少しもひるまなかったことだ。打ち合わせの時の優しげで穏やかな姿とは打って変わり、青白い顔をきっと上げて、挑むように〝高崎のおばさん〟をにらみつけている。

「私たちの住まいは東京ですから。お墓もこちらで建てます。明夫さんとも相談して、もう決めていたことです」

〝高崎のおばさん〟は意表を突かれたようにぽかんとしたが、すぐに「何を勝手なことを言っているの」と怒りに声を震わせた。さすがに〝高崎のおばさん〟に従っていたご親族たちもまずいと思ったのか、人のよさそうな高齢の男性が間に割って入った。

明夫さんのご両親はすでに他界していると聞いているから、伯父にでもあたる人だろうか。彼女の隣にはご主人らしき男性がいるのだが、何とも気が弱そうで、ただオロオロと妻の顔色を窺っている。

「まぁまぁ、そう目くじら立てなさんな。明夫は東京で五十年近くも暮らしているんだ。今さら、何もかも群馬でというわけにもいかないさ。ここは京子さんに任せようじゃないか」

「そういうわけにもいかないわよ」

「子供じゃあるまいし。とっくにカミさんもあるのに、あまり出しゃばりすぎると、明夫も浮かばれないぞ」

「出しゃばってなんかないわよ。明夫だって、ずっと、私を頼りにしてきたんだから。きっと、京子さんが頼りないから……」

「おい！」

つい口をついた〝高崎のおばさん〟の言葉を、先ほどの長老格がとっさにたしなめた。

漆原は祭壇の前に移動した棺を棺掛けで覆っている。私はヒヤヒヤしながら、じれるほどに丁寧な手つきを目で追っていた。なおも言い争いは続いている。

「故郷の山に行こうと誘ったのは明夫さんです。あの人は生まれ育った地で命を落としたんですよ？　それだけで、もう十分じゃないですか。あんな場所、行かなきゃよかった……」

京子さんは、〝高崎のおばさん〟のようにわめいたりはしなかった。しかし、落ち着いた声には凄みがあって、かえってぞっとさせられる。

二人の間にどのような確執があるのかは知らないが、今回の事故で、明夫さんの故郷が、京子さんにとっていっそう忌々しい場所になってしまったことは間違いない。一刻も早く自分たちの暮らす東京に帰りたかったのは、それも一因だろう。

誰もが口をつぐんだ。式場内は凍り付いたように動く者もいない。この気まずさはどうしたらいいのか。これを解消するのも、葬儀社に勤める者の役目なのだろうか。

すっと祭壇の前を離れた漆原が、チラリと腕時計に視線を落とし、京子さんに歩み寄った。

「喪主様、間もなくお寺さんがいらっしゃいます」

そのまま、京子さんと尚也さんを誘導するように奥の和室へ去って行った。

時計を見たのはあくまでもポーズだ。僧侶が到着するには早すぎる。

群馬からの親族たちは、特に違和感を抱いた様子もなく、あっけにとられたように立ち尽くしていた。

残された私は、今度こそ本当に自分の時計で時間を確認する。開式までにはまだ三時間もあった。どうぞ、と長老格に声をかけて、和室に案内し、お茶の用意をする。

親族たちはぞろぞろとついてきたが、〝高崎のおばさん〟だけはいなかった。

「まさか、明夫が最初に逝っちまうなんてなぁ」

「一時はどうなるかと思ったけど、がんも克服したってのになぁ」

お茶を淹れながら、私は親族たちの話に耳を傾けた。京子さんは何も言っていなかったが、明夫さんは、これまでに病気も乗り越えていたらしい。それこそ、晴れての山歩きになるはずだったのだ。湯呑みの中で揺れる淡い緑の液面を眺めながら、ますます彼女を気の毒に思った。

私は湯呑みをそれぞれの前に置き、控室を出た。京子さんたちの控室に向かいながらチラリと式場を覗くと、〝高崎のおばさん〟がしょんぼりと肩を落として明夫さんの遺影を見つめていた。


奥の和室では、座卓を挟んで、漆原、京子さんと尚也さんが向かい合っていた。

「お見苦しいところをお見せしました」

京子さんは遅れて入った私にも丁寧に頭を下げ、うっすらと笑った。疲れた顔だ。夫の死だけが原因ではなく、これまでも義姉との長い軋轢《あつれき》があったことを感じさせる。

「夫は幼い時に母親を亡くしています。年の離れた義姉が母親代わりだったのでしょう。何かあれば、すぐに姉貴、姉貴、って。それもそうですよね、お義姉さんが支えてくれたおかげで東京の大学を出て、就職できたんですもの」

京子さんは他人事のようにふふっと笑う。

「尚也が生まれてからは、しょっちゅう群馬まで連れていかれました。お義姉さんも尚也を可愛がってくれて、それはありがたいのですけど、ことあるごとに姉貴となれば、私だって面白くありません。何かあれば、普通は真っ先に妻に相談するものでしょう？　でも、あの人は違いました。がんが見つかった時も、私よりも先に義姉に泣きついたんです。俺、死ぬかもしれない、どうしようって」

漆原は相槌も打たず、静かに京子さんの言葉に耳を傾けていた。尚也さんのほうが、慌てたように身を乗り出す。

「今、言うことじゃないだろ？　父さんだってショックだったし、どうやったら母さんに心配をかけずに説明できるか、おばさんに相談したかったんだ」

「だから、そういうのが嫌だったのよ！」

京子さんは声を張り上げると、はっとしたように「ごめんなさい」とうつむいた。そのまま立ち上がって和室を出ていく。すぐに、横の洗面所のドアが閉まる音が響いた。

昨日までの様子とは、まったく違っていた。

優しかったというご主人は、奥様を気遣って、何かと姉に相談していたのだろう。

京子さんだって、妻に心配をかけまいとする夫の気持ちに気づかないはずはない。けれど、いくら肉親の情とはいえ、絶対的に信頼される姉に嫉妬するのも無理はなく、かといって、それを夫に言うこともできずに、ずっと苦しんできたのだ。

「みっともないですね」と、尚也さんは母親が出て行った和室の入り口をぼんやり見つめながら、大きく息をついた。

「いいえ。大切な方を失くし、心が不安定になっている時です。また、普段はお会いしないご親族と顔を合わせれば、精神的なご負担は想像よりもずっと大きくなります」

大切な人の死に直面すると、人は知らず感情をむき出しにしてしまう。普段から確執がある者同士が顔を合わせれば、蓄積された思いが溢れてぶつかり合うこともある。漆原はそんな情景を何度も見てきたはずだ。

「少しはずしましょう。お母様とお二人でお話をされたほうがいいかもしれません」

漆原が席を立とうとすると、尚也さんは慌てたように呼び止めた。

「僕の話も聞いていただけませんか。こんな状態で葬儀なんて、父も浮かばれません」

私たちは尚也さんの前に座り直し、姿勢を正した。

「父は五年前にがんの手術をしました。母が献身的に介護したおかげで、わりと早くに仕事にも復帰できました。もともと仲の良い夫婦でしたが、ますます絆が深まったように思いました」

さっき、ご親族から聞いた通りだった。

「実は、僕も、母と伯母の間にこんなにもわだかまりがあったことに驚いています。父の入院中、母が片時も病院を離れなかったのも、もしかしたら伯母を近づけないためだったのかもしれません。一度も見舞いに来ないのをおかしいと思っていたんです」

それでも、まさかここまでとは思わなかったようで、だからこそ、名古屋から坂東会館に駆け付けた時も、京子さんが一人だということに驚いていたのだ。

「両親は、本当に仲が良かったんです。がんが分かった時、伯母に相談した父も悪いですが、それも母を思ってのことで、父にはどちらも大切なんです。伯母だって、昔から僕には優しくしてくれました」

尚也さんは、白くなるほど唇を噛みしめていた。

「葬儀社の方なら、こういうトラブルを何度となく見てこられたのではないでしょうい。

このままでは、後味の悪い思いが残るだけです。どうしたらいいのでしょう」

　気持ちはよく分かる。しかし、私たちに二人を和解させることなどできるはずはない。

　できることといえば、納得のいく葬儀をやり遂げることだけだ。でも、と疑問がわく。今回の場合、誰にとって納得のいく葬儀なのだろうか。

　尚也さんはすがるような瞳で私たちを見つめている。刻一刻とお通夜の時間も近づいてくる。私には尚也さんを満足させる答えなど返せそうもない。けれど、漆原ならば。私はぎゅっと膝の上で拳を握り締めた。

「尚也さん」

　どこまでも落ち着いた深い声で、漆原が呼びかけた。

「ここは葬儀の場です。誰もが同じように手を合わせていても、故人様に対する思いは、みな様それぞれ違うのは当たり前のことです。お一人お一人が、ご自分の納得いくように故人様をお見送りするしかありません。葬儀は区切りの儀式です。参列された方々が、ご自身に悔いを残さずお見送りすることこそが大切なのです。故人様にとっても、それが一番安心できることではないでしょうか」

　尚也さんはじっと漆原を見つめていたが、しばらくして小さく頷いた。

ここは明夫さんを悼み、別れを告げる場だ。それ以上でも、それ以下でもない。

「……実は、父にがんの再発が見つかっていたんです。母はまだ知りません。今度は伯母ではなく、僕に真っ先に知らせたんです。父は、いざとなったら群馬の親戚にも頼って母を支えろと、僕に言ったのです」

尚也さんの言葉を聞いて、私の心の中をすうっと風が吹き抜けた。

京子さんの思い、尚也さんの願い、そしてご親族の立場と、漆原の言葉。

それらがつながって、ひとつの結論が浮かんだ。それぞれの思いは違っても、向かう先は明夫さんであることに変わりはない。

和室を出ると、私は漆原の前に回り込んで頭を下げた。

「漆原さん、司会をやらせていただけないでしょうか」

クレームを起こしてから、私は司会禁止を言い渡されている。漆原からだけでなく、葬祭部のまとめ役となった小暮さんからもだ。それについて反論はない。当然のことだと思っているし、また同じことを繰り返すかもしれないという不安は、今も付きまとっている。しかも、今回は家族葬とはいえ、すでに不穏な空気が漂っているのだ。

足を止めた漆原は、じっと私の目を見つめた。私もぐっと目に力を込めて、漆原を見返した。

しばらくして、漆原は頷いた。小暮さんなど関係ない。漆原の肯定だけが、私にとっては大きな意味を持っている。

「ありがとうございます！」

私はもう一度大きく頭を下げ、尚也さんのいる和室へと引き返した。


漆原は、私に何も訊ねてはこなかった。アドバイスもない。

白い手袋をはめ、「行ってきます」と、漆原に頭を下げてから式場に入った。

祭壇に向かって、真ん中を通路にして左右に椅子が並べられ、右側に京子さんと尚也さん、左側に群馬のご親族が座っている。さすがに全員、神妙な顔で開式を待っている。

私は遺影を眺め、心の中で呼びかけた。

(明夫さん、きっと、大丈夫です)

僧侶が入場するまでのひと時、そこが勝負だった。

「間もなく、開式のお時間でございます」

私は司会台からゆっくりとご遺族、ご親族を眺めた。

「導師ご入場までの間、わたくしのほうから、喪主様と尚也さんにお伺いした、故人様のお話をさせてください」

京子さんが驚いた顔で私を見た。

自分で口にしながら、司会台の後ろでは足が震えている。漆原のほうは見なかった。私は祭壇の遺影を見て、それから尚也さんを見た。尚也さんが力強く頷いてくれる。

私はごくりと唾を飲み込んだ。

さっき、和室に引き返した私は、尚也さんに言ったのだ。

「お父様のご病気の再発のことを、ここでハッキリとお伝えしたほうがいいのではないでしょうか」と。

尚也さんは目を見開いた後、力の抜けたような淡い笑みを口元に浮かべた。本当は、自分もそうしたかった。だけど、何も言えなくなってしまったと、情けなさそうに告白した。

どこまでが許されるのかは分からない。けれど、ご遺族が希望したことを葬儀の最中に伝えるのであれば、何もおかしなことはないのではないか。

尚也さんは顔を上げ、私の胸元のネームプレートを見て、「清水さん」と私を呼んだ。

その表情に、さっきまでの頼りない印象はいっさい感じられなかった。

「清水さん、これは、あくまでも僕が言い出したことです。集まっているのは、どうせ身内だけ。どうとでもなります。何よりも、僕は故人と喪主の息子なんですから」

きっぱりとした口調は、私にとって何よりの励ましとなった。尚也さんにとっては、両親はもとより、幼い頃から可愛がってくれた親戚もまた大切な身内なのだ。その中心にある父親を思う、切実な願いに何としても応えたかった。

私はすうっと息を吸うと、ゆっくりと語り始めた。

「故人様が奥様を誘ったのは妙義山でした。妙義山は、幼い頃から毎日眺め、時には登ったこともある馴染み深い山です。その景色は、きっと故郷を離れてからも、ずっと拠《よ》り所として、故人様の心の中にあったことでしょう」

式場中の視線が、私に集まっていた。

「故人様は数年前に大病を乗り越え、長年勤めたお仕事も立派にやり遂げられました。その節目に、奥様とともに新たな人生を歩み出そうと、出発点に選んだのが、故郷の山だったのです。あの日、故人様は奥様にどうしても伝えようとしたことがありました」

式場中の視線を、痛いほどに感じる。私は小さく息を吸い、声に力を込めた。

「それは、ご病気の再発でした」

京子さんと〝高崎のおばさん〟が大きく目を見開いたのが分かった。

「妙義山は、信仰の山でもあるそうですね。故人様は、今回も病気を乗り越える覚悟だったはずです。それだけでなく、奥様を故郷に歩み寄らせたかったのだと思うのです。故郷にはご親族がいらっしゃいます。万が一の時には、手を差し伸べてくれるはずだと故人様は信じていました。それを、奥様にお伝えしたかったのだと思うのです。懐かしい故郷の風景の中で……」

妻と姉のわだかまりに気づいていた明夫さんは、元気なうちに橋渡しをしておきたかった。最愛の奥様の今後のために、息子だけではなく、信頼する姉をも頼ろうとしたのだ。

「あなた……」

京子さんは、はらはらと涙を流した。聞きたいことはたくさんあるはずだ。そして、伝えたいことも。けれど、もう言葉を交わすことはできない。

〝高崎のおばさん〟も両手で顔を覆って肩を震わせていた。

私は祭壇に目をやった。

明夫さんの遺影を見つめる。胸の中に、温かなものが流れ込んでくる。故郷と家族を愛し、その絆を大切に抱き続けた明夫さんの優しい思いが式場を満たしているようだった。

参列者の席に視線を戻すと、誰もが同じように明夫さんの遺影を眺めていた。間違いなく、全員が明夫さんのことを想っている。

いつの間にか、足の震えは収まっていた。


僧侶が退出し、式場内にはうっすらと香炉から立ち上る煙がたゆたっている。

パーテーションの向こうにお清めの席が用意されていることを案内したが、全員が明夫さんの棺を囲み、離れる様子はなかった。

その輪の中から、尚也さんが抜け出し、私のほうに駆け寄ってくる。

「清水さん、どうもありがとうございました！」

茫然とする私に彼は深く頭を下げ、すぐに京子さんの横へと戻っていく。

私は棺を取り囲むご親族たちをぼんやりと眺めていた。

「今の言葉に救われただろう」

漆原が横に立っていた。

「ご遺族からの感謝の言葉。俺たちにとって、一番の救いだ」

やり遂げたという思いの中で、わずかに残っていた不安という名の空白が、じわじわと埋まっていく。

私は一度目を閉じると、再びご遺族のほうを眺めた。

「尚也さんのお話を聞いて、どうしてもお伝えしなくてはと思ったんです」

「自分で担当をするようになれば、もっとよく分かるようになる。ご遺族との対話、そこから感じ取れるものがたくさんあるからな」

和室に引き返した私が、尚也さんとどういう話をしたか、漆原は知らない。

今になって、あの時、初めてご遺族から「清水さん」と名前を呼ばれたことに気が付いた。

「ありがとうございます」

自然と言葉が口をついた。


ご遺族がお清めの席に着いたのを見届け、私たちは事務所に戻ることにした。

群馬の長老格がすっかり場を取り仕切り、身内どうし気兼ねなく、お酒を注ぎ合っている。その様子をチラリと見た漆原が言った。

「お身内のいざこざがあると、肝心の故人を悼む気持ちがないがしろになってしまう。けっきょくは生きている者の利己主義ばかりだ。うまく故人の気持ちにもっていけたな」

漆原の言葉に、もう一度安堵の思いが込み上げてくる。

「漆原さんがお迎えに行った日、水神さんが『赤城おろしを連れてきた』と言ったのを覚えていますか」

「あの人は、くだらないことばかり言う」

階段を下りながら、漆原がため息をついた。

「私、ご遺体を車から降ろした時、本当に風を感じた気がしたんです」

漆原が足を止める。

「でも、あの日吹いていたような、冷たくて激しい風ではありません。温かくて、優しくて、ちょっと懐かしいような、あれは、きっと故郷の風です」

気のせいかもしれないし、もしかしたら、本当に故人の最期の思いなのかもしれない。

あの時感じたのは、まぎれもなく絶対的な安心感だった。

「……ならば、故人は安らかだったな」

漆原はわずかに口元を緩めた。

「そうですよね。最後に奥様と一緒に、懐かしい故郷を歩くことができたのですから」

保護犬を飼おうと言ったのは、奥様が一人になった時に心の支えとなるように。

これからのことを相談しようとしたのは、いざという時に困らないように。

明夫さんの心にあったのは、いつだって自分の人生よりも京子さんのことばかりだった。

病気の再発を知った時、必ず治すと思いながらも、最悪の事態を考えないはずもない。

ふと、漆原が呟いた。

「故郷の風か。故郷もないくせに、よく言ったものだ」

その言葉が私に向けられていると気づき、恥ずかしいような、嬉しいような気持ちになる。

その時、事務所から何やら騒がしい声が聞こえた。

どうやら、また小暮さんと椎名さんがやり合っているらしい。漆原はうんざりしたように、ドアに伸ばしていた手を下ろした。どうする？　というように私を振り返る。

「少しだけ、風に当たってきませんか？　寒いと思いますけど」

外は思ったよりも冷え込んでおらず、穏やかな夜だった。漆原は、クリスマスカラーにライトアップされたスカイツリーを眺めていた。

「またロッテさんに怒られるでしょうか……」

「司会のことか？　俺がいいと言ったんだから構うものか。立派にこなしたんだから、文句を言えるはずもない」

私は小さく笑った。漆原と並んで、スカイツリーを見上げる。

「お身内だけの式だからこそ、今回のようにできたんですよね。私、ずっと家族葬には消極的だったんです。お友達や職場の同僚、これまで関わってきた人たち。故人とお別れをしたい人が、本当はたくさんいるんじゃないかって。でも、故人をよく知る人だけが集まるからこそ、共通の思い出や、人柄をより深く語り合うことができるんですね。それこそ、ひと昔前に、それぞれの自宅でご家族をお見送りしていたように」

澄み切った深い群青《ぐんじょう》の空に聳え立つスカイツリーに、ふっと涙が滲みそうになる。きれいだった。夜空に光を放つ孤高の姿に、なぜか胸が締め付けられる。

そこで、はっと気が付いた。

私の故郷は紛れもなくここなのだと。

この先、たとえどこに行ったとしても、私はこの姿を胸に抱き続けるのだろう。

首が痛くなるほどスカイツリーを見上げ、故郷の風に吹かれる魂の行方を思った。

天を目指す高い塔の上には、冬の星夜が広がっていた。


ひとつ、小暮さんに伝えなくてはいけないことがある。

小規模な葬儀に意地になって反発していたわけではないが、だからこそ、叶えられる形があることもまた事実だった。倉持さんの葬儀を終え、私の心にも大きな変化が起きている。

『葬儀で、一番救われなくてはならないのは、ご遺族なんです』

小暮さんから聞かされた言葉は、あれ以来、ずっと心の奥でくすぶっている。

いよいよクリスマスが目前にせまっていた。

小暮さんは、どうやら本気で二晩続けて宿直をこなすつもりらしく、今日は出勤時に大きなスーツケースを引きずってきた。二日分の着替え以外に、いったい何が入っているのかと首をかしげる私の横では、椎名さんと陽子さんが、あのスーツケースを持って、奥さんとさんざん旅行をしているに違いないと、いらぬ邪推までしていた。

友引前のため、今夜は通夜の仕事がない。

椎名さんと陽子さんに「都鳥」に行こうと誘われたが、事務仕事が残っていると断った。しかし、私のほうも早めに片づき、漆原もさっさと帰宅してしまっている。

すでに事務所には、小暮さんと私しかいない。

話しかけるタイミングを計っている私に気づいたのか、小暮さんは見積書が表示された画面から顔を上げて微笑んだ。机に置かれたカップからは、甘酸っぱい香りの湯気が立ち上っている。

「クリスマス限定です。リンゴと、シナモンなどのスパイスを効かせたフレーバーティーですよ。甘そうでしょう？　でも、香りだけなんです。飲みますか？」

首を振ると、小暮さんは「どうぞ」と横の椅子を引いた。

「僕と一緒に仕事をする気になりました？　また漆原さんが勝手なことをして、あなたに司会をやらせたそうですね。しかも、オプションなし。この状態なら、漆原さんとの契約は今回で終わりにしてもいいと思っているんです。あなただって、来年には葬祭ディレクターの技能試験を受けられるでしょう。だったら、よけいに僕といたほうがいろいろと学べますよ。そのための学校を出ていますからね。知識も、幕張りなどのテクニックも、しっかり時間をとって教えます」

「……そういうお話ではないのです。いや、そうかもしれませんけど……」

いつもの小暮さんのペースに巻き込まれそうになり、もごもごと私は言った。

「漆原さんは坂東会館になくてはならない人です。小暮さんがどれだけ件数を伸ばしたり、見積額を引き上げようとしたりしても、それが、どうしても坂東会館に必要だと納得できれば、私も従うしかないと思います。だけど、そういうことにとらわれない、本当にご遺族のことを思った葬儀も必要だと思いませんか」

「僕が、ご遺族のことを考えていないとでも？」

「そういうわけではありません。でも、どうして、坂東社長が漆原さんを頼りにしているのか、ずっとベテランの青田さんや宮崎さんまでもが、あの人を信頼しているか、分かりますか？　それは、自分たちよりも漆原さんに任せたほうが、いい葬儀ができる場合があるからなんです。私がここに来た時、漆原さんは、事故や自殺、とにかくいたましい最期を遂げた方の葬儀ばかりを引き受けていました。どんなご遺体にも、傷ついたご遺族にも、漆原さんはけっしてひるまず、真摯に対応できるからです。そして、必ずご遺族が納得する葬儀を行うことができるからなんです」

「そのあたりは社長からも聞いています。でも、組織に属する限り、従ってもらわねばならないことがあるのは、いくらあなただって分かるでしょう。それができないなら、どんなに素晴らしい葬儀ができても必要ありません。そんなに漆原さんのやり方がいいと言うなら、あなたがさっさと資格を取るなり技術を向上させるなりして、代わりにやってくれればいいじゃないですか」

「……漆原さんがいなくなるなら、私もここにいたくありません」

むっつりと言うと、小暮さんは吹き出した。

「それはそれで構いませんけど、ちょっと困りますね。あなた、社長のお友達のお嬢さんなんですってね」

社長と私の父親は高校の同級生で、今でも釣り仲間である。社長が話したに違いないが、ますます私がつてを頼りに置かせてもらっているようで、いい気はしない。危うく食って掛かりそうになり、そこではっと思いとどまった。小暮さんを前にすると、ついケンカ腰になってしまうが、今日は伝えたいことがあったのだった。

「私、この前の家族葬で、はじめて小暮さんの言っていたことを実感しました。本当に親しい人だけで送るからこそ、温かな最期として記憶に刻まれるのだということを」

「倉持さんですか。ご家族と、ご親戚がいらっしゃったそうですね」

「はい。想定外のご親戚もいらして、ちょっともめたんですけど、最後はみなさんで故人を悼むことができました」

小暮さんは素直に頷いた。

「けっきょくは、愛情の深さなんです。ところで、清水さんはどうしてこの仕事に就いたんですか？」

「……もともとはアルバイトでしたが、漆原さんの葬儀を見たのがきっかけです。その後、祖母の葬儀を漆原さんに担当してもらって、ますます憧れるようになりました」

「おばあさんか。清水さんは、まだご両親もご健在でしたね。彼氏はいるんですか？」

唐突な言葉にうろたえた。小暮さんの話はいつも突拍子もない。他の人なら憚《はばか》られる質問も、この人は恐れもせずにさらりと口にする。

「いないんですね。では、清水さんにとって、今一番大切な人はご両親でしょうか」

「……いったい、何の話をしているんですか？」

そういえば、小暮さんにはすでに奥さんがいることを思い出した。

「じゃあ、小暮さんにとっての一番大切な人は、やっぱり奥様なのですか」

「もちろんです。僕は時々考えてしまうんです。祖父母に親兄弟。血のつながりによる愛情は、絶対で尊いものですが、それはけっして自分の意思で選んだものではありません。ですが、伴侶となれば話は別です。お互いの意思で結ばれた相手こそ、唯一無二のものだと思いませんか？　そんな相手に出会うことで、より深く死別の悲しみを理解できるようになるのではないかと」

「納得はしかねますが、なんとなく分かります。つまり、小暮さんにとってはご両親よりも、奥様のほうがよほど大切だと、そういうことですか？」

「誤解を恐れずに言えば、その通りです。でも、愛情というのは様々ですから、もちろん両親だって大切です。きっと、清水さんもそういう相手ができれば、もっと理解できると思いますよ」

小暮さんが笑う。

「僕はね、漆原さんもそういうのがないのかなって思うんです。漆原さんの葬儀は何度も見学しましたが、どれも完璧です。でも、画一的でもあります。家族なら、誰しも変わらぬ愛情を持っていると信じて疑わないような、きれいすぎる葬儀なんですよ。ご遺族たちは非常時にある当事者ですから、気づかないのでしょうが、はたから見ていると、あなたが起こしたクレームと変わりません。押しつけがましい。誰もが亡くなった方を愛していると信じて疑わない、そういう葬儀なんです」

「実際にそうなんじゃありませんか？　家族なんですから」

きれいすぎる。水神さんも同じことを言っていた気がする。

「理想を追いすぎて、その型にはめようとしている気がします。だから、僕はあまり好きになれない」

「好きとか、嫌いとか、そういうことではない気がします」

「だから、本当に大切な人を作ってみたらどうかという話なんですよ」

何が「だから」なのかまったく分からない。しかし、少しだけ分かるとすれば、大切な人との未来を奪われた人の気持ちを、本当に理解できるかといえば、経験がない私には想像することしかできないということだ。

「ああ、そうだ。いい機会です」

小暮さんはおもむろに席を立つと、「見せたいものがあるんです」とドアに向かった。

「ダメですよ。事務所が無人になります。小暮さんは宿直じゃないですか」

「大丈夫です。転送をかけてあります」

小暮さんはポケットから宿直者専用のスマートフォンを取り出した。仕方なく、私は小暮さんについていく。エレベーターで向かったのは、四階だった。友引前の夜は館内の照明も最小限に落とされ、エレベーターホールも薄暗く、非常扉の緑の明かりが唯一の照明となって、ぼんやりとあたりを照らしている。

「いったい、どこに行くというんですか」

人気《ひとけ》のない夜の式場は、はっきり言って薄気味悪い。座敷へ向かうのかと思いきや、小暮さんは普段は開けることのない、非常口の重そうなドアを押し開けた。隙間から、冷たい夜の風が吹き込んでくる。

「出たことはありますか？」

「ありません」

「よかった。では、行きましょう」

小暮さんが外に出る。暗闇に紛れて途中までしか見えないが、鉄の階段が下まで続いているのが分かる。でも、彼が目指しているのは上だった。坂東会館は四階建てのビルだ。当然、エレベーターも四階までしかない。

「屋上があったんですか！」

「ええ。探検していて見つけたんです。エアコンの室外機や厨房のダクト、普段は業者の点検くらいしか用のない場所でしょうけど」

小暮さんはポケットから取り出した鍵で、階段の突き当たりにある鉄の柵のような扉を開けた。風が強かった。髪の毛が乱れ、思わず目をつぶる。

「ほら」

小暮さんが示す方向を見て、思わずあっと声を上げた。

「ちゃんと、てっぺんまで見えるんです」

目の前に、輝くスカイツリーが聳え立っていた。すぐ近くなのだから見えて当然だ。しかし、館内からは近すぎるがゆえに、けっしててっぺんまでは見えなかった。

「この距離で、上まで見えないなんて、悔しいじゃないですか。何とかして見えないかと、ずっと考えていたんです」

小暮さんは寒さを気にしたふうもなく、手すりにもたれてまばゆく輝くスカイツリーを眺めていた。私もしばし見とれた。

きれいだ。風は冷たいけれど、むしろそれを爽快に感じた。その時、頭に浮かんだのはなぜか漆原の顔だった。あの男は、こんな場所があることを知っているのだろうか。知らないならば、教えてあげたい。そう思ったとたん、心の奥のほうが温かくなった。

「もうクリスマスですから、今夜もあそこには、たくさんの人たちが集まっているんでしょうね。愛する人と過ごす時間は、あんな場所でなくても、かけがえのないものです。でも、普通に生活していては気づかないから、いつもと違う経験をしようと、みんな必死に計画を立てる。もちろん、好きな相手を喜ばせたいという思いは尊いものです。それを、この場所から眺めるのも、ちょっと複雑な気がしますけどね」

小暮さんは、スカイツリーから私へと顔を向ける。

「早く見つけたほうがいいですよ、清水さんも。そうすると、一人でいるよりも、ずっと毎日が楽しくなります。それに、感情の機微というものが、もっともっと分かるようになる。大好きな人がいることは、心を豊かにしてくれます」

「だから、よけいに失った時の苦しさが分かる、そういうことですね」

小暮さんはそれには応えず、ただ微笑んだ。

「僕たちって、何気なく未来のことを口にしますよね。また、とか、いつかって。でも、僕たちが相手にするのは、大切な人との『また』がない方々です。僕は、その絶望的な悲しみが分かる葬儀屋でいたいと思っているんですよ」

小暮さんのやることは乱暴だが、根本的な部分では、ご遺族に対する強い思いがある。それが、ここ最近分かってきた気がする。小暮さんと漆原、大切な存在を失った人に向けるまなざしは同じく真摯なものなのに、いったいどこが違うのか。

『僕はね、漆原さんもそういうのがないのかなって思うんです』

先ほどの小暮さんの言葉。漆原はすでに両親を失っている。それ以外は何も知らない。大切な者がないとは、そういうことなのだろうか。

なんだか頭の中が漆原のことでいっぱいだった。その時、ひときわ強い風が吹き、私はひとつ、盛大なくしゃみをしてしまった。

「すみません。すっかり冷えてしまいましたね。事務所に戻ったら、熱いお茶を淹れましょう」

「もう帰ります。今夜はおでんだと、夕方、母親からメッセージが届きました」

「それは残念です」

最後に、小暮さんはもう一度スカイツリーを振り向いた。

「今度、漆原さんとでも上ってきたらどうですか。二人で見る景色は、一人で眺めるよりもきっと素晴らしいものですよ」

また、突拍子もないことを言う。

私は、光をまとう塔のてっぺんを見上げる。

いつか、そんな日がきたら夢みたいだと思った。

第四話　絶対の絆

坂東会館の社員となって、三度目の春が来た。

「いつの間にか、ずいぶん日が長くなったな」

運転席の漆原が、桜並木の若葉を透かして差し込む西日に目を細める。

「もう四月ですからね」

葬儀を終え、ご遺族の住まいに後飾り祭壇を設置した私たちは、坂東会館に向け、墨堤通りを走っていた。この季節、隅田公園に沿った区間は私のお気に入りである。すでに桜はほとんど散り終えてしまっているが、アスファルトには雪と見まごうほどの白い花弁が降り積もり、ひっきりなしに行きかう車が起こす風にせわしなく舞い上がる。

いつまでも見飽きぬ光景に心が躍るのは、何も春の風情に浮かれているからではない。繁忙期の終わりを、桜の季節とともに実感するからである。

毎年、気づけば冬の繁忙期に突入しているように、終わりもまた、いつの間にかやってくる。あっという間だったと感じるのは、次々にもたらされる依頼に、仕事以外のことを考える余裕すら与えられないからに違いない。

ひたすらお通夜と葬儀をし、眠る。それを繰り返すうち、気づけば桜が咲き始める。

昨年もまったく同じだった。

でも、忙しかったおかげで、小暮さんも漆原の進退についてはあれ以上の言及をしてこなかった。おそらく大手葬儀社から来た小暮さんは、万年人手不足に苦しむ坂東会館の繁忙期を甘く見ていたに違いない。自分の仕事だけで手いっぱいで、他の者の葬儀を見学することはなくなったが、それでも見積書にだけは目を通しているようで、時々、思い出したように口を挟んできた。

「そろそろ、ロッテさんも冬眠から目覚めるでしょうか」

葬儀件数が徐々に落ち着いていけば、必ずまた始まるのは目に見えている。妙なキャッチコピーのついた奇抜なアイディアで、一件あたりの費用を釣り上げ、一方で、小さな葬儀や直葬をどんどん引き受けて、受注件数を伸ばそうとするのだ。

「冬の間は、小さい葬儀ばっかりやっていましたね。ことあるごとに火葬場に行ってくれていたおかげで、事務所もずいぶん静かでした」

火葬場にもいくつかホールが併設されていて、小暮さんはすっかり常連になっている。顔なじみになった職員からは、「坂東さんの新人」の話をよく耳にした。きっと、あちこちで愛嬌《あいきょう》を振りまいているのだろう。

「ある意味では感心したけどな。坂東会館が埋まっている間、ロッテは外部の小さな式場でも可能な葬儀をいくつも引き受けていた。妙なものだ。大きな葬儀のほうが一度に動く金額も大きいし、あいつの承認欲求も満たされるだろうに」

「ああ、そうですね。聞かされましたね、武勇伝」

もっとも忙しかった頃だろうか。先の先まで式場は埋まり、霊安室もいっぱいで、外部の安置所を借りて、まさに大変な時だった。

「僕、すごいのをやったことがあるんです。一度で、坂東会館の二階、三階、四階、三件同時に入ったとしても、とてもかなわない金額になりました。あの時は驚いたな。提案すれば、なんでも頷いてくれるんですよ。小さな会社の社長をしていた方でした。喪主は奥様です。僕もまだ打ち合わせに不慣れな頃でしたから、とにかく、生前のご主人のお話を聞きながら、じゃあ、これはどうでしょうって感じで。盛大な式でお見送りすることが、喪主様にとって、最後の最上級の愛情表現だったのでしょう。もちろん、見栄もあったでしょうしね。お金はかかりましたけど、喪主様は『立派な式でよかったわね、あなた』って。僕、その年は会社で表彰されたんです。おまけに、その時の豪勢な祭壇の写真が、今も『こばとセレモニー』のパンフレットに使われています」

何が言いたいかと言えば、一般会葬者を見込んだそれなりの規模の葬儀を担当している私たちに、もっと費用を上乗せできるよう、どんどんオプション提案をしろということである。

「社長は、どうするつもりなんでしょうね……」

チラリと漆原の顔を見た。このままでは漆原の立場が危うくなる。

フリーとなった漆原が私の教育係を任され、そのために坂東会館の仕事ばかりを引き受けているのは、ひとえに社長との信頼関係があるからに違いなく、今でもことあるごとに直接やりとりをしている。きっと、それもまた小暮さんは面白くないのだ。

「君のほうが、詳しいのではないか」

前を見据えたまま漆原が言い、私は言葉に詰まる。

確かに坂東社長は私の父親の友人であり、ついこの前も二人でイサキ釣りに出かけている。父親に聞いた話によれば、ようやく修業に出していた甥が戻ってきたと、社長はたいそう喜んでいたそうだ。

小暮さんが来てから四か月以上経ち、繁忙期を終えたこのタイミングで、社長もいよいよ何らかの態度を示すのではないかと私は思っていた。

私なりの見解を口にしようか悩んでいる間に、漆原がつまらなそうに言った。

「社長自身、今後の社会を見据えて迷っている部分がある。ロッテの強引なやり方を危ぶんでいることは確かだが、方向性は同じだ。以前から、新しい式場の構想はあったからな」

「家族葬向けの式場ってことですか」

「おそらくな。ロッテもどんな事情かは知らないが、小さな式にこだわりがあるようだ」

『一番救われなくてはならないのは、ご遺族なんです』

小暮さんの言葉を思い出す。

最近、ふと思う。小暮さんは、大手では叶えられなかったことを、ここでやろうとしているのではないかと。

「……漆原さん、ずっと坂東会館にいてくださいね」

気づけばポロリと口にしていた。

「どうだろうな」

前を見つめたまま、気のない返事が返ってくる。いつしか桜並木は終わり、浅草通りに入っていた。漆原の下について丸二年。けっきょく、いつまで経っても何を考えているのか分からない。

漆原の後に続き、空の段ボールを抱えて事務所に入った。

すぐ目の前で、ぱあんという軽快な音がはじけて、私は驚いて段ボールを取り落とした。思わず後ずさった私の前で、陽子さんがもう一発、景気よくクラッカーを鳴らす。

「美空、誕生日おめでとう！」

何ということだ。共有のテーブルには、キャンドルの刺さったホールケーキまで置かれていて、椎名さんが満面の笑みで拍手をしている。確かに今日、四月四日は私の誕生日だが、まさか職場で祝ってもらえるとは考えもしなかった。

驚きと恥ずかしさで声も出ない私の足元から、ひょいと漆原が段ボールを拾い上げる。「子供じみた演出だ」と呆れながら、さっさと給湯スペースのほうに行ってしまう。

「サプライズは、大げさなほうが効果的なんですってば」

椎名さんが奥に向かって反論すると、カップにコーヒーを注いでいた漆原はしれっと応えた。

「そういえば、里見にも俺はサプライズに向かないと言われたことがあったな」

「さすがご友人。漆原さんの、そういう無感動なところですよ」

たびたび、私たちが担当する葬儀でお世話になる僧侶の里見さんは、漆原とは大学時代からの友人である。

「ところで美空、いくつになったんだっけ」

「二十五です」

祝ってもらえることは素直に嬉しい。けれど、毎年誕生日が近づくたび、私は少し複雑な心境になる。なぜなら、私の誕生日の前日が姉の命日だからだ。姉は私が生まれる前の日に川に落ちて幼い命を終えてしまった。

「漆原さんもケーキ、食べますよね」

「結構だ。今夜は宿直だからな。君たちがいる間に外で食事を済ませてくる。思う存分、祝っていてくれて構わない」

「せっかく美空の誕生日なんですよ、一緒に食べましょうよ」

口をとがらせる陽子さんを無視し、飲み終えたカップを流しに置いた漆原は、私のところに来て言った。

「今回の仕事は俺が締めておく。安心して祝ってもらえ」

「ありがとうございます」

お礼を言って見送ったものの、やっぱり少し残念だった。

「漆原さんも、甘いもの嫌いじゃないのにねぇ」

私のぶんまでガッカリした口調で呟く陽子さんの横で、椎名さんが肩をすくめる。

「どうせ、外出中に入った電話は全部僕に押し付けるつもりなんだ。絶対にしばらく帰って来ないよ」

「そうそう、美空。今夜のサプライズは、漆原さんも便乗してくれているから、後でちゃんとお礼を言っておいてね」

驚きと同時に、じわじわと喜びがこみ上げる。私は「はい！」と頷いて、椎名さんが切り分けてくれたケーキのお皿を受け取った。

「えっ、喪主さんは二十一歳ですか。ずいぶん若いじゃないですか」

翌朝、始業時間ギリギリに出勤した私は、漆原から告げられた言葉に瞬時に目が覚めた。

　昨夜は事務所でケーキを食べた後、椎名さんと陽子さんに誘われて、近所の居酒屋「都鳥」へと繰り出した。生クリームたっぷりのケーキから熱燗《あつかん》という流れは、いささか乱暴だったが、まだ夜風が冷たい今時分の燗酒は心地よく体に染みわたり、つい痛飲してしまったのだ。チラリと見れば、椎名さんの机には胃薬が置かれていて、陽子さんは大きなあくびをしている。小暮さんが事務所にいなくて、実に幸運だった。

　漆原はとうに昨夜の節度を超えた酒席に気づいているはずだが、あえて言及はせずに、隣に座った私に話を続けた。

「故人は長野桂子《ながのけいこ》さん、四十六歳。喪主は息子の翔一《しょういち》さんだ」

「お父さんがいない家庭ということですね」

「妹さんと二人で、母親を看取ったと言っていた」

　漆原が駒形橋病院にご遺体をお迎えに行ったのは、日付が変わる頃だったという。

　それを聞いて、何ともいたたまれない気持ちになった。まさに、私たちが熱燗を酌み交わしている最中である。浮かれた酔客が集う「都鳥」からそう遠くない場所では、ひっそりと命を終えようとする人がいて、それを悲痛な思いで見守る兄妹《きょうだい》がいたのだ。

「長野さんの名前に覚えはないか」

顔を上げた漆原がじっと私を見た。さすがに、関わってきたすべてのご遺族の名前を憶《おぼ》えていられるわけがない。

漆原は少し失望したように手元の書類に視線を落とした。

「今回の喪主、翔一さんにとって、坂東会館での葬儀は二年連続だ。昨年は祖父が亡くなり、檀那寺である光照寺のホールで行っている。その時喪主を務めたのが、今回亡くなった母親だった」

「立て続けじゃないですか……」

思わず呟き、そこでようやく思い出すことができた。

『父は深川で生まれ育ちました。病院でなんて死ねるかって言い張って、ずっと私が介護していたんです。最期まで頑固者でした』

打ち合わせに訪れたご自宅は古びた小さな木造家屋で、居間には亡くなった茂《しげる》さんが使っていた介護用ベッドが置かれたままになっていた。それが狭い居間をさらに狭く感じさせ、私たちはその横に置かれた卓袱台で打ち合わせをしたのだ。

何だか家族が寄り添って生きてきたみたいだと、あの時、私はしみじみと感じた。

父親を看取った桂子さんからは、悲しみとは別に、介護が手を離れ、気の抜けたような印象も受けた。彼女は、それを振り切るかのように、私と漆原に切々と父親のことを聞かせてくれたのだった。

子供の頃に母親を亡くし、茂さんに育てられたこと。一人娘だったせいか、しつけは厳しく、結婚する時もなかなか頷いてくれなかったこと。一人になってから飼い始めた猫をひどく可愛がっていたこと。桂子さんが離婚し、子供を連れて家に戻ってきた時は、文句を言いながらも嬉しそうだったということ。茂さんのおかげで、子供たちにも寂しい思いをさせずに済んだということ。そして、この冬に長生きをした猫がとうとう亡くなり、茂さんも気を落として、急に病状が悪化してしまったこと。

打ち合わせの時、母親の後ろに身を寄せ合うようにして座っていた兄妹が、今回の依頼主なのだ。兄妹の提案で、茂さんの棺には可愛がっていた猫の写真を入れたことを思い出す。その猫も今は光照寺のペット霊園に眠っている。長野家のお墓と同じ敷地内だ。

彼女が亡くなったとは、どんなに想像しようとしても難しかった。

「すい臓がんだと分かってからは、あっという間だったそうだ」

漆原がため息のように言った。

「喪主は祖父と母親を相次いで失くしている。しかもまだ若い。残された兄妹の気持ちが思いやられるな。訊けば、親族もいないという」

「じゃあ、打ち合わせは息子さんがお一人で？」

「妹さんが一緒にいらっしゃる。十時からだ。地下の和室の準備を頼む」

「妹さんでは……」

「一人よりはいいだろう」

「その打ち合わせ、僕に譲ってもらえませんか」

突然の声に驚いて振り返った。すぐ後ろに小暮さんが立っていて、漆原の手元の書類を覗き込んでいた。依頼やご遺体の搬送時に聞き知ることができた、最低限の情報が記されたものだ。

「お気の毒です。まだ若い子供を残して亡くなってしまうなんて。しかもひとり親とは。心配でたまらなかったでしょうね。死んでも死にきれないでしょう」

どうやら話もすっかり聞いていたようだ。漆原は表情も変えず、沈黙を続けている。

「どうせ小さなお式になります。漆原さんを煩わせるまでもありません。どうぞ、もっと大きな式を担当してください。そのほうが、あなただって都合がいいでしょう？」

坂東会館は小さな葬儀社だが、依頼を受けたり、ご遺体を搬送したりした者がそのまま葬儀の担当者になるわけではない。もちろんご遺族がお急ぎの場合は別だが、基本的には葬祭部員が順番に請け負うことになっている。

一見して他の社員と同じように見える漆原も、そのあたりはしっかりとわきまえていて、坂東会館として受けた依頼は社長を通し、あくまでも社長からの仕事として担当を任されている。昨晩宿直だった漆原が、入った依頼を社長に報告し、そのまま担当になったのも何もおかしな点はない。現在抱えている仕事はなく、ましてや昨年も担当しているとなればなおさらだ。

私もはっきり知っているわけではないが、漆原は、担当した葬儀一件あたりで報酬を受け取っているらしい。もちろん盛大な葬儀のほうが報酬も大きくなる。小暮さんは漆原の仕事を奪って、次第に干そうとしているのかもしれない。

「よろしければ、今後は宿直も外れて構いませんよ。だいぶ葬儀件数も落ち着いてきましたし、真冬の繁忙期みたいに、式を終えた者がすぐに次の依頼を担当するなんて状況ではありませんからね。以前のように、社長から頼まれた仕事だけにしたらどうでしょう。まぁ、清水さんの教育もありますし、坂東会館の葬儀を優先的に引き受けるという契約上、外部の仕事ばかり受けられても、ちょっとまずいんですけどね」

小暮さんから見れば、人手不足を見かねて申し出てくれた漆原の宿直も、自分の仕事を確保するために行っているように思えるのだろう。さすがに、私は黙っていられなかった。

「今回のご遺族は、私たちが昨年も担当したんです。光照寺さんとのやり取りだって、漆原さんのほうがスムーズだと思います」

「では、清水さんはこのまま僕と担当しましょう。あなたなら、ご遺族とも面識がありますし、光照寺さんにも慣れています。それなら問題ないでしょう」

私は漆原を見つめた。漆原と一緒にやりたいなどと言える状況ではない。

「……悪いが、この依頼は俺が受ける」

立ち上がった漆原は、小暮さんの顔を正面から見つめ、きっぱりと言った。

漆原のほうがわずかに背が高く、見下ろされた小暮さんは、きょとんと眼をしばたたいた。

「どうしても、ですか？」

「どうしてもだ」

漆原はくるりと後ろを向き、再び椅子に座った。

「君に任せれば、どうせ足元を見て、小さい式にしては高額な費用をふっかけるのが目に見えている。何も知らない若い喪主が気の毒だ」

「そんなことありませんよ。まだまだこれからって年齢の母親を失ったんです。喪主様のご要望をどこまでも伺って、悔いのない式でしっかりとお母様をお送りします」

「それが結果的に法外な金額となって、後になって喪主様を後悔させると分からないのか。儀式だけを済ませればいいわけじゃない。ご遺族にはその後の生活もある。今回の喪主はまだ若い。だからこそ、ふっかけられると考えているのだろうが、俺たちが考えなくてはならないのは、その先に続く喪主様の未来だ」

「それくらい、考えないはずないじゃありませんか。僕が言いたいのは、葬儀で失望させたくないってことです。満足いくお見送りをしたからこそ、その後の未来に目を向けることができる。そう思わないんですか」

私はハラハラしながら見守ることしかできなかった。

小暮さんに任せるのは心配だが、ここでも言い分は間違っていない。葬儀でご遺族を失望させないのは当然のことで、漆原だっていつもご遺族が納得する式を行うことを第一にしている。ただし、それは金額の問題ではない。ご遺族の気持ちにいかに区切りをつけるかなのだ。昨年は光照寺のご住職に導師を依頼したが、今回は息子の里見さんが適任だと考えているに違いない。

「今回は清水さんに打ち合わせをさせて、俺がサポートに回ろうかと思っている。丸二年経って、いい機会だ」

「じゃあ、僕がサポートしますよ」

どちらも引き下がらないまま、何やら妙な展開になってきた。私が打ち合わせ？ 聞き捨てならないセリフだが、あまりの空気の重さに口を挟むこともできない。

「えっと、そろそろ十時になっちゃいますよぅ。聞くところによると、喪主さんはお若いようですし、心細いと思うので、ロビーで待っていたほうがいいんじゃないですかぁ？」

やけにわざとらしく、のんびりと声を掛けたのは陽子さんだった。

「ほらほら、美空」と私を急かし、一方で、小暮さんには事務所の奥を指さす。

「そうだった、小暮さん。社長が探していましたよ。昨日はいらっしゃらなかったじゃないですか。急用かもしれませんね」

確かに小暮さんは昨日、珍しく休暇を申請してお休みしていた。だからこそ、心置きなく誕生日を祝ってもらうことができたのだ。

小暮さんはふうと大きなため息をつく。

「仕方ありません。今回は譲りますよ」

社長室に向かいながら、ふと思い出したように振り返って、にこっと笑った。

「漆原さんでも、むきになることがあるんですね。ちょっと意外でした」

漆原は口を一文字に引き結び、見向きもしない。急いでカタログや書類を準備している私を一瞥《いちべつ》し、「行くぞ」と席を立つと、さっさと事務所を出て行ってしまう。

私は陽子さんと顔を見合わせて、やれやれとため息を漏らした。

私たちの目の前に、黒いパーカーにジーンズという服装の青年が座っている。喪主の長野翔一さんである。

私は、座卓に広げられた死亡届を記入する彼を無意識に観察していた。

伏せられたまつ毛は長く、目のあたりは落ちくぼんで、くっきりと暗い陰りがある。明らかに心身の疲れが見て取れるが、色白の肌は若さゆえか瑞々《みずみず》しい。

どこか繊細な印象を受ける彼だが、ペンを握り締める指には明らかに力が入っていて、時にペンを握り潰してしまうのではないかと思うほどだ。その指先も時折細かく震え、記された文字も所々歪んでいる。

死亡届の横は、医師が記した死亡診断書である。この書類ほど、家族を失ったばかりのご遺族にとってつらいものはないのではないかと思う。まざまざと死を突き付けられ、それを認める書類を自らの手で作成しなければならないのだ。

いかにも事務的な書類は、初めての翔一さんにとっては分かりづらいようで、時折顔を上げて、正面の漆原に縋るような視線を向ける。そのたびに、漆原は丁寧な説明を繰り返す。

翔一さんの横では、妹の玲奈《れいな》さんがずっとしゃくりあげている。母親が亡くなったのは昨夜遅くなのだから、無理もないことだと思う。

長い時間をかけてようやく死亡届を書き終えた翔一さんは、精根尽きたように長い息を吐き出した。そこで、初めて気づいたように妹に「泣くなよ」と苛立《いらだ》たしげな声をかける。「だって……」と声を詰まらせた玲奈さんは、いっそう激しく泣き出してしまい、翔一さんは黙って妹の背中に手を回す。

さっきもそうだった。私たちは、彼らが到着するとすぐに霊安室に案内した。母親に会いたいに違いないと思ったからだ。

二人は霊安室の中で泣き崩れた。まさか翔一さんまで、母親の体に縋って泣き出すとは思わなかった。漆原は私を促して一度霊安室を出ると、エレベーターホールに立って、痛ましげに言った。

「ご両親が離婚してからは、母親がすべてだったのだろう。彼らは、必死に働き、祖父の介護もやり遂げた母親をずっと見てきたんだ。病気とはいえ、早すぎる死に納得がいかないのも無理はない」

「漆原さんが担当でほっとしました。でも、どうしてですか？　やっぱり、自分で受けた依頼だったからですか？」

漆原はしばらく霊安室の扉を見つめていた。

「昔のことを思い出しただけだ。俺の母親もすい臓がんだった」

「……そうだったんですか」

漆原でもそういうことがあるのかと、少し意外な気がした。私だって、祖母や、幼くして亡くなった姉と同じくらいの年齢のご遺体を前にすれば、どうしたって重ねてしまう。もちろん、それによって行動が変わることはないのだけれど、気持ちはまた別物だった。

「ところで、さっき、私に打ち合わせをさせるって……」

恐る恐る漆原を見上げる。漆原は少しバツの悪い顔をした。

「そろそろやってみるのも悪くないと思っていた。司会の時と同じだ。いつも俺の横で見ているだろう。君も実績を作れ」

霊安室の扉から、くぐもった嗚咽が漏れ聞こえる。

私に、漆原がやっているようにご遺族の信頼を得て、うまくご要望を聞き出すことができるのだろうか。こんなに嘆き悲しんでいるご遺族を相手に。

不安ばかりが膨らむ心の片隅で、ふっと別の思考もよぎる。母親を失った時、漆原もこんなふうに嘆き悲しんだのだろうかと。

父親も幼い時に亡くしたと聞いている。ならば、その時の漆原は一人きりだったはずだ。誰か、一緒にいてくれる人はいたのだろうか。

寄り添いたい。強く、そう思った。

「……やってみます」

私は漆原の目を見つめた。しかし、ご遺族にとっても、漆原のほうが私より頼もしく感じるのは確かだ。「くれぐれも、サポートをお願いします」と念を押すと、漆原も力強く頷いてくれた。

翔一さんと玲奈さんは、いつまでも霊安室を出てこなかった。

その間に、漆原は考えられる要点をいくつか私に言い聞かせた。まずは、葬儀そのものを希望しているかどうか。希望しているのなら、どの程度のものを考えているのか。もしも、金額面に不安があるなら、事細かに説明する必要があるということ。

私には圧倒的に経験が足りないが、漆原の話を聞くうちに、少しだけ気持ちが落ち着いてくる。何より、いざとなれば漆原が助けてくれると思うと心強い。

しばらくして、ようやく兄妹が霊安室から出てくると、私は隣の和室へと案内した。

向かい合って座った二人は真っ赤な目をしていて、ひどく頼りなげに見えた。それでも、まずは死亡届を記入していただかなくてはならない。しかし、翔一さんがペンを手に取るまでにも、またしばらくの時間を必要としたのだった。

私は書き終えた書類を受け取り、大切にお預かりした。

きっと、二人はまだ母親が亡くなったことを認めたくないのだと思った。受け入れられないのではない。認めたくないのだ。

私は温かいお茶を淹れ、二人に勧めた。

兄妹は言われるがまま湯呑みを手に取り、ひと口ずつすすった。ほとんど同じタイミングに、さすが兄妹だなと妙なところで感心する。やはりほぼ同時に湯呑みを茶托に戻すのを待って、できるだけ柔らかな声で問いかけた。いつもの漆原のように。

「お母様のお話を聞かせてくださいますか」

温かい飲み物で心がほどけたのか、二人はゆっくりと母親のことを語り始めた。

彼らにとって、もっとも印象的だったのは、昨年見送った祖父の介護のことだ。

かつて桂子さんが頑固者だと言っていた通り、祖父の茂さんは気難しく、ヘルパーや訪問看護師にもわがままを言い、困らせた。仕方なく桂子さんは、休憩時間になると職場から自転車で自宅に戻り、茂さんのお世話をしていたという。夜中も、寝返りを打たせたり、排せつの介助をしたり、睡眠も十分には取れなかったそうだ。

「前に、ママに言ったことがあるんです。おじいちゃん、入院させたほうがいいんじゃないって。そしたら、ママは血相を変えて、おじいちゃんのおかげで私たちはこうしていられるのよって。あんなにママが怒ったのは初めてでした」

「離婚してから、母は僕たちを育てるために必死に働いてくれました。戻る家があっただけで、助けられたのは事実だと思います。最後まで祖父を介護したのも、恩返しの思いがあったのでしょう。実際に僕たちも、祖父と猫のおかげで、寂しいなんて思わずに済みました。僕は高校を出てすぐに就職し、玲奈も大学生になって、やっと、母も少しは肩の荷が下りたのかなって思ったのに……」

話し出すと、翔一さんはずいぶんとしっかりしていた。しかし、途中で声を詰まらせてしまう。

「もともと弱音なんて吐かない人でした。少しくらい体調が悪くても、大丈夫よって、僕らの前ではいつも笑っていたんです。だから、気づくのが遅れたのだと思います。まさか、すい臓がんだなんて。見つかってからは、あっという間でした。とても信じられなくて、いくつも病院を回りました。その間にどんどん進んでしまったんです。今でも夢みたいな気がします。とても、この半年くらいのことが現実とは思えなくて……」

膝の上で握りしめた拳が震えていた。パーカー越しでも分かる肩の薄さに気づく。

桂子さんだけではない。彼らもまた、必死に頑張ってきたのだ。

「ママだって、まさかこんなに早く死んじゃうなんて、思っていなかったはずだよ……」

玲奈さんがまたしゃくりあげる。

「母は、立ち止まってゆっくりする瞬間があったのかなって、時々考えました。離婚する前は父と口論をしてよく泣いていました。子供を二人抱えての離婚は、かなりの勇気が必要だったと思います。それからは、働きづめでした。昼も、夜も仕事を掛け持ちして、祖父の具合が悪くなってからは昼の仕事だけにしましたが、心の休まる時なんて少しもなかったと思うんです。だから、病院で眠る母を見ると、ちょっと複雑な気持ちになったんですよね。やっと今、ゆっくり眠れているんだなって。でも、目を覚ませば僕と玲奈を心配して、こんなことになってごめんって、僕たちに謝るんです……」

翔一さんはぐいっと手の甲で目元を拭った。

「どうして、母が病気になったんでしょう。なぜ難しい病気だったんでしょう。僕たち、何か悪いことをしましたか？　世の中には元気なお年寄りだってたくさんいるのに、なんで母なんですか？　僕は悔しくてたまらないんです」

私は黙って彼らの話に耳を傾けていた。私には、ご遺族を慰める相槌など打てそうもない。それに、打ち合わせには、どのタイミングで入ったらいいのだろう。不安と焦りで、翔一さんの話から意識が逸れそうになる。

それまで黙っていた漆原が、ようやく口を挟んだ。

「お気持ちはよく分かります。やりきれない思いは、翔一さんだけではありません。あなた方を残して逝かねばならなかったお母様こそ、何よりもそう思っていたはずです。どれだけ、お二人のことを気にかけたことでしょうか。どうか涙を拭いて、お母様が安心して旅立てるよう、心を込めたお見送りの式を、一緒に考えていきましょう」

漆原は、理不尽な出来事に対する翔一さんの怒りを、決して否定しようとはしなかった。一緒に受け止め、桂子さんの思いも同じはずだと問いかける。

翔一さんは、心細そうに視線を落とした。

「正直を言うと、どうしていいのかさっぱり分かりません。祖父の時は、すっかり母に任せきりだったので……」

頼りなげな様子に、小暮さんが担当でなくてよかったと心から思った。彼が提案すれば何でも頷いてしまいそうである。もちろん、私たちも昨年の長野家の葬儀の内容や、最終的な請求金額をあらかじめ確認していたが、今回はまったく違う方向で考えたほうがよさそうだ。

「喪主様は、どのようなイメージをお持ちですか」

私に喪主様と呼ばれ、わずかに翔一さんの背筋が伸びた。

「……祖父の時は、町内の方が集まってくれました。きっと、あんなふうにやるとお金がかかるんですよね。今回はそこまでできないと分かっています。でも、僕と玲奈だけで見送るなんて、あまりにも寂しくて母がかわいそうだと思うんです」

うつむきがちに翔一さんが語る。お金の心配をしているのだと分かる。

「いくらでも費用を抑える方法はございます。まずはご希望をお伺いし、そこから、ひとつずつ考えていきましょう」

私の言葉に、翔一さんはほっとしたように表情を緩ませた。

「母の友人と、職場の同僚に来てもらいたいんです。シングルマザーになった母は、ずいぶん周りの人に支えられました。僕たちも可愛がってもらいましたし、祖父の介護の時も協力してもらったと感謝していましたから」

表情を輝かせて早口に言った後、はっとしたように言いよどんだ。

「……十五人くらいです。多いでしょうか？　あまりお金はかけられないんです。だって、母が僕たちのために必死に働いて残してくれたお金ですから、出し惜しみをするつもりはないのですけど、何だか申し訳ない気がして……」

「でも、お兄ちゃん、あんまり質素でも、ママがかわいそうだよ」

「分かっている」

もしも小暮さんなら、ここぞとばかりに食いついたかもしれない。私はパンフレットを示しながら、丁寧に葬儀の料金体系について説明をした。会葬者が一人二人増えたところで、費用がそう変わることはない。会葬者が多ければ広い式場が必要になり、ふるまわれる料理や返礼品も多くなるということなのだ。ご遺体の搬送や保管に関わる費用や、火葬場の使用料、僧侶のお布施に関してはまた別のことである。

翔一さんは、明らかにきちんとした弔いの場を希望している。それを感じ取り、兄妹の葛藤に、ひとつの方法を思い浮かべることができた。

「ご要望は承知いたしました。では、一日葬という形はいかがでしょうか」

「一日葬？」

「お通夜のない葬儀とお考えください。僧侶をお呼びしてお経を上げていただき、ご焼香の後は、親しい方々とお母様を囲んでお別れの時間も取ることができます。お通夜の分の費用は抑えられますし、ご会葬の方々もお母様と同世代の方と考えれば、二日にわたって来ていただくよりも、ご無理がないかと思います」

翔一さんが熱心に私の説明を聞いている。聞き終えて、妹と相談をしている。私は、チラリと横の漆原の表情を窺った。漆原がわずかに頷き、安堵の息がもれた。

「一日葬で、お願いします」

翔一さんと玲奈さんが声を揃えた。先ほど聞いた十五人という人数なら、ちょうどいいのは坂東会館三階の式場だ。前回のように光照寺のホールも考えられたが、彼らは坂東会館のほうが、会葬者にとって交通の便がいいと言う。火葬場、式場の状況を確認し、日程を調整する。漆原が、僧侶のことは任せろと、私にだけ聞こえるように囁《ささや》いた。

あとは、棺や遺影、お花や骨壺など、カタログを広げて細々としたものを決めていく。二人は、母親の好みを思い出しながら、頬を寄せ合うようにカタログを覗き込んだ。

夢中になっているうちに、少しは悲しみから気持ちを逸らすことができたようで、私もほっとする。

ようやく、長い打ち合わせが終わりそうである。「プラスワンオプション宣言」のことは、あえて考えなかった。初めての打ち合わせなのだ。よけいな提案をして、ようやく落ち着いたご遺族の気持ちに、新しいストレスを与えたくなかった。

カタログを閉じ、遺影の写真を用意するようにお願いした時だった。

「お兄ちゃん、パパはどうするの？」

玲奈さんがおずおずと訊ねた。ご両親は、翔一さんが中学に上がるタイミングで離婚を成立させたと聞いたばかりだ。その頃、玲奈さんも小学校高学年だから、たとえその後に交流がなかったとしても、父親の記憶はまだそう遠いものではないのだろう。

「玲奈、まさか、お前、呼びたいなんて言わないよな」

「でも、連絡くらいするよね？」

「知るもんか。考えてみろ。あいつの借金のおかげで、母さんは苦労したんだぞ、病気になったのだって、そのせいかもしれないじゃないか」

「でも、パパだよ？　それに、お兄ちゃん、私たちだけで心細くないの？」

翔一さんの顔色が変わった。いけないと思った時には遅かった。

彼は立ち上がり、大声で叫んだのだ。

「お前、僕が頼りないって思っているのか」

「違う。違うけど……」

玲奈さんは、おびえたように兄から距離を取る。それも面白くないのか、翔一さんは勢いよく壁に拳を打ち付けた。

「いったい、誰のせいでこんなことになったと思っているんだ。全部、あいつがいけないんじゃないか。僕だって、必死に頑張ってきた。母さんを困らせないように、いろんなことを我慢してきたんだ。お前が教師になりたいって言うから、僕は進学も諦めて就職だってしたんだ。それなのに……」

翔一さんの気持ちが私の心になだれ込んできた。彼は、ずっと我慢してきたのだ。長男の自分が母親を支えなくてはいけない。ずっとそう思ってきたのだろう。

「玲奈は何も分かっていない。僕と母さんばっかり大変な思いをして……！」

「違うよ、私はお兄ちゃんのことも心配なの。だから……」

「うるさい！」

盛大な兄妹ゲンカである。しかも、こんな場所で。いや、こんな場所だからか。

私は縋るような思いで漆原を見る。それまで見守っていた漆原が口を開いた。

「お気持ちは分かります。お母様も、翔一さんがこんなにも理解してくれていたことを喜んでいるはずです。ですが、これまでの日々を、苦労の連続だったと決めつけては、お母様も悲しまれるのではないでしょうか」

「何が分かるって言うんですか。あなた、祖父の時も担当してくれましたよね。心の中では、また同じ家で不幸があったって笑っているんじゃないですか。そう、不幸なんですよ。これが、不幸じゃなくて、何だと言うんですか」

挑むような翔一さんを、漆原の静かなまなざしがとらえる。

「お母様のことを思い出してください。喪主様と接する時、お母様はどんな顔をされていましたか？　いつもつらそうな顔でしたか？　きっとそんなことはないはずです。お母様にとっては、あなたと玲奈さんこそが生きる励みとなっていたのです。つまり、希望です。暮らしはけっして楽ではなかったとしても、大変な日々を呪い続けたとは思いません。もしもそうであれば、懸命に働きながらのおじい様の介護など、とてもやりとげることはできなかったはずです」

漆原の言葉に、翔一さんの高ぶった心がすっと冷めていくのが分かった。

「確かにお母様はまだお若い。あと何十年もあなた方と過ごしたいと思われたことは間違いありません。けれど、短い時間の中にも、数えきれないほどの思い出があったはずです」

次第に、翔一さんがうなだれていく。

「先ほどのような発言は、お母様を悲しませるだけです。おっしゃったではないですか。お母様は、職場の方やお友達に励まされたと。その方々を葬儀に呼ぼうと決めたのは喪主様です。喪主様の若さでなかなかできることではありません。あなたも立派にご自分の役割を果たしていらっしゃいます。お母様も同じです。あなた方を育てることこそ喜びであり、ご自分の役割であると考えていらっしゃった。ですから、どうか今は、お母様を安心して旅立たせてあげることをお考え下さい」

すっかり下を向いてしまった翔一さんを、心配そうに玲奈さんが覗き込む。細かく震える肩から、彼が涙をこらえているのが分かった。

漆原は、先ほどよりも柔らかい口調で続けた。

「心細いお気持ちも、お母様に恩返しをしたいと思いながら、それが果たせなかった残念なお気持ちも、よく分かります。周りの期待や励まし、それすらも重荷に感じることだって、私も何度も経験しました」

翔一さんはゆっくりと視線を上げた。その視線をまっすぐにとらえ、漆原は少し表情を緩めた。

「実は、私も片親で育ちました」

翔一さんの瞳に涙が盛り上がり、音もなく白い頬を伝い落ちる。

私は息をするのも忘れたように、二人の横顔を眺めていた。

事務所に戻った私は、さっそく見積書の作成に取り掛かった。

横では漆原が、間違いがないかと画面を見つめている。

「さっきはありがとうございました。やっぱり、私一人ではどうにもなりませんでした」

「打ち合わせ自体はちゃんとできていた。それ以外は経験を積むしかない。自分自身のな」

丸二年、漆原を見てきた。でも、私にはご遺族に、漆原のような言葉をかけることなどできないだろう。

「自分のやり方を探せ。俺ばかり見ていては、これまでと変わらない」

「はい。でも、まだ不安なので、サポートをお願いします」

「もう少し自信を持て」

完全にできたとは思わないけれど、少しずつ、自分にできることが増えていくのは素直に嬉しい。これを繰り返して、やがて私も本当に担当を任されるようになるのだろうか。でも、そうなれば、やっぱり漆原は遠くに行ってしまう気がした。

画面を覗いていた漆原が頷き、私は見積書をプリントアウトする。離れた位置にあるプリンターが唸るのを聞きながら、ずっと気になっていたことを訊ねた。

「そういえば、さっきのことなんですけど、こういう時、離婚した相手にはお知らせするものなんですか」

「それぞれに事情がある。知らせるのが筋だとは思うが、そこまでは俺たちが口を挟めることではない。あくまでも、ご遺族に任せるべきだ」

「そうですよね……」

あの時、漆原は翔一さんを宥める言葉を口にしながらも、父親のことにはいっさい言及しなかった。残された兄妹の心細さは分かるが、ご遺族にとって、私たちは他人に過ぎないのだ。

小暮さんがやってきて、プリントアウトした見積書を取り上げてひらひらと振った。

「打ち合わせは大荒れだったようですね。料理部のほうまで泣き声が聞こえたと、板長が心配していましたよ。やっぱり、僕が引き受けたほうが穏便に済んだんじゃないですか？　ずいぶん時間もかかっていたようですしね」

見積書を眺め、ふふっと笑う。

「一日葬ですか。まぁ、悪くないですね。てっきり直葬になると思っていました」

「人のことばっかり気にしていないで、自分の仕事をしたらどうですか。昨日はお休みだったんですから、手が空いているなら、電話番でもしてください。そうしないと、今月の施行件数は漆原さんに負けちゃいますよ」

「清水さんも言いますね。昨日は家の用事だったんです。ところで、打ち合わせはちゃんとできたんですか。サポートできなくて、実に残念でした」

小暮さんは私に見積書を手渡すと、自分の机へと向かった。

「では、僕は電話番に徹するとしましょう」


長野桂子さんの一日葬までの間、翔一さんは毎日玲奈さんと坂東会館を訪れた。すでに納棺を終えた母親のご遺体と対面し、一時間近くもそばで過ごしていた。

いよいよ当日となり、式場の準備を整えていた私は、事務所から僧侶が到着したという内線を受けて階段を駆け下りた。

ロビーのソファでは、袈裟《けさ》を入れた大きなバッグを持った里見さんが座っていた。バッグを受け取ろうとすると、「いいよ、漆原はいつも持ってくれないもん」と拗ねたように言う。里見さんは立ち上がろうとせず、正面の私に愁いを含んだまなざしを向けた。

「まさか長野さんがご病気だったとはね。そろそろ茂さんの一周忌の相談もしないといけないなって、僕のところでも話していたんだ。本当に急だったんだと思うよ。檀家の間でも、近所でも、そんな話はいっさい聞かなかったもの」

　里見さんは、長野家が檀那寺とする光照寺の四男坊である。里見さんといい、寺院と深いネットワークを持つ葬祭部の水神さんといい、彼らの情報網ははかりしれない。

「そうみたいですね。喪主は二十一歳の息子さんです」

「長野さん、離婚されていたもんね。息子さんもショックを受けているでしょう」

「打ち合わせの時も大荒れでした。唯一の支えだった母親が亡くなって、心細いに決まっています。妹さんともぶつかってしまって、何とか漆原さんが宥めてくれたんですよ」

「へぇ。あいつも大変だな。まぁ、それも仕事の一環か。それで、漆原はどうやって宥めたの？」

　里見さんなら私よりもずっと漆原のことを知っている。話してしまっても、差し支えはないだろう。

「なかなか説得力あるね。みんな、自分だけじゃないって思うことで、ほっとするものだから。ところで、兄妹ゲンカの原因って何だったの？」

「離婚したお父さんを呼ぶかどうかです。翔一さんは、妹さんに訊ねられて、カッとしちゃったみたいですね。そんなに自分だけでは頼りないのかって」

「ああ、なるほど。父親かぁ」

里見さんは、顎に指を当てて天井を仰いだ。

「そういう時、どうするべきなんですか？」

漆原にもした問いを、私は里見さんにも向ける。

「分からないね。僕には何とも言えない。別れた相手と、その後どんなふうに付き合ってきたか、僕たちに知るすべはないもの。ただ、喪主さんが呼びたいと思えば呼べばいいし、来てほしくないなら、呼ばなければいい。それでいいんじゃない？」

「じゃあ、桂子さんは？」

私は窺うように里見さんの目を覗き込んだ。

あの日から、ずっと気になっていたことだ。とうの桂子さんはどう思っていたのだろう。かつての夫に最期を見送られたいと考えただろうか。それとも、翔一さんが言ったように、すべての元凶は夫だったと憎み、二度と会いたくないと思っていたのだろうか。

こんなことは、漆原には聞けない。

「どうだろうね。もしも、それを僕が感じ取ることができたら、美空ちゃんは翔一さんに伝えるの？」

おそらく伝えない。たとえ桂子さんがかつての夫に会いたいと願っていても、翔一さんが望んでいないからだ。

ご遺族だけでなく、故人も納得できる葬儀を行うと言っている漆原でさえ、あの場では母親の子供に対する愛情に言及して事を収めたのは、かつての夫に対する桂子さんの思いまで想像することができなかったからだと思う。

ようやく里見さんが立ち上がった。

「すべて分かり合う必要はないよ。翔一さんだって、母親が本当はどう思っていたかなんて、知ることはできないんだ。だから、これでいいと思える葬儀をするしかない。故人もこれで満足してくれるって、ご遺族が信じるしかね」

エレベーターが三階に到着した。扉が開き、すでに集まっている桂子さんの同僚や友人の姿に里見さんが目を細める。

「ほら、これで十分。翔一さんは、最後に母親に寂しい思いをさせたくなかったわけでしょう？　きっと桂子さんだって、子供たちが二人だけで落ち込んでいるよりも、誰かに囲まれて自分を送ることを望んだはずだよ。親にとっては、いつまでも子供が気がかりなんだ。自分がいなくても、子供を支えてくれる人がいる。それを見届けて旅立つことが、桂子さんにとっても何よりなんじゃないかな」

ところで、と里見さんは私の耳元に囁いた。「今日は漆原と美空ちゃん、どっちが司会？」

「漆原さんです。今回は自分がやるって。きっと小暮さんが見学に来るでしょうから、私も助かりました」

「ああ、例の」

里見さんは笑った。「いろいろと厄介な相手らしいね。冬の間、漆原は暇さえあればウチに顔を出していたよ。母上と茶飲み話するのが息抜きになるみたい」

初耳だった。椎名さんが「都鳥」に通うように、漆原は里見さんのところに行っていたらしい。

間もなく、開式の時間である。ついさっきまで、ロビーに立って訪れる人々を迎えていた翔一さんと玲奈さんも、今は緊張した面持ちで式場の椅子に座っている。二人は数日のうちにすっかり落ち着きを取り戻し、私は心から安心した。疲れた表情は隠しようがないが、ここ数日、霊安室に通ううち、母親の死を受け入れ、見送る覚悟ができたのかもしれない。

漆原は司会台に立ち、里見さんは式場入り口の近くに控えて、開式の時間を待っている。いつの間にか現れた小暮さんも、ロビーから参列した人々を眺めていた。

その時だ。エレベーターの扉が開く気配に、私は驚いて振り向いた。会葬者は全員そろったと思ったが、遅れた方がいたのかもしれない。

エレベーターから出てきたのは、中年の男性だった。記帳は後にしてもらい、とりあえず席に案内すべきかと迷った。しかし、額の汗を拭いながら現れた男性に、私は何となく違和感を覚える。集まっていたのが、女性ばかりだからだろうか。

「こちら、長野さんの式場でよろしいでしょうか」

「はい。まもなく開式でございます」

彼はチラリと式場を覗くと、「末席に座らせていただきたいのですが」と言う。

私ははっとした。里見さんもこちらを見ていた。嫌な予感がする。もちろん会葬者を勝手な判断で追い返すことなどできるはずがない。そもそも、誰かが知らせなければ、桂子さんの葬儀の日程など知るはずはないのだ。

私は漆原に視線を送る。司会台に立ちながらも、あの男ならば、式場の人々だけでなくロビーにも気を配っているはずだから、気が付かないはずがない。

漆原は司会台から、やはり会葬者席の一番後ろを示す。私は男性を誘導して、後方の出入り口から式場に入った。

しかし、すぐに翔一さんと玲奈さんは彼の存在に気づいた。玲奈さんが思わず「パパ！」と声を上げ、いっせいに全員が後ろを振り返る。

やっぱりそうだった。私はすっかり焦ってしまった。

翔一さんはまなじりを吊り上げて、男性をにらみつけている。一瞬、険しい顔をした漆原は、時間を確認すると、厳かに開式を宣言した。はっとしたように翔一さんが視線をそらした。

里見さんの読経が始まった。いつもは耳に心地よい里見さんの声も、今はまったく上の空だった。私は案内すべきではない人を、式場に入れてしまったのかもしれない。でも、あの場で何ができたというのだ。

途方に暮れる私を見透かしたように、小暮さんが隣に来て囁いた。

「ほら、だから言っているでしょう。よけいな人が集まるからこうなるんです。最初から兄妹だけなら、問題はなかった」

私は小暮さんをにらんだ。

「でも、あの男性だって桂子さんとお別れがしたかったんです。かつては家族だった相手ですよ？　それを拒むことなんてできるんですか？」

「もっとも大切にしなくてはならないのは、ご遺族のお気持ちでしょう。見てください、喪主様の顔。とても歓迎しているようには思えませんね。むしろ、神聖な場を汚されたとでもいうような表情です。あれでは、お母様を悼むどころではありません」

　確かに式場の空気が乱れている。会葬者の中にも、明らかに男性を不快に思う方、好奇の目を向ける方、様々な方がいるらしい。いつもは厳粛な空気のもと、会葬者の思いは故人へと向けられるはずなのに、今は混沌《こんとん》とした感情が溢れている。

　里見さんもきっと感じ取っているはずだ。いや、漆原にだって伝わっているだろう。どうしよう。里見さんの読経は頭の中を通り過ぎていき、焦りばかりが募る。手には嫌な汗まで滲んでいる。私は唇を噛んで、祭壇の遺影を眺めた。

　緊張感をともなう重たい空気の中で、読経と焼香が終わった。男性が焼香する時は、式場の視線が彼に集まる中、翔一さんだけはずっとうつむいていた。まるで、男性のことなど見たくもないというように。

　里見さんが退席し、いよいよ最後のお別れとなった。

　私と漆原は、会葬者が座っていた椅子を端に寄せ、桂子さんの棺を式場の中央に移動させる。漆原はこのまま何事もなかったかのように、最後まで式を続けるつもりなのだろうか。感情を殺した表情からは何も読み取れない。

ご遺族や会葬者には、準備が整うまでロビーで待機していただいている。ふと気になって覗くと、さっきの男性はポツンと一人、離れた場所に立っていた。明らかに場の空気になじむことができず、沈鬱な表情を浮かべている。

この後は会葬者が棺に花を手向け、告別の場となる。葬儀の最中よりもずっとご遺族と会葬者の距離が近くなるのだ。男性が気の毒だと思ったが、翔一さんの気持ちも心配だった。

「それでは、喪主様よりお進みください」

翔一さんが、漆原の言葉で前に進み出る。

棺の横に立った私は、籠に盛った白い菊の花を手渡した。

翔一さんは棺を覗き込み、桂子さんの顔の横に菊の花を置く。

次は玲奈さんだ。彼女は、棺の中の母親を見たとたん、「ママ……」とその場に泣き崩れてしまった。抑えてきたものがこらえきれなくなったように、声を上げて涙を流す。

彼女はまだ大学生である。兄がいるとはいえ、どれだけ心細いかと思う。彼女の姿が会葬者の涙を誘い、式場は一気に悲しみの空気に満たされた。

「桂子さん、本当に二人の成長を楽しみにしていたのよ。ほら、今年の成人式。玲奈ちゃんの振袖姿、みんなのスマートフォンに送ってきたの。嬉しかったんでしょうね。立派に二人の子供を育て上げたんですもの」

玲奈さんを慰めるように声を掛けたのは、桂子さんの同僚だろうか。しかし、その言葉は、後ろに佇む男性にも向けられたようにも思えた。お前は、今まで何をしていたのかと。今になって、どうして現れたのかと。

「あの時は、母はまだ病院ではなく、自宅にいたんです。だから、みんなで写真を撮って、お祝いだからって食事に出かけました。あんなにはしゃいでいる母を見たのは初めてです。……それが三人で出かけた最後になりました」

翔一さんは祭壇へと視線を向ける。遺影は、その時に撮った写真を加工したものだった。

もちろん、私は加工前の写真を知っている。テレビや雑誌で度々目にする、流行《はや》りのレストランだった。子供たちの間に座った桂子さんは、実に幸せそうな笑みをカメラに向けていた。

柩を囲んだご遺族と会葬者は、口々に故人の思い出を語り合っていた。

何十人も集まる式だったらこうはいかない。お花を手向けるのは親しい人に制限させてもらう場合もあるし、全員が手向ける場合は、それだけでも時間がかかってしまい、出棺の時間に追われることになる。火葬場は極めて時間にシビアであり、遅れは許されない。私たちがもっとも時間を取りたいのは、読経や焼香ではなく、こうしてご遺族が故人に最後の別れを告げる場面なのだ。

翔一さんの父親は、棺を囲む人々から取り残され、今も一人で佇んでいた。遠慮をしているのか、私が手渡した菊の花も手向けずに、ずっと手に握り締めている。

日に焼けた肌には無数のしわが刻まれ、髪にも白いものが目立つ。そのせいか、桂子さんの夫とは思えないほど、ずっと年上に見えた。ただ、目元だけは優しそうで、離れた場所から翔一さんたちを見守っている。しょんぼりと肩を落とした姿が、気の毒に思えて仕方がなかった。私はそっと近づいた。

「間もなく、喪主様が最後のお花をお入れしたら出棺となります。どうぞ、今のうちにお花を……」

よけいなことかもしれない。けれど、声を掛けずにはいられなかったのだ。

私の言葉に励まされたように、男性は、ようやくゆっくりと棺に進んだ。

彼が手を伸ばし、棺に花を手向けようとした、まさにその時だった。

翔一さんの腕が伸びて、男性の手を勢いよく払いのけたのだ。

「あっ」と、誰からともなく声が上がった。

男性の手を離れた菊の花が宙を舞い、ポトリと床に落ちた。ずっと握りしめていたせいか、白い花弁がほどけて無残に散らばった。

誰もが息をつめて立ち竦《すく》んでいた。式場内に嫌な空気が満ちる。

男性は、茫然としたように翔一さんを見つめた。

翔一さんは蒼白《そうはく》な顔で男性をにらみつけ、まるで母親の棺を守ろうとするかのように男性の前に立ちはだかっている。

「ちょっと、翔一くん、気持ちは分かるけど、お花くらい入れてもらってもいいんじゃない？」

「そうよ、せっかく来てくれたんだし……」

会葬者の何人かが、翔一さんをたしなめるように声をかけた。しかし、翔一さんは男性をにらみつけたまま、「誰も呼んでなんかいない！」と叫んだ。

またしても、しんと空気が凍りつく。

チラリと横を見れば、小暮さんも式場の後方から厳しい顔つきでこの様子を眺めていて、ますます絶望的な気持ちになった。

誰も男性を呼んでいない。では、男性はどうしてここを訪れたのだ？

すっと、その輪に入り込んだ人物がいた。

「お呼びしたのは、故人様ですよ」

里見さんだった。そのまま身をかがめて、床に落ちた菊の花に手を伸ばす。

散らばった花弁の最後の一枚までも丁寧に拾い、そっと袂《たもと》に忍ばせた。

全員の視線が里見さんに注がれる中、翔一さんが叫んだ。

「そんなはずはない！」

依然として棺の前に立ちはだかったまま、今度は里見さんにこわばった顔を向けている。

里見さんはひるんだ様子もなく、穏やかなまなざしで翔一さんを見つめた。

「お母様の、叶えられなかった願いです」

翔一さんの目が見開かれる。動揺したように瞳が揺れていた。

「……母さんの、願い……？」

力ない問いを発した翔一さんに応えるように、それまで後ろに佇んでいた漆原が一歩前に出た。

「お母様にとって、弱音を吐くことなくこれまで支えてきてくれた喪主様の存在は、何よりも心強いものだったはずです。ですが、母親としては、残していく子供たちのことが何よりも心配で仕方がありませんでした。父親がいないばかりに、二人には負い目を感じさせたのではないか。お母様の心には、つねにその不安がありました。離婚は、どうしても子供を苦しめます。家族がともに過ごすことこそ、桂子さんがずっと願い続けたことだったのでしょう」

式場中の視線が漆原に集まっていた。翔一さんの父親もまた、払いのけられた腕を押さえたまま、口をつぐんで漆原を見つめている。

「……でも、こいつのせいで母さんが苦労したことは事実だ。僕は絶対に許さない」

翔一さんが怒りのこもった低い声を吐き出す。

私は固唾を呑んで漆原を、そして棺の横に佇む翔一さんと玲奈さん、わずかに距離を置いた男性を見守る。このままでは、時間ばかりが経ってしまう。その時、私は玲奈さんの体が震えていることに気が付いた。

「喪主様、ほどなく、出棺のお時間となります。このまま、喪主様に最後のお花を入れていただいても、構いませんか？」

式場の沈黙を破った漆原の言葉はひどく落ち着いたものだったが、私ははっとした。漆原は翔一さんに、このまま男性にお花を手向けさせずにいていいのかと問うているのだ。

翔一さんは現実に引き戻されたように顔を上げ、会葬者たちも姿勢を改めた。

漆原に促され、私は菊の花とは別に用意していた蘭の花を手に棺へと近づいた。

男性はぼんやりと佇んだままだ。翔一さんは男性に一瞥もくれることなく、促されるままに前へ出て、私のほうに手を伸ばした。

「待って！」

突如として声を上げたのは、喪主様の妹、玲奈さんだった。

伸ばされた兄の手にしがみつき、「ごめんなさい、私なの」と、涙ながらに叫ぶ。

今度はいったい何事だと、再び会葬者がざわめく。漆原は相変わらずの無表情だったが、その後ろの里見さんが、口元にわずかな笑みを浮かべているのを見て、得心がいった。

「私が知らせたの。……だから、パパにもお花を入れさせてあげて。お願い、お兄ちゃん」

切羽詰まった妹の様子に、翔一さんが当惑の表情を浮かべる。玲奈さんは、必死の懇願を続けた。

「本当はね、病院で、ママはパパに会いたいって、ずっと言っていたの。でも、パパの話をしようとすると、お兄ちゃんはいつも機嫌が悪くなって、病室を飛び出しちゃったでしょう？」

翔一さんが唇を噛みしめた。

「だから、私、パパに知らせたの。最後くらい、ママをパパに会わせてあげて。ねぇ、お兄ちゃん、お願いします」

翔一さんは微動だにしない。いや、できなかったのだと思う。

「喪主様」

漆原の静かな声に、翔一さんはようやく一歩下がって、棺の前を明け渡した。

「ありがとう、お兄ちゃん。ちゃんと、後で説明するから」

玲奈さんは男性へと顔を向け、大きく頷く。

男性は深々と頭を下げてから、棺へと歩み寄った。私は籠に残っていた菊の花を手渡す。彼は菊の花を手に棺を覗き込んだ。かつての妻の顔を目にし、瞳にはみるみる涙が盛り上がる。

「すまなかった」

男性の口からは、絞り出すような声が嗚咽とともに零《こぼ》れ落ちた。

翔一さんも、玲奈さんも肩を震わせて涙を流していた。

家族の事情は分からない。分からないけれども、その場面は無条件に心を揺さぶるものがあった。会葬者たちも、ただかつての家族を見守るだけであった。

翔一さんに最後のお花を手渡し、棺の蓋が置かれている壁際に下がった私の横に、いつの間にか小暮さんが立っていた。

「……どうして分かったのでしょう。故人の意思だったと」

里見さんのほうを眺めて、不思議そうに首をかしげている。

「……お別れの準備をしている時に、男性に訊いてみたのではないでしょうか。ずっと、お一人でロビーに立っていらっしゃいましたから」

里見さんは、するりと人の心に入り込むのが得意だ。そして、それを、会葬者がお花を手向けている間に漆原に伝えたのだ。

「……素晴らしい連携プレイですね」

「はい。それに、漆原さんはびっくりするくらい察しがいいんです。わずかな情報、打ち合わせや式の最中のご遺族の様子で、様々なことを考えることができるんです」

震えていた玲奈さんに、漆原が気づかないはずはない。

「ご遺族のトラブルは、もっとも厄介なもののひとつです。憶測でだいたいの状況は想像できますが、それを口にすることはリスクが伴いますし、憚られる。だから、僕は絶対にやりません」

「漆原さんと里見さんは違います。葬儀はけっしてその時だけのものではありません。残された方が、これからも生きていくための区切りとならなくてはいけないんです」

私は漆原を見つめたまま、自信を込めて応えた。やっぱり、まだまだかなわない。

小暮さんが、小さなため息をもらした。

「こんなやりかたもあるんですね」

その目は、生き生きと輝いているようだった。


わずかに時間は押したが、無事に出棺することができた。

火葬場まで同行した里見さんの炉前での読経が終わると、いよいよ棺は炉に納められ、重厚な扉が閉められる。漆原と私も、ご遺族たちの後ろで静かに手を合わせた。

同行したのは、翔一さんと玲奈さんのほか、桂子さんとは長い付き合いだという友人二人だ。翔一さんは父親に声をかけることもなく、父親もまた、棺を霊柩車に納める時に手を貸したほかは、一歩身を引くようにして、坂東会館で出棺を見送った。

きっと、どちらも気持ちの整理ができていないのだ。

死とは、理不尽なものである。そして、離婚による家族の別れもまた、子供にとっては理不尽なものだ。

複雑な思いを抱えつつ、私は翔一さんたちを収骨までの時間を過ごす控室へと案内した。

四人で使うには広すぎる部屋で、私はお茶を淹れてから下がろうと、入り口横の給湯室に入った。

「玲奈、本当に母さんは、あいつ、父さんに会いたがっていたのか……？」

気まずそうに訊ねる翔一さんの声が聞こえた。父親を憎み、母親も父親を憎んでいると思い込んできた彼にとっては、答えを知ることは恐ろしかったに違いない。

「パパとママは、私たちを守るために離婚したんだよ。ママはパパが嫌になって家を出たわけじゃないの」

「どういうこと？」

声を上げたのは、桂子さんの友人二人だった。やはり翔一さんと同じく、離婚の理由は夫の借金ということしか知らなかったようだ。

私は湯呑みを載せたお盆を持って、彼らの座るテーブルへと向かった。

「お話し中、失礼いたします。お茶をお出ししたら、すぐに退出します」

「いいんです、聞いてください」

私は、玲奈さんの言葉に驚いて顔を上げた。

「さっき、担当さんは、ちゃんとパパがお花を入れられるように待っていてくれましたよね。私、嬉しかったんです」

漆原のことだ。出棺時間を気にするならば、あの場でさっさと喪主に最後のお花を入れてもらい、棺の蓋を閉めることだってできたはずである。

「入院中のママ、昔のことばっかり話してね、だから、ママとたくさん思い出話をしたの。私たちが子供の頃、まだパパも一緒に暮らしていた頃の話もよ。パパもママも優しくて、毎日楽しかったよね。話をするママもとっても楽しそうだった。きっとお兄ちゃんとも、そんな話をしたかったんじゃないかな」

父親の話をしようとすると、翔一さんは機嫌を悪くして病室を飛び出してしまったとは、葬儀の最中に聞いた通りだ。

「その生活を壊したのはあいつだ。仕事を辞め、おまけに借金をして。母さんとは言い争ってばかりだった。愛想を尽かされて当然だ」

玲奈さんはゆるく首を振った。

「うん。私たち、パパのせいだと思っていたよね。でも、本当は違った。ママ、最期に泣きながら私に話したの。子供に心配かけまいとしたばかりに、逆に、家族にとてつもない溝ができてしまったって……」

玲奈さんは、亡くなる数日前に母親から聞いた話を私たちに聞かせてくれた。

二人の父親は友人の会社で働いていたのだが、事業がうまくいかなくなり、友人は突然姿をくらましてしまったという。そこから生活は一変した。気の良い父親は、会社の役員だけでなく債務の連帯保証人をも引き受けていたのだ。

「パパ、すっかり荒れてしまって、ママとはケンカばかり。私たち、いつも怯えていたよね。家には怖い人が来るし、電話も鳴りっぱなし。私、よく覚えているよ、お兄ちゃん、ママに何度も逃げようって言ったよね。パパなんて置いて逃げようって」

翔一さんはその頃のことを思い出したのか、唇をきつく噛みしめていた。

「でもね、ママはパパを見捨てたりしなかった。家族を守ろうと必死に考えていたの」

桂子さんは、夫に自己破産を申請するよう説得したそうだ。おそらく、その説得も簡単ではなかったはずだ。ただ、気がかりは子供のことだった。

思春期の子供にとって、父親の破産はどれだけショックだろう。家を失うだけでなく、学校で噂にでもなれば、嫌な思いをさせられることも考えられる。しかも、取り立てに怯える日々で、子供たちはすっかり心まで脅かされ、父親への嫌悪感をも募らせている。子供たちのためには、その場から逃れることが何よりも必要だと考えたそうだ。

「あいつも被害者だったってことかよ。……何だよ、ちゃんと話してくれれば……」

「ダメだよ。私たち、すっかりパパのせいだって思い込んで、お兄ちゃんなんて『消えてほしい』なんて言ったこともあったじゃない。それくらい、私たちは追い詰められていた」

翔一さんだけでなく、その場の誰もが黙り込んでいる。

「私、子供ながらに信じられなかったんだよね。あんなに優しかったパパが、どうして変わっちゃったんだろうって。でも、人が好いからこんな目にあってしまったんだよ。ママは私たちを連れて、逃げるみたいにおじいちゃんの家に戻った。実際、あの状況から逃げ出したのは本当だもん、ママにもずっと後ろめたい思いがあった。だからこそ、私たちにパパに対する誤解を解いてほしかったんだと思う。だって、ママはやっぱり最期まで私たちのことが心配で心配でたまらなかったんだもん。誤解さえ解ければ、私とお兄ちゃんは二人だけじゃない。パパがいるんだから……」

私はこの数日間、喪主として精一杯気丈にふるまう翔一さんを見てきた。きっとこれまでも、父親への憎しみを原動力にして母親を支えてきたに違いない。しっかり者の長男に助けられながら、桂子さんはどれだけ複雑な心境だっただろうか。

翔一さんは下を向いたまま、肩を震わせていた。

まだ、遅くはない。亡くなった方にはもう何もしてあげることはできないけれど、生きている方との間には、新しい未来を描くことができるのだ。

控室を出た私は、いつも収骨の時間まで待機しているロビーへ向かった。広いロビーにはゆったりとしたソファが並んでいて、やはりいつもの位置に里見さんと漆原がいた。

「遅かったな」

「はい、ちょっと出るに出られない状況になってしまって……」

三人で並ぶ時は、なぜか必ず里見さんが真ん中になる。私は控室で聞いた話を二人に伝えた。玲奈さんが父親を呼んだことまでは分かっても、過去にどんないきさつがあったのかまでは、さすがに式の最中に父親も説明しなかったはずだ。

「なるほどねぇ。親の離婚って、理由はどうであれ、子供にとっては大きなダメージだもん。思春期の子供の気持ちを何よりも考えたんだね」

「説明して、理解できない年でもないと思うけどな」

漆原の言葉に、すかさず里見さんが反論する。

「きっと、その時は大変だったんだよ。父親が荒れていたっていうのは事実だろうし、執拗な借金の取り立てなんて、考えただけでも恐ろしいもん。それは、桂子さんも、ことあるごとに口にしていたらしいよ。よっぽど怖かったんだ。だから、その記憶が翔一さんのトラウマになっていたとしても不思議はない」

「ずいぶん、見てきたように言うじゃないか」

「だって、長野家はウチの檀家さんだもの。桂子さんが戻ってきた時、茂さんが心配していたって。あのあたりの近所づきあいは古いからさ、その点でも、桂子さんにとって安心できたんじゃないかな」

「まったく、町内の噂や檀家のネットワーク、お前たちの情報網は恐ろしいな」

「でも、それによって僕らは檀家さんのことをより深く理解できるんだよ」

里見さんの温かな声に、確かにそうだと思った。

小暮さんは、今は、他人に関心のない人が増え、世の中は個人主義になっていると言うが、町内のつながりもまだしっかりと根付いているのだ。

ふと、翔一さんの父親の、日に焼けた顔と、白いものが目立つ頭髪を思い出した。彼の姿は、その後の苦労を物語っている。いつか、また家族と暮らせたら。そんな願いを胸に、必死に働いてきたのかもしれない。

桂子さんと、かつての夫。二人はそれぞれの場所で、懸命に自分の役目を果たしてきたのだ。子供のために、そして、家族との再会を夢見て。

「家族って、不思議ですよね。親の介護や、父親の借金、母親の病気。家族の誰か一人のために、全員が大変な思いをすることになる。でも、それを乗り越えられるのも、支え合う家族という存在があるからなんですよね。……やっぱり、いいものですね」

一人よりも、ともに乗り越える相手がいる。なんて素晴らしいことだと思う。

小暮さんが言うように、そういう相手がいれば、悲しみを分かち合い、喜びもまた何倍にも感じられるに違いない。

「これで、父親に対する翔一さんの思いにも変化があるだろう。せっかく故人が手繰り寄せた家族の縁、できることなら、結び直してもらいたいものだ。そうなれば、四十九日や納骨の際には、父親にも案内するかと気兼ねなく訊ねることができるからな」

「それ、さっき小暮さんも言っていました。これはもう、今後は家族として、桂子さんを悼むべきではないかって。そもそも、玲奈さんが勇気を出して、桂子さんの願いを叶えたんですしね。予期せぬ出来事にも見事に対応し、ほぼ定刻通りに出棺できた漆原さんに、いたく感心していましたよ」

漆原があからさまに顔をしかめる。

隣では、里見さんが楽しそうに笑っていた。


それから数日後のことである。新しい仕事の打ち合わせを終え、私たちが坂東会館に戻ると、事務所では小暮さんが待ち構えていた。

「お疲れ様でした」と、持参したティーポットで香りのよい紅茶を淹れて、共有スペースのテーブルに私たちの分までカップを並べる。アールグレイのベルガモットの中に、甘酸っぱいオレンジの香りが混ざっている。漆原はわずかに眉を寄せると、持ち出したカタログを片付けていた私に囁いた。

「悪いが、今日は帰る。後を任せてもいいか」

漆原のうんざりした気配を感じ、私は頷いた。今日の打ち合わせはそう切羽詰まったものではなく、私が見積書を作って、明日の朝一番で漆原に確認してもらえばいい。

「おや。漆原さんに大切なお話があったのに」

事務所から出ていく漆原を見送り、小暮さんが残念そうにため息をついた。

「漆原さんは、事務所ではもっぱらコーヒーしか飲みませんよ」

私はさっさと仕事を終わらせようと、パソコンに向かった。

以前に比べると小暮さんの人柄がだいぶ分かってきたが、まだ完全に気を許したわけではない。

「じゃあ、お茶は私がいただきましょう」

換気扇の下で煙草をくゆらせていた水神さんが、香りに誘われるようにテーブルに着いた。四月に入って気候がよくなったため、渉外活動を再開した水神さんだが、またま用事でもあって立ち寄ったらしい。

「……ところで、漆原さんに大切なお話って何ですか？」

パソコンに向かいながら、つい訊いてしまった。

小暮さんは、共有テーブルのカップを私の使っている机に置くと、自分は隣に座った。「どうぞ」と言われ、「いただきます」とカップに口を付ける。ふわりと香りが鼻に抜けた。

「妻がティーアドバイザーで、その影響か、僕もすっかりお茶のとりこになりました。いいですよねぇ、ほっと力が抜けて、気分転換になります」

「気分転換はいいですけど、早く教えてください。私も見積書が終われば、さっさと帰ります」

小暮さんがふふっと笑った。

「実は、今月末が漆原さんの期限なんです。社長とは、一年ごとの契約でその都度依頼を請け負っていたようですね。あなたの教育もありましたので、昨年は更新しています」

嫌な予感がした。

「漆原さんの契約を切るって、そういうお話ですか……?」

水神さんもぎょっとしたような顔で、こちらを眺めていた。

しかし、小暮さんは笑顔で首を振った。

「最初は、僕もそう考えていました。だって、漆原さんは会社の利益をちっとも考えてくれないし、僕の言うことも何ひとつ聞いてくれない。だったら、新しい人材を採用してでも、会社に貢献できる人物を育てたほうがいいじゃないですか。でも、ちょっと考えが変わったんです」

「じゃあ、このまま……」

しかし、小暮さんはまたしても首を振った。一瞬、目の前が明るくなった私は、再び、疑うような目を小暮さんに向ける。

「以前のように、正式に社員になってもらいたいんです。社長もそれを希望しています」

私は言葉を失くし、茫然と小暮さんの愛想のいい顔を見つめた。

「そりゃあ、いろいろと問題はありますし、これからだって、僕とぶつかると思いますよ。だけど、たびたびあの人の仕事を見学してきて、漆原さんにしかできない葬儀っていうのがあると思ったんです。先日の長野さんの式もそのひとつです。これまでの施行記録なんかも見ましたよ。漆原さん、利用者のアンケートでは、毎回ご満足をいただいているんですよね。当社として、手放すのは、やっぱり惜しい人材なのかなと」

少なくとも正社員になれば、漆原が突然いなくなってしまうかもしれないという不安は、今よりもずっと少なくなる。

けれど、漆原がおとなしく従うだろうか。たびたび、漆原にそれとなく坂東会館にいてほしいと伝えてみても、どこか気のない返事を繰り返すだけだった。あの男も、契約の期限を節目に、何かしら思うところがあったに違いないのだ。

「もちろん、あの人のことだから、僕が言っても素直に受け入れてくれないと思いますよ。でも、これは社長のたっての希望なんです。坂東会館は、葬祭部に管理職がない代わりに、たびたび社長自らそれぞれと面談をして、意識を共有していたそうですね。もともと第一線で現場に立っていた叔父らしいと思います。その中で、社長も時に利益に関して口にすることもあった。漆原さんは、そのたびに納得できない顔をしたといいます」

ティーカップを口元に寄せながら、水神さんが頷いている。きっと、その通りだったのだろう。

「漆原さんの独立は、それも理由のひとつでしょう。そもそも、清水さんが言っていた通り、漆原さんはどんな状況でもしっかり葬儀をやり遂げることができる。坂東会館にとらわれる必要はないと思ったのかもしれません。だからこそ、社長はおっしゃいました。坂東会館にいてくれれば、これほど心強いことはないと。もっとも、坂東会館の体制を見直そうという考えに変わりはありません。そのために、僕が来たのも事実です。まぁ、来て早々、ずいぶん口を出したことは、さすがに咎《とが》められましたけどね」

小暮さんの話を聞いていて、みるみる体から力が抜けていった。

社長は、しっかり見ていてくれたのだ。そして、誰よりも漆原のことを理解してくれている。

「それに、今日、坂東会館にお礼状が届いたんですよ。先日、漆原さんと清水さんが担当した、長野さんのお嬢さんからです。あんな若い方でも、漆原さんのさりげない気遣いに気が付くんですね。いや、若い感性だからなのかな？」

私にはすぐに分かった。火葬場で玲奈さんが言っていた通り、漆原が、父親も花を手向けられるように取り計らったことだろう。手紙は簡潔なものだったが、翔一さんと父親が歩み寄ろうとする気配が感じ取れ、私まで嬉しくなった。小暮さんは、この手紙のことも漆原に話したかったに違いない。

「僕もね、漆原さんを見ていて勉強になりました。会社の方針も大切ですが、個人レベルでご遺族を思う気持ちは、どの担当者も変わらないはずです。それを貫く人がいるというのも、大手ではない坂東会館のよさなのかもしれませんね」

小暮さんのあざやかな笑顔が、これまで、これほどしっくりくると思ったことはない。

言葉を失っている私を楽しそうに眺めながら、弾むような口調で続けた。

「でも、今後を見据えて、坂東会館をもっと盤石の体制にしたいという思いは変わりません。それは、社長ともしっかりと共有したところです。そのためには、何よりも人材が重要です。だって、漆原さんがいなくなったら、清水さんだって辞めてしまいそうですからね」

私はうつむいた。もしも、漆原が辞めると言えば、私は連れて行ってくれと頼み込むことまで考えていた。そう、坂東会館に就職すると決意した時、漆原に向かって、葬儀の仕事を教わりたいと声を上げたように。

「どうしたんです。なんだか、急に丸くなったじゃないですか。そんなに社長に厳しく言われたんですか」

お茶をすすりながら、水神さんが楽しそうに訊ねた。

「それもありますけど、それだけではありません」

ほとんど無意識ともいえる動作で、小暮さんが左手の指輪に視線を落としたのに気が付いた。

「あっ、奥様ですね。もしかして、ケンカですか？　それで、くどくど言われる側の気持ちを理解したとか、逆に、会社で厳しすぎると奥様にたしなめられたとか……」

小暮さんはちょっと驚いたような顔をした。

「清水さんって、本当に面白い人だな。これまでさんざんひどいことを言われて、僕のこと、嫌にならないんですか。つくづく坂東会館って、おかしな場所ですよね。規律もなっていないくせに、仕事はうまく回っている。真冬の繁忙期なんてまさにそうでした。正直に言って驚きましたよ。いざとなれば、互いにフォローし合う。それだけ、信頼できる人がそろっているってことなんですか」

「社長の人柄ですよ」

水神さんが穏やかに微笑んでいた。

「坂東会館は、人と人とのつながりをもっとも大切にしています。昔からご遺族とも心でつながってきたんです。あなたも、社長の甥ならご存じでしょう。今は二代目ですが、先代はもともと葬祭業を営んでいたわけではありません。初めは田原町《たわらまち》の仏具屋の使いっ走りだったなんて、ご本人もよく笑っていました。お寺やご遺族のご自宅に出入りするうちに、もっと力になりたいと思ったそうです。当時は葬儀を請け負う会社も少なかったですから、自分が引き受けようって。気風のいい人でした」

「……そうですね、僕は子供の頃から叔父に憧れていて、この仕事に就くことに何の迷いもありませんでした」

まっすぐなまなざしは、その時の熱い思いを思い出したためか。

「……さっきの清水さんの質問、正解ですよ。きっかけは、妻です」

やっぱりと頬を緩めかけた私は、小暮さんのどこか寂しげな表情に気づいて、慌てて口元を引き締めた。

「僕ね、一年に一度、自分を見つめ直す時があるんです。ちゃんと、妻に恥じない生き方ができているのかって」

「え？」

「ほら、四月の初め。休暇をもらった日があったでしょう。……実は、妻の命日だったんです」

私は言葉を失くす。私の誕生日だ。陽子さんと椎名さんが「鬼の居ぬ間に洗濯だね」と笑いながら事務所でケーキを食べ、「都鳥」へと繰り出した、あの日。

無意識に視線は小暮さんの左手に向かう。確かに、薬指には指輪がはめられている。

陽子さんや椎名さんが、陰でさんざん羨ましがっていた結婚指輪だ。

「別に、着けたままでも不思議はないでしょう」

私の視線に気づいたのか、小暮さんはそっと右手で左手を押さえた。

「……何と言ったらいいか……」

衝撃を必死に受け止めながらも、これまでの小暮さんの発言がしっくりくるような気がした。何よりも大切な人に出会い、失ったからこそ、出た言葉だったのだ。

「もう八年も前のことです。そのこともあって、社長は僕をいろいろと気遣ってくれるんです。でも、さすがに目に余ったみたいですね。もともと、気持ちの整理を付けるために、環境を変えたらどうかって坂東会館に誘われていたんです。けれど、僕は気持ちの整理がついてから、環境を変えたかった。……嫌だな、こんな話、するつもりはなかったんですけど。本当に坂東会館は、おかしな場所ですね」

「……それは分かりませんけど、人をいたわることのできる、優しい人がそろっている場所には違いありません」

私がかろうじて発することのできた言葉に、水神さんが目を細めて頷いた。

「やっぱり、さすがは叔父の会社です」

小暮さんがわずかに苦笑する。

奥さんがすでに亡くなっていたとは知らず、私も小暮さんが傷つくことを口にしていたかもしれない。でも、きっと小暮さんは、自分の思い描いた通りの式で奥様をお見送りしたのだろう。何よりも大切だと語っていた、奥様を。

事務所の電話が鳴った。「仕事ですね」と小暮さんが手を伸ばし、先刻まではまるで別人のように引き締まった表情で受話器を取った。

この仕事に就いていると、人の死がひどく身近に感じられる。けれど、それが現実なのだ。ふだん意識しないからこそ、人々は大切な人の死に取り乱し、嘆き悲しむ。

そんなご遺族に真っ先に寄り添うのが、私たちの仕事である。

「やっぱり、搬送のご依頼でした。では、駒形橋病院まで出かけてきます」

受話器を置いた小暮さんは、電話の時の表情のまま、素早く準備を整えて事務所を出ていった。

エピローグ

夜の隅田公園を訪れるのはずいぶん久しぶりだ。

すぐ近くでは、塔の内部を青く染めた東京スカイツリーが、薄曇りの春の夜空に淡い光を放っている。そのてっぺんに並んで、朧《おぼろ》に霞む満月に近い月がぽかりと浮かんでいた。

風が吹くと、いつの間にやらすっかり茂った桜の若葉がざあっと音を鳴らし、足元の芝生が揺れて、大地に柔らかな波が広がっていく。

「さすがに、風はまだ冷たいなぁ」

椎名さんが、夜空を仰いでつぶやいた。手には、缶ビールがぎっしり詰め込まれたレジ袋をぶら下げている。

「大丈夫でしょ。酔えば、寒さなんてどうでもよくなるから」

無責任な言葉で応じた陽子さんは、かがみこんでレジャーシートを広げている。

「本当にここでやるんですか？　もう、とっくに花見の季節も終わったのに」

乗り気でない声を上げるのは、風呂敷に包まれた寿司桶を抱えた小暮さんである。

「混雑していなくて、いいじゃないですか。だいたい、お花見の頃はまだ忙しくて、なかなか集まろうって気分にもなりませんでしたからね」

私は陽子さんが広げたレジャーシートが飛ばないよう、持っていたお料理の包みを下ろした。中身は、坂東会館の厨房で作ってもらった、てんぷらと煮物である。

四月の半ば、友引前の夜、私たちは椎名さんの号令で、隅田公園の広場に陣を敷くことになった。めいめい、仕事を終えた順に集合ということにしてあるが、若手の私たちは、準備部隊として先に到着したのだ。

街灯に照らされているとはいえ、花見シーズンを終えても、歓送迎会なのか、ちらほらと似たような集団があるなか、後から訪れる者たちは、無事に私たちの陣にたどり着けるのかといささか不安になる。

「隅田公園って言うから、僕はてっきり浅草側かと思いましたよ。夜の隅田川とスカイツリーって絶景じゃないですか。どうして、墨田区側なんですか」

小暮さんの不満げな声に、すかさず応じたのは椎名さんだ。

「分かっていませんね、小暮さん」

「さっぱり分かりませんよ。坂東会館に来るまで、僕は調布市民だったんですから」

「なぜ、みんな浅草とスカイツリーをワンセットにしたがるんだろう！　川沿いは、ほとんどコンクリートじゃないですか。芝生で飲むほうが、気持ちがいい。第一、スカイツリーはこっちのほうが大きく見えるし、何よりも、川を越えないほうが帰宅しやすい！」

「屋外飲みなんて、大学生のサークル的な発想なのに、帰り道のことを考えているところがすでにオジサンですね」

実際は、椎名さんのほうが三つほど年下である。くだらない応酬を重ねる二人をしり目に、私は公園の入り口を眺めて呟いた。

「漆原さん、ちゃんと来てくれますかねぇ」

「美空が誘ったんだから、来るに決まっているよ。椎名だったら分からないけどね」

陽子さんが笑えば、小暮さんもニンマリと口角を上げる。

「そうですよ。それに、今夜は僕の歓迎会なんですから」

つまり、昨年十一月に着任したきり延び延びになっていた、小暮さんの歓迎会なのである。今さらという感は否めないが、それでも繁忙期が終わったという解放感もあって、誰もが乗り気であった。

「あ〜あ、本当は、漆原さんと僕、二人の歓迎会であればよかったんですけどね」

小暮さんが芝居じみたしぐさで、大げさに肩をすくめる。

社長と小暮さんが懇願したにもかかわらず、漆原は坂東会館の正社員になることを断ったのである。潔い漆原らしいと言えばそれまでだが、私も残念な思いは拭えない。けれど、坂東会館の仕事を優先的に引き受けるよう、これまでの契約をさらに一年延長してくれたのだ。

漆原は、私が一人前の葬祭ディレクターになるまで責任があると言ったそうだが、中にはそれだけではないと勘ぐっている人もいる。しかし、それは些細《ささい》なことだ。誰もが、漆原の存在を心強く思っていることは、疑いようもない事実だった。

「美空が説得してもダメだったの？」

さりげなく、陽子さんが横に来て囁く。

「私ではとても説得できませんよ。あの人は自分の納得できる葬儀のためにフリーになったんです。知っていました？　漆原さんも、水神さんに負けないくらい顔が広いんです。いろんな葬儀社やお寺とコネクションがあるらしいですよ。あと一年は坂東会館の仕事を優先してくれるそうですから、それだけでもよかったと思っています」

「欲がないねえ、美空は」

「どうなんでしょう。たぶん、ありますよ。けれど、やっぱりまずは、私自身が成長しなくてはいけないって思うんですよね」

漆原のやり方は間違っていない。社長もそれを認めてくれていたことが、私には何よりも嬉しかった。それに、坂東会館は漆原を育てた会社でもある。あの男にとっても、それなりの思い入れはあるに違いなく、だからこそ協力的なのだ。

小暮さんとも、繁忙期を一緒に乗り越えたことで、いつしか仲間意識が芽生え始めていた。やり方は強引とはいえ、勤勉に仕事に取り組む姿はおおむね誰もが評価しているし、漆原の社員登用を社長と進めようとしてくれたことで、葬祭部の面々が彼を見直したとも言える。

「あと、誰が来てくれるんですか」

小暮さんは風呂敷を解いて、かいがいしく寿司桶を並べながら訊ねた。自らの歓迎会の準備を手伝うことに何の疑問も感じていない。心根は悪い人ではないのだ。

「漆原さんのほかは青田さん。水神さんは先約……多分、どこかのお寺の檀家さんたちと会合があって、宮崎さんは残念ながら宿直。けっきょく、これくらいですよ」

「事業拡大のためには、もっと葬祭ディレクターを増員しないといけませんねぇ」

小暮さんは、本気とも冗談ともつかないことを言って唸った。

「あれ、漆原さんじゃない？」

坂東会館から持参した取り皿やお箸を並べていた陽子さんが、薄暗い中を歩いてくる人影に気づいた。見れば二人で、どうやら横の人物は里見さんである。

「夜の公園に、黒い服のやつらが集まっているのは不気味な光景だな。おまけに、並べてあるのは通夜料理じゃないか」

「文句を言わないでくださいよ。歓迎会をやると言ったら、社長が厚意で料理部に頼んでくれたんです。いくら板長が京都の料亭出身でも、セットプランの食材しかなければ、アレンジがききません。たぶん、社長も、通夜料理六名コースで発注していると思います」

さっそく悪態をついた漆原に、椎名さんがいつものように食ってかかる。見慣れた光景が、今は何とも愛しく思える。

「ちょっと、内輪ネタで盛り上がらないでよ」

楽しそうに笑う里見さんに、漆原が缶ビールを手渡しながら言う。

「ヒマそうだったから連れてきた」

もちろん全員大歓迎だ。

「青田さんは打ち合わせが長引いたみたいだね。先に始めていいって。どうする？乾杯しちゃう？」

スマートフォンを確認した陽子さんが言うよりも早く、漆原が缶ビールを傾けていた。

「ああっ、ちょっと漆原さん！　ホント、マイペースなんだから」

椎名さんが慌てて、みんなで競い合うように「乾杯！」と声を上げた。歓迎会と言うより、単なる飲み会である。すでにすっかり気心の知れた者ばかりなので当然のことだ。

しばらくして、大きく手を振りながらこちらに向かってくる青田さんが見えた。

私はレジャーシートから出て、走って迎えにいく。ほんのりビールの回った体は、飛ぶように軽くて心地がよい。

「打ち合わせは錦糸町だったから、山田家の人形焼、買ってきたぞ」

「やった、これ、大好きです」

「さすがに、見慣れた料理ばかりではな」

靴を脱ぎながら苦笑した青田さんは、今夜の料理のことを知っていたのだろう。べテランだけあって、社長とも、板長とも気さくに話をする間柄である。

「見慣れているけど、試食は初めてですから、僕は嬉しいですけどね」

青田さんにビールを手渡しながら、小暮さんがにこっと笑った。

「じゃあ、改めて、小暮くんに、乾杯！　今さらだけどな」

ネクタイを緩めながら青田さんが笑うと、小暮さんが椎名さんを目で示した。

「僕はついでのようなものですよ。椎名さんが言い出したんです。きっと、単にワイワイやりたかったんでしょうね」

小暮さんが来た当初は、嫌がらせのようにどじょう鍋で歓迎会をやると息巻いていた椎名さんも、今では歩み寄ろうと努力しているらしい。

「まぁ、漆原にふられたのは残念だったな。こいつはとにかく頼りになる。一年延長してくれただけでもありがたいよ」

青田さんが笑った。ベテランのわりに、やや小心な青田さんは、これまでもいたましい葬儀が入れば、漆原に押し付けていたらしい。もちろん、そんなことを小暮さんは知らない。

そう大きくもないレジャーシートの中央に並べられた通夜料理を囲み、私たちは次々に缶ビールを空けていく。普段は事務所で見慣れた顔も、こうして夜空の下で眺めれば、みんなどこか力が抜けて、葬儀会館の中とはまったく違う顔つきである。

気持ちがよかった。隅田川のほうから、水のにおいをのせた涼やかな風が通り過ぎ、私たちのほてった頬を冷ましてくれる。頭上では、月を囲むようにぽっかりと雲が切れ、皓々《こうこう》とした光に輪郭を輝かせている。少し離れた場所で、同じように宴会中の集団が上げる歓声が風の具合で運ばれてくる。たまたま、何かの拍子で坂東会館に集まった私たちが、こうして仲良くビールの缶を傾けていることが、まるで奇跡のように幸せに感じられた。

お料理が半分ほどになった時のことである。

いきなり、椎名さんが、車座になった私たちの中央に立ち上がった。

「突然ですが、みなさんにご報告があります！」

ほわりと上気した顔に似合わぬ、真面目でやや張りつめた声に、私たちは何事かといっせいに椎名さんに注目した。

「まさか、今度は椎名が転職するとか言い出さないだろうな」

「ひょっとして、クレームでももらったのかもしれません」

漆原が目を眇《すが》め、小暮さんが眉をひそめる。

椎名さんから発せられた言葉は、私たちの想像をはるかに超えるものだった。

「このたび、僕と赤坂陽子さんは、結婚する運びとなりました」

私たちはそろって驚きの声を上げた。

「いつからだ」

全員の気持ちを代弁する漆原の問いに、椎名さんははにかんだように応えた。

「いつからというよりも、いつの間にかです」

隣にいた陽子さんが、突っ立ったままの椎名さんの腕を引っ張って、強引に座らせた。それから、援護するように付け足した。

「ホント、いつの間にかなんですよ。椎名は宿直も多かったし、毎日、朝から晩まで顔を合わせているうちに」

二人は顔を見合わせて微笑んだ。

「何だよ」と青田さんが呆れたように言い、ついで笑いだす。

確かに以前から仲がよかった。でも、急接近したのは、間違いなく小暮さんが葬祭部に加わったあたりだろう。あの頃、椎名さんはふてくされて、宿直でなければほとんど毎晩「都鳥」に通っていた。それに付き合っていたのが陽子さんで、私と漆原は半ば呆れながら見守っていたのだ。何気なく視線を送ると、漆原と目が合った。その口元にわずかな笑みが刻まれているのを見て、私も微笑み返す。

「椎名くん、結婚式はいつ？」

好奇心いっぱいの表情で里見さんが訊ねた。

「それは、またおいおい。結婚することは決めましたので、これから少しずつ準備をしていくつもりです」

再び、椎名さんと陽子さんは、にっこりと微笑み合う。

そこからは、青田さんが感極まったように二人に次々にビールを押し付け、すっかりお祝い気分でさらに場が華やかになった。たびたび「お嫁さんがほしい」とこぼしている里見さんも、椎名さんと陽子さんからなれそめを聞き出すのに夢中である。

「……いいものですね」

呟いたのは小暮さんだった。

私の隣でビールを傾けていた漆原が手を止める。小暮さんの視線の先には、賑やかに盛り上がる椎名さんたちの姿がある。いつしか私たち三人は、やや距離を置いて、何やらしみじみとビールを味わっていた。

先輩たちの決断を祝福する一方で、どこか置いていかれたような一抹の寂しさを味わっていた私は、自然と小暮さんの言葉に耳を傾ける。

「あの二人には、これから先に楽しいことが、まだまだたくさんあるんですね。二人で思い描く未来は、どれだけ希望に満ちて、輝いているでしょうか」

小暮さんの奥さんが、実は亡くなっていたということは、いつしか事務所のみんなの知るところとなっていた。

二人を見つめる小暮さんの瞳は、どこまでも温かく、しかし、寂しげでもあった。

「……一人では、とうてい味わえなかった気持ちを教えてくれた彼女には、心から感謝をしているんですよ。ただ、どうしてもっと長く一緒にいられなかったのだろうって、今でも時々、考えてしまうんですよね」

漆原が、静かな動作でビールをあおる。私は何も言葉を挟めない。

「彼女とやりたいことはいっぱいあったし、僕なりの人生設計だってあったんです。いくつの時に子供ができて、十年後の結婚記念日には、子供と一緒に彼女を泣かせるくらい感動的なプレゼントを贈ろうとか、くだらないけど、そういうことです」

さらさらと風が吹き過ぎていく。春の空は落ち着きがなく、先ほどまで姿を見せていた月は、流れる薄雲に遮られながらも淡い光を振りまいている。スカイツリーはひときわ玲瓏《れいろう》と青い光を放ち、さながら夜空に目標を示す灯台のようである。

「きれいですねぇ」

小暮さんは呟き、小さく息をつく。

「僕、いまだに、いつか、って思うんですよ。いつか、また彼女とって。でも、いつかっていったい、いつなんでしょうね。僕が彼女と出会うことなんて、もう、絶対にないのに」

坂東会館の屋上で、小暮さんにスカイツリーがてっぺんまで見えることを教えられた時、いつか、漆原にも教えてあげたいと思った。そして、いつか、漆原と眺めたいとも。そう考えるだけで、何やら心の奥がふわっと温かく、幸せな気持ちになれた。

「いつか」とは、きっとそういうことなのだ。少しだけ未来の、ささやかな楽しみ。それが私たちにとって、かけがえのない支えとなる。

「……聞かせてもらえますか。奥様のこと。大切な思い出を、今夜は、私にも教えてください」

「嫌だな。何だか、葬儀前の打ち合わせみたいじゃないですか」

「そんなことはないです。ただ、本当に話してほしいなって、思っただけですよ」

「もう、仕方ないな。今夜は、特別ですよ？」

小暮さんは、ビールを一口飲むと、視線をスカイツリーへと向けた。

「僕と彼女は高校の同級生でした。成人式で再会して、意気投合したんです。その時、僕は葬祭ディレクターを目指す専門学校生で、彼女は大学生。僕は先に就職し、彼女の卒業を待って結婚しました。早かったんです」

「成人式での再会が、運命的だったんですね」

「……でも、本当に何もかも早すぎました。結婚して二年後に、彼女は事故で亡くなりました。突然のことでした。ほら、たまにニュースで見かけるでしょう？　街を歩いていて、工事現場からの落下物に直撃されるっていう。それまで、どれだけ運が悪い人がそんな事故に遭うのかって、まるで他人事でしたけど、本当にあるんですね、そんなことが」

　小暮さんの言葉に思わず息を飲む。漆原はいつもの無表情のままだった。

「……即死だったそうです。僕も彼女もまだ若かった。彼女の両親が、葬儀を取り仕切ると言い出しました。僕の勤務先の『こばとセレモニー』に依頼して、先輩が担当してくれました。最初から、彼女の両親は正気を失っていて、僕の話になんてまったく耳を貸そうとしなかった。僕が葬儀場で働いているからこんな目に遭ったんだなんて、さんざんな言われようでした。きっと、彼らはずっと僕をそういう目で見ていたんでしょうね。それもショックでしたし、叔父に憧れて、崇高な仕事だと信じてきた僕自身が否定されたようでもありました」

　死は穢《けが》れ。いまだに、そういう思いを持っている人は少なくない。わずかに私の胸も痛む。

小暮さんの話は止まらなかった。幸せな思い出話を聞くつもりのはずが、語られるのは悲しい出来事ばかりだ。でも、本当に聞いてもらいたかったのは、こういう話だったのかもしれない。

「彼女は、病院からすぐに『こばと』の安置所に搬送されました。僕は先輩に頼んで、彼女の顔を見せてもらいました。全身に傷を負っていて、とてもかわいそうな状態でした。痛々しくて、僕でさえ目をそむけたくなるほどです。でも、その姿を見たら、ますます愛しさがこみ上げてきました。彼女が生きているとか、死んでいるとか、そんなことはもうどうでもよかった。目の前にいるのは、彼女なんです。彼女がどんなに変わり果てていようが、僕は、強く抱きしめたくて仕方がありませんでした。だって、ずっと一緒にいようと誓った相手です。そう簡単に、手放してたまるものかと」

小暮さんは左手を前に差し出し、薬指に光る指輪をまじまじと眺めていた。白々と光る冷たい輝きに、私の視線も引きつけられる。

「僕はエンバーミングを提案しました。ご存じですよね。ご遺体を整え、防腐処置を施すことで、ドライアイスよりも長期間状態を保つことができます。衛生的にも保全され、触れることだって可能です。『こばと』は大手ですから、自社でエンバーミング設備も持っているんです。僕は少しでも長く、彼女のそばにいたかった。だって、即死ですよ？　彼女だって、自分に何が起きたか分かっていなかったはずです。それに、きれいな状態にしてあげたかったんです」

「……できなかったんですか？」

以前、小暮さんが奥さんを亡くしていると聞いた時、私は当然のように、愛する人だけが集まり、心ゆくまで別れを惜しんだに違いないと信じて疑わなかった。

小暮さんは力なく頷いた。口元には自嘲めいた笑みまで浮かんでいた。

「僕なんかが何を言っても、聞く耳をもってくれませんでした。彼女の両親は、病院で痛々しい姿を見ていましたから、遺体など、いっさい見たいとも触れたいとも考えないようでした。ただ、早く骨にしてあげたいと訴えて、彼女の写真を選ぶことに夢中になり、祭壇を花で美しく飾り立てることばかり考えていました。愛娘《まなむすめ》のためにと、淡いピンクで統一された棺やお花は、それは見事でしたよ。エンバーミングは、日本ではさほど知られていませんから、無理もないことなんですけど、僕は悔しくてたまりませんでしたね……」

葬儀場で働き、知識も技術もある小暮さんが、何ひとつ、思ったようにすることができなかったのだ。最愛の妻の葬儀であるにもかかわらず。

「僕一人だったらって、どれだけ思ったか分かりません。たとえ、エンバーミングができなかったとしても、可能な限りギリギリまで彼女のそばにいて、ずっと語り掛けていてあげたかった。彼女と出会えて、僕がどれだけ幸せだったかなんて、二人きりじゃなければ、とても口にできないでしょう？　葬儀の最中だって、できることなら、僕は棺に縋りついて、泣きたくてたまらなかった……」

小暮さんの語調が、しだいに高まっていく。左手の指輪を、もう片方の手で強く握りしめる。しかし、その手を開いた時には、小暮さんの表情もすっと熱が引くように落ち着いていた。

「僕にとって一番大切な人は、僕だけの大切な人ではなかったんです。式の間もずっと彼女の両親が一緒でしたから、僕は形だけの喪主として、おとなしく座っていることしかできませんでした。虚しかったですね。彼女と結婚して、何よりも大切なものができたと浮かれていた僕にとって、それもまたショックだったんです。彼女の遺骨は分骨し、ご両親とはそれきりです。きっと、今も僕のことを憎んでいるでしょうね。葬儀屋なんかと結婚したから、あんなことになったんだって」

ようやく、すべてに納得がいった。どうして、小暮さんがあんなに小さな葬儀にこだわったのか、そして、坂東会館の改革に取り組もうとしたのか。

「だからなんです。僕は、本当に故人を思う人だけでお別れをするのが、一番悔いのない葬儀だと考えています。大勢で悼むのもいいですが、極端な話をすれば、一人でもいい。そういう、選択肢のある葬儀会館でありたいと思っているんです」

「……区切りは、ついたのか？」

漆原が問う。

「葬儀では無理でも、何かしら区切りがついたから、ここに来たのだろう？」

「ようやく」

小暮さんがふふっと笑った。

「叔父は、もうずっと前から、坂東会館に来ればいいと言ってくれていました。つらい思い出のある職場なんて、さっさと辞めればいいって。でも、きっと僕が変わりたくなかったんでしょうね。変わることは、彼女を過去に置き去りにすることになる。でも、七年目になって、ふっと僕にも変化が訪れました。どんなに待ち続けても、彼女との日々が戻ることはないって、やっと気づけたんです。そして、彼女は僕の心の中にあり続けるということも」

「君は、君の信じる葬儀をやればいい。それを求めるご遺族も、きっといるはずだ」

「何ですか、それ。もちろん、僕は僕の信念を貫きますが、きっちり会社の利益も考えますよ。漆原さんだって、フリーとはいえ、坂東会館の仕事を引き受けるからには、勝手なことはさせませんからね」

小暮さんがいつもの口調を取り戻す。漆原は唇の端で笑った。

「でもね、今もいつか、って思うのは本当なんです。この気持ちは、僕が死ぬまで、絶対に消えないんでしょうね」

たとえ心の中に愛しい人を抱き続けたとしても、彼女と二度と会えないことは、紛れもない事実なのだ。ずきんと胸が痛んだ。

「まぁ、今日は飲め」

漆原は、レジ袋から新しいビールを取り出すと、小暮さんに突き付けた。

「少なくとも、あと一年は同僚みたいなものだからな」

「一年などとおっしゃらず。いつでもお待ちしています」

愛想よく笑う小暮さんを無視して、漆原は私にまで「君もだ」とビールを押し付ける。

「これから先も、彼女との『いつか』を探していけばいい。叶えられないとしても、それが君と彼女、ふたりの『いつか』だ。ずっと胸に抱き続けろ」

小暮さんは、缶を握ったまま、茫然と漆原を見つめた。

「けれど、自分のための『いつか』もしっかり探せ。遠慮をすることはない。仕事でも何でも、やりたいことは何でもやれ。そして、いつか、彼女に報告すればいい。こんなことをしてきた、いい人生を送ったってな。そうしないと、あんなお調子者の男にも追い越されるぞ」

漆原がわずかに顔を上げ、青田さんや里見さんにはやされて、嬉しそうに笑っている椎名さんの酔顔を示した。

「……もっとも、君は、今もずっと彼女と一緒にいるんだろうけどな」

小暮さんは愁眉《しゅうび》をひらく。そして、そっと胸元を押さえた。

「僕がもっと本気を出せば、漆原さんよりもずっと、営業成績がよくなってしまうかもしれませんよ？」

漆原は、視線を上げる。

「この五か月、十分本気でやってきたように見えたけどな」

小暮さんは困ったように口元を歪める。それから、勢いよくプルタブを押し上げ、スカイツリーを仰ぐようにして缶を傾けた。爽快に喉を鳴らし、ふうと息をついた顔には、いつものあざやかな笑みがあった。

「そうかもしれません。いつか、彼女に会えた時には、土産話は多いほうがいい。まだまだ、僕も頑張らないといけませんね」

「気が遠くなるような話だけどな」

私は、二人のやりとりを見ていることしかできなかった。かける言葉も見つからない。胸に迫ってくる様々な感情の波に、ただ心をゆだねていただけである。きっと、私にはまだ足りないのだろう。人生という名の経験が。

「今夜はやけにおとなしいな」

ひょいと、手に持ったまま滑り落ちそうになっていた缶を取り上げられる。

続いて、差し出されたのは、狸《たぬき》をかたどった人形焼だった。

「君は、こっちのほうがよかったな」

つぶらな狸の瞳にふっと力が抜けた。すっかり漆原には私の嗜好《しこう》を見抜かれている。

もう丸二年、一緒に仕事をしているのだ。何もおかしなことはない。

ふいに、じわっと涙がこみ上げた。

小暮さんの話を聞いている時ではなく、まさか今とは、何というタイミングだ。

「何だ、そんなに人形焼が嬉しいのか」

漆原が呆れた顔で私を見つめている。横では、小暮さんがにやついていた。

そこへ、賑やかな輪から抜け出した里見さんが急に加わって、楽しげな声を上げた。

「ねえ、寂しく三人で飲んでいないで、こっちにおいでよ。漆原だって、ちゃんと椎名くんの話を聞いておいたほうがいいよ、いろいろと、参考のためにね」

満面の笑みを浮かべる里見さんが、ふと何かに気づいたように、私たちのほうを見つめた。まるで、宙の一点を見つめる猫のような視線だった。

小さく頷いた里見さんは、振り返ってスカイツリーを仰いだ。

雲の切れ間から、皓々と明るい月が顔を出している。

「そうか、一緒に眺めていたんだね。うん、確かに今夜は一段ときれいだ」

何やら納得したように呟くと、レジ袋から最後の一本となったビールを取り出す。

小暮さんの前まで進み、そっと、その横に置く。

「何だか、今日は幸せそうな二人組に囲まれて、僕はちょっと複雑だなぁ」

言葉とは裏腹に、里見さんは屈託なく明るく笑った。

私と漆原は、はっとして、小暮さんの横に置かれたビールを見つめた。

小暮さんも驚いたように、じっと傍らのビールを凝視している。

月明かりを受け、何の変哲もないビールの缶が、淡く金色に輝いたようだった。

「……不思議ですね、何だか、ここが、とても温かいんです」

小暮さんは、胸元に指輪のはまった左手を押しあてた。

「彼女、びっくりするくらい、よく飲む子だったんですよね……」

やっぱりいつもそばにいるのかな、と笑い、里見さんが置いたビールのプルトップを開けた。夜空を仰いだ顔には、優しい微笑みが浮かんでいた。

ひときわ強い風が吹いて、頭上では、月に照らされた薄雲が勢いよく流れていた。

水の香りに、若葉の瑞々しい香りが混じっている。

「漆原さん」

私は、そっと呼びかけた。

「今度、スカイツリーでも上りませんか」

雲の流れを眺めていた漆原が、ゆっくりと顔を向ける。

「私の『いつか』のお話です」

これが、今の私の精一杯だった。

ふっと、漆原の口元が、緩んだ気がする。

雲は、次々に形を変え、スカイツリーの上を通り過ぎてゆく。

※この作品はフィクションであり、登場する人物・団体・事件等は、すべて架空のものです。

＜参考文献＞
『四訂　葬儀概論』碑文谷創（葬祭ディレクター技能審査協会）

解説

佐藤日向

春が来ると、あっという間に一年が経ったことに気付かされるのと同時に、そう感じられるほど仕事に没頭できたのだと実感する。そして、満開の桜を見ながら、去年の自分よりも何かが少しでも良い方に変わっていたらいいなと漠然と思う。こうした考え方ができるようになったのも、今の環境に自分自身で根を張り、その場所で花を咲かせるために生きるのだと覚悟ができたからだろう。

シリーズ三作目となる『ほどなく、お別れです　思い出の箱』では、一作目で大学生だった美空《みそら》も坂東会館で働き始め、漆原《うるしばら》の元で仕事を学ぶことにも段々と慣れたことで社会人らしさが垣間見えるようになる。次のステップへと一歩踏み出した美空は、漆原や椎名《しいな》、たくさんの人と会話を重ね、葬祭ディレクターとしての自分の強みはなんだろう、と自分自身を客観視しながらも社会人として成長をしていく様が全四篇で描かれていた。

私が本シリーズに惹かれたきっかけは、長月《ながつき》さんの綴《つづ》る文章の不思議な魅力だ。例えば冒頭の一文。

『目の前にいる友人が、いつもより輝いて見えるのはなぜだろう。』

この一言で私は、美空たちがいる世界に一気に引き込まれた。恋をしたり、新しい仕事が決まったり。友人に限らず新しい風が吹き始めた人というのは、言葉では表現しきれないくらいに、なぜか輝いて見える。このような場面を始めとして、長月さんは読み手の日常に寄り添った柔らかい言葉を届けてくれる。特に桜に関する描写は、美空たちの時の流れと彼女の成長を表しているようで、まるで文章から香りがするようだと長月さんのどの作品でも感じる。

第一話「思い出の箱」では、美空たちが訪れた孤独死を迎えた男性の家に足を踏み入れた瞬間、美空が感じた部屋全体の〝朗らかな雰囲気〟と温かさのようなものが、綴られた一つ一つの言葉を通して読み手にも伝わってくる。死という重たいテーマを扱う作品にもかかわらず、読了後、優しい明かりが心の奥底まで灯る感覚になるのは、こういった柔らかな表現たちが優しく染み込むからなのだろう。

しかし、優しさだけではないのが「ほどなく、お別れです」シリーズだ。

今作で新しく登場した小暮《こぐれ》は、良くも悪くも人間臭さが感じられず、漆原とはまた違ったタイプのミステリアスな人物かと思いきや、彼なりの信念を持って葬儀スタイルの変化を望んでいた。彼のこの行動には、「変化」という言葉の意味を考えさせられた。

これまでなんとかなっていたのだから、変わらなくていい。変わることでこれまでのルーティーンが崩れる。そう考え始めること自体が綻びになりかねない。仕事を続けるにあたって、同じ場所にいることはとても楽で居心地がいい。

最初の一、二年のようにとにかく吸収して前に突っ走り続ける、そんながむしゃらさは今の自分にはない。だからといって新しい居場所を開拓する力があるかと問われればそれもなくて。そんな中途半端な場所にいる自分が途端に恥ずかしくなってきて、それならいっそ変わらないほうがいいと望んでしまいがちだ。

でも人生というのは変わらないほうが難しい。一年前の自分との「違い」みたいなものは実感できないが、五年前の自分と比較してみると気づいていないだけで何かしらの環境の変化があるはずだ。新しい風が吹けば、それに合わせた自分にならなければならないし、逆に自分がその風になる可能性だってある。出会いや別れを繰り返していくうちに、人は変化を気づかぬうちに受け入れているものなのかもしれない。私自身、本作を初めて手に取ったのが大学生の頃だったこともあり、社会人になった今、美空と同じように慣れと変化を経験しているのだと感じる。

そして、長い年月を重ねる中で出会うことになる一番の変化が死だと思う。私はこれまでの人生で、まだ死というものを身近に感じたことがない。しかし漠然と悲しいものなのだろうという認識はあった。だが最近になって、我が家で一緒に暮らしている犬が、最期を迎える最初の一歩を踏み出したなと感じることが増えた。

美空にとっての亡くなった姉・美鳥《みどり》のように、彼女は私にとってどんな時もそばにいてくれた唯一の味方で、私の姉妹のような存在だ。私が母に怒られればなぜか隣で一緒に怒られてくれて、熱を出したらピッタリとくっついて寝てくれて、まるで姉のようで、言葉を交わすことができずとも意思疎通できている気がした。

社会人になり十分に会う時間が取れなくなった頃、久しぶりに会った彼女と散歩に向かった時に私は、愕然《がくぜん》としてしまった。ついこの間まで元気に走れていたはずなのに、彼女の下半身はもう十分な力が入らなくなっていたのだ。途端に死の存在が私の元へ近づいた気がして、そんな経験は初めてだったからか、恐怖で涙が溢《あふ》れてしまった。それでも彼女は「そんなこと気にしない」とでも言うかのように、ゆっくり歩きながら、以前と変わらずに私の顔を覗《のぞ》きこんでくれて、変わったこともあるけれど、変わらないこともあると教えてくれた。

十歳を過ぎた頃から、動物病院に行くとそろそろお葬式のことも視野に入れたほうがいいかもしれないと言われ、彼女との別れに向き合いたくなくて、目を背けてしまっていた。だが、「ほどなく、お別れです」と出会い、死に対してマイナスの感情を持つより、先に旅立つ者たちが私たちを置いていくことを不安に感じないよう、しっかりとお見送りすることに意味があると思えるようになった。ほどなく、私も彼女に「またね」とお別れを心から絞り出して言わなければならない日が来るだろう。そうして、大切な人を失った小暮のように心にポッカリと穴が開いてしまうはずだ。でも、漆原が作中で言ってくれた「これから先も、彼女との『いつか』を探していけばいい。叶えられないとしても、それが君と彼女、ふたりの『いつか』だ。ずっと胸に抱き続けろ」という言葉の通り、無理に別れを受け入れようとせず、本当の「また」を呟《つぶや》けるその日まで、「いつか」を探そうと思う。

きっとこれから先の人生は出会いより、お別れのほうが多い。お別れはどうしたって悲しいし、何気なく口にしていた未来の話を躊躇するようになってしまうかもしれない。だが、本作を開けばいつだって、消えてしまった灯りを長月さんの言葉たちが再び灯してくれる。真っ直ぐ前を向くことが辛い時に別の方向を指し示してくれる温かな本作を抱えて、これからの出会いと別れと、そして変化を受け入れていこうと思う。

これを読んでくださった方の心にも温かな灯りが灯ることを願って。

（さとう・ひなた／声優、俳優）

小学館文庫
好評既刊

ほどなく、お別れです

長月天音

ISBN978-4-09-407163-4

大学生の清水美空は、東京スカイツリーの近くにある葬儀場「坂東会館」でアルバイトをしている。坂東会館には〝訳あり〟の葬儀ばかり担当する漆原という男性スタッフがいた。漆原は、亡くなった人と、遺族の思いを繋ごうと心を尽くす葬祭ディレクターだった。「決して希望のない仕事ではないのです。大切なご家族を失くし、大変な状況に置かれたご遺族が、初めに接するのが我々です。一緒になってそのお気持ちを受け止め、区切りとなる儀式を行って、一歩先へと進むお手伝いをする、やりがいのある仕事でもあるのです」。大反響を呼んだグリーフケア小説、待望の文庫化。

ほどなく、お別れです それぞれの灯火

長月天音

ISBN978-4-09-407240-2

清水美空がスカイツリー近くの葬儀場・坂東会館で働き始めて約一年。若者や不慮の死を遂げた方など、誰もが避けたがる「わけあり」葬儀を進んで引き受ける葬祭ディレクター･漆原のもと、厳しい指導を受けながら、故人と遺族が最良の形でお別れできるよう、奮闘する日々を過ごす。ある真冬の日、美空は高校の友人･夏海と再会する。近況報告をし合うなか、美空の職業を聞いた夏海は強張った表情で問う……「遺体がなくても、お葬式ってできるの？」。夏海の兄は、五年以上も海に出たまま行方不明になっていた。喪失の苦しみを優しくほどく、あたたかなお葬式小説。

小学館文庫
好評既刊

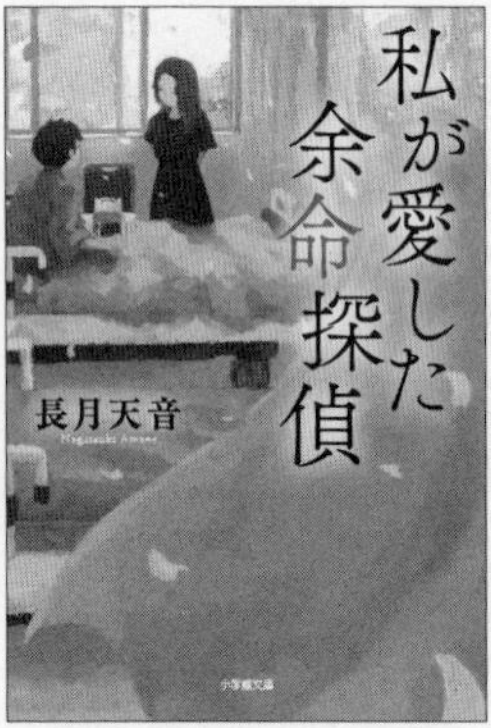

私が愛した余命探偵

長月天音

ISBN978-4-09-407331-7

「今日は、どんなお客さんの話？」。西荻窪にあるコイズミ洋菓子店で働く二葉《ふたば》には、腹部に肉腫を抱え長期入院中の夫、一星《いっせい》がいる。大のケーキ好きの一星は、禁食のため空腹と暇を持て余しており、いつしか、二葉が持ち帰るささやかな謎を解き明かすことが二人の楽しみとなった。幼い女の子が香りを頼りに一人探し続ける「楽しいお菓子」とは？実家を出た娘の誕生日ケーキを毎年購入し、記録し続けた亡き両親の真意とは？　そして、謎に隠された様々な想いに触れた二人が選ぶ未来とは。六年にわたる夫の闘病生活を支えた著者が描く、涙と勇気をくれる愛の物語。

潜入心理師・月野ゆん
こころのカルテ

秋谷りんこ

ISBN978-4-09-407442-0

横浜みなと大学病院で働く月野ゆんは、精神疾患をかかえた人の心の「核」に潜入し、治療をおこなう潜入心理師だ。日本で初めて人の心に潜入した潜入師で、ゆんの憧れの先輩である本城京と、精神科の看護師経験を持つ、同じく潜入師の先輩・蓮まこととともに、ゆんは今日も患者の記憶のなかへと潜っていく。ゆんには、患者の心の「核」がどこにあるかがわかる不思議な力があった。まだ新しい資格で成り手が少ないなか、ゆんがこの仕事を志したのには、実は理由があって——。「ナースの卯月に視えるもの」シリーズで注目を集める元看護師の著者、待望の最新作！

小学館文庫
好評既刊

午前二時不動産の謎解き内覧

奥野じゅん

ISBN978-4-09-407424-6

三軒茶屋のはずれ、深夜二時から四時の間だけ灯りがともる「午前二時不動産」。店主の青年・柏原泉は、迷い込んだ客たちにぴったりの格安物件を紹介してくれる。ただし、入居に際しては条件が一つ。それは泉とともに、その物件にまつわる謎を解くことだ。愛するハムスターを亡くした女性の最大の後悔とは。タワマンの一室に届き続ける匿名の手紙の差し出し人は？　部屋をアート作品のように彩り亡くなったおじいさんが遺した、謎の言葉の意味とは——。部屋に秘められた想いが、悩める人々の背中をそっと押してくれる。ようこそ、勇気をもらえる謎解き内覧へ。

若葉荘の暮らし

畑野智美

ISBN978-4-09-407457-4

四十歳を迎えたミチルは、小さな洋食屋「アネモネ」でアルバイト店員をしている。仕事は気に入っているものの、世界に蔓延する感染症の影響で収入が激減。いつか元通りになると信じ貯金を取り崩しながら生活していたが、いよいよ転居を余儀なくされてしまう。そんなミチルを温かく迎えてくれたのは、四十歳以上独身女性限定のシェアハウス「若葉荘」だった。それぞれ事情を抱える女性たちが、迷いながらもたくましく生きる様を見て、ミチルは自分の幸せを、他の誰でもない自分で叶える術を身につけていく。「明日」が不安なあなたへ——寄り添い、勇気をくれる物語。

本書のプロフィール

本書は、二〇二二年七月に小学館より単行本として
刊行された作品を加筆改稿し文庫化したものです。

本書のテキストデータを提供いたします。

視覚障害・肢体不自由などの理由で必要とされる方に、
本書のテキストデータを提供いたします。
こちらの二次元コードよりお申し込みのうえ、
テキストをダウンロードしてください。

小学館文庫

ほどなく、お別《わか》れです

思《おも》い出《で》の箱《はこ》

著者 長月天音《ながつきあまね》

二〇二五年五月七日 初版第一刷発行
二〇二五年八月二日 第四刷発行

発行人 庄野 樹
発行所 株式会社 小学館
〒一〇一-八〇〇一
東京都千代田区一ツ橋二-三-一
電話 編集〇三-三二三〇-五九五九
販売〇三-五二八一-三五五五
印刷所 ―― TOPPANクロレ株式会社

この文庫の詳しい内容はインターネットでご覧になれます。
小学館公式ホームページ https://www.shogakukan.co.jp

ISBN978-4-09-407456-7